www.ingramcontent.com/pod-product-compliance
Lightning Source LLC
LaVergne TN
LVHW010757051026
849532LV00007B/2390
* 9 7 8 9 3 6 9 0 8 7 0 2 0 *

کہانی ورثہ

(حصہ سوم / افسانے)

مرتبہ:

سید حیدرآبادی

Kahani Varasa : Part-3 *(Short Stories)*
by: Syed Hyderabadi
Edition: November '2025
Publisher :
Taemeer Publications LLC (Michigan, USA / Hyderabad, India)

ISBN 978-93-6908-702-0

کتاب	:	**کہانی ورثہ** (حصہ سوم / افسانے)
مرتب	:	**سید حیدرآبادی**
صنف	:	فکشن
ناشر	:	تعمیر پبلی کیشنز (حیدرآباد، انڈیا)
سالِ اشاعت	:	۲۰۲۵ء
صفحات	:	۱۶۰
سرورق ڈیزائن	:	تعمیر ویب ڈیزائن

فہرست

ا

دھوپ

عبداللہ حسین

نالے کا پل بہت اونچائی پہ تھا، چڑھتے چڑھتے اس کا دم پھول گیا۔ پل پر پہنچ کر وہ رک گیا۔ یہ شہر کی آخری حد تھی۔ یہاں سے اب کھیت اور کھلی زمینیں شروع ہوتی تھیں۔ اس نے ستانے کے انداز میں کمر پر ہاتھ رکھے اور آنکھیں سکیڑ کر دور دور تک دوپہر کے چمکتے ہوئے رنگوں کو دیکھا۔ بہار کے موسم میں کوئی فرق نہ آیا تھا۔

"یہ پھاگن ہے"۔ اس نے خوشی سے سوچا، اور ذہن پر زور دے کر یاد کرنے کی کوشش کی کہ بھلا پھاگن کی کون سی تاریخ تھی!

تھوڑی دیر کے بعد ہار کر اس نے سوچا۔۔ 'بیس برس گزر گئے!' اور عمر کے گزرنے کو زبان کے نیچے سے ابل کر نکلتے ہوئے لعاب میں محسوس کیا۔

پھر اس نے ماتھے پر سایہ کرتے ہوئے فلیٹ ہیٹ کو آنکھوں پر کھینچا اور پلٹ کر نظر ڈالی۔ پل پر چڑھتی ہوئی سڑک پر اب اس کا سات سالہ بچہ چلا آرہا تھا۔ چڑھائی کافی تھی اور بچہ ایک گول اور چکنے سلیٹی رنگ کے پتھر سے فٹ بال کھیلتا ہوا دم لے لے کر چڑھ رہا تھا۔ پیچھے شہر تھا۔ شہر کے پیچھے سورج تھا۔ وسط میں اکبر بادشاہ کا قلعہ تھا جو سب سے اونچا (اور اندر سے ویران) تھا۔ جس کے دونوں جانب ایک کے ساتھ ایک بنے

ہوئے مکانوں کی چھتوں اور دیواروں کی ٹوٹی پھوٹی سیاہ لکیر ایک خاص زاویئے پر ڈھلتی تھی یوں کہ دور سے شہر چمک دار آسمان کے مقابل ایک بہت بھاری اور سیاہ حجم والی اور بہت پھیلے ہوئے دامن والی مخروطی پہاڑی کی طرح لگتا تھا جو جیتی جاگتی ہو۔ اس کے اوپر کہیں کہیں بہار کی چھوٹی چھوٹی بدلیاں تھیں۔۔۔۔ دھنکی ہوئی اور پریس کی ہوئی روئی کی کٹی پھٹی، گول اور گھنی، تلملا کر ابل کر نکلتی ہوئی تند اور ٹھوس اور بھاری اور جامد چٹانیں۔ بہار کی بدلیوں کی اس مخصوص شکل سے وہ بچپن سے مانوس تھا۔ اس شہر میں وہ پیدا ہوا تھا۔ اس مہینے کے آسمان کے لش لش کرتے ہوئے زردی مائل نیلے رنگ سے بھی وہ ایک عمر سے واقف تھا جہاں نظر نہ ٹھہرتی تھی۔ اور گو آج صبح بیس سال کے بعد وہ اپنے شہر کو لوٹا تھا مگر اس وقت پل پر قدم رکھتے ہی اس کو اندازہ ہو گیا تھا کہ موسم بہار میں کوئی فرق نہ آیا تھا۔

اب اس کا بیٹا اس کے پاس پہنچ چکا تھا اور باپ کی طرح کمر پر ہاتھ رکھے، سورج کے مقابل آنکھیں سکیڑے شہر کو دیکھ رہا تھا۔

"دم لے لو"۔ اس نے بیٹے سے کہا۔

بچہ اسی گول کنکر سے فٹ بال کھیلتا ہوا پل کے دوسرے سرے پر جا کھڑا ہوا اور سورج کی طرف پشت کر کے پل سے اترتی ہوئی سڑک کو دیکھنے لگا۔

"بابا!" بچے نے کہا، "زمین گول ہے نا؟"

"ہاں"۔ اس نے کہا، اور پل سے ڈھلتی ہوئی سڑک پر نظر ڈال کر مسکرایا۔ "ہر چیز گول ہے بیٹے"۔

"ہر چیز؟"

وہ بیٹے کے کندھے پر ہاتھ رکھے پل سے اترنے لگا۔ اب دونوں باپ بیٹے کی پشت

سورج کی طرف تھی اور ان کے سائے آگے آگے سڑک سے لپٹے ہوئے چل رہے تھے۔

"چلو"۔ پھر اچانک اس نے نعرہ لگایا۔

"چلو!" اور بیٹے کو کندھے پر ٹھونک کر بھاگ کھڑا ہوا۔ بچہ آواز نکالے بغیر ہنسا اور باپ کے پیچھے پیچھے ڈھلان پر بھاگنے لگا۔ یہاں پر سڑک تقریباً سنسان تھی۔ صرف دور آگے ایک تانگہ دیہاتی سواریوں سے لدا ہوا جا رہا تھا۔ پہلے پہر کی ہوا ابھی تھمی نہ تھی اور جاڑوں کے گرے ہوئے پتے سڑک کے کنارے کنارے اڑے جا رہے تھے۔ دوڑتے دوڑتے اس نے مکڑی کے ایک تار کو عین اپنی آنکھوں کے برابر دیکھا اور ہوا میں غوطہ لگا کر نکل گیا۔ جب ڈھلان ختم ہو گئی اور زمین ہموار آ گئی تو وہ رک گیا۔ بچہ دوڑ کی تیزی میں اس سے آ کر ٹکرایا اور اس کے بازو کے ساتھ جھول گیا۔ چند منٹ تک دونوں خاموش کھڑے ہنستے اور سانس برابر کرتے رہے۔ پھر اس نے بیٹے کے کندھوں کو اپنے بازوؤں کے گھیر میں لے لیا اور سڑک چھوڑ کر کھیتوں میں قدم دھرا۔

"استرے کی دھار کبھی دیکھی ہے بیٹے؟" اس نے پوچھا۔

"ہاں"۔

"کیسی ہوتی ہے بھلا؟"

'بڑی تیز ہوتی ہے"۔

"وہ گول بھی ہوتی ہے"۔

"گول ہوتی ہے؟"

"اگر اسے بہت بڑی خوردبین میں سے دیکھیں تو پتا چلتا ہے کہ اصل میں گول ہے"۔

"بہوت بڑی خوردبین میں سے؟"

وہ لفظوں کے غلط استعمال پہ دل ہی دل میں ایک ساتھ جھنجھلایا اور محظوظ ہوا، "میرا مطلب ہے کہ بہت طاقت ور خورد بین میں سے"۔ اس نے کہا۔

بچہ سمجھ گیا کہ اس کے ساتھ مذاق ہو رہا ہے۔ وہ بے یقینی سے ہنسا اور باپ کا بازو پکڑ کر جھول گیا۔

اب وہ ایک تنگ سی پگڈنڈی پر جا رہے تھے۔ جس کے دونوں بازوؤں پر گیہوں کی فصل کھڑی تھی۔ گیہوں کی گہرے سبز رنگ کی فصل ابھی گھٹنوں گھٹنوں آئی تھی اور دور دور تک اگی ہوئی تھی اور اس کی ہمواری اس بات کا پتا دیتی تھی کہ زمین بڑی لائق ہے اور پانی ہر بیج بوئے ڈھیلے کو وافر اور یک ساں ملا ہے۔ زردی مائل سبز رنگ کی لمبی لمبی مونچھوں والی ان گنت نازک بدن بالیاں قطار در قطار ہوا کے رخ جھکی ہوئی تھیں اور رکوع میں گئے ہوئے عیدین کے نمازیوں کی یاد دلاتی تھیں۔

جب بھی موسم بدلتا تھا اور سورج میں چمک پیدا ہوتی تھی اور گیہوں س کی جڑوں پر زردی چڑھنے لگتی تھی یہی نیم گرم ہوائیں کہیں سے آتی تھیں اور جادو کی طرح ساری زمین پر چل جاتی تھیں۔۔۔ اس نے یاد کیا۔۔۔ اور سارے چرند پرند، پیڑ پودے، حیون اور انسان انہی زرد رنگ ہواؤں کے طلسم میں جیسے جکڑے جاتے تھے اور لہو کا سست اچھال اس تال پہ لہر مارتا تھا جو کہیں سنائی نہ دیتی تھی، جس کی بے آواز دھمک وہ جذبہ جگاتی تھی جو صرف بدلتے ہوئے موسم کا جذبہ ہوتا ہے اور جو نہ اداس کرتا ہے نہ مسرور، صرف نئے سرے سے پیدا کرتا ہے۔۔۔ اس نے یاد کیا۔۔۔ اور اسی موسم میں جب وہ سات برس کا تھا اور اپنی پہلی ایئر گن کندھے پر رکھے پگڈنڈیوں پر اپنے باپ کے ساتھ شکار کی تلاش میں گھوما کرتا تھا تو اس کا باپ ہاتھ بڑھا کر ایک سٹا توڑتا تھا اور اسے الٹا کر کے چپکے سے اس کے پاجامے میں گھسا دیا کرتا تھا، اور پھر وہ جوں جوں اسے

نکالنے کی کوشش کرتا وہ اوپر ہی اوپر چڑھتا جاتا اور اس کا باپ مصنوعی تشویش کے لہجے میں کہتا "کیا ہے بیٹے!۔۔۔ کیا بات ہے بیٹے؟"۔۔۔ اوادھر ادھر سے جھانکتا رہتا مگر سٹے کے نکالنے میں اس کی کوئی مدد نہ کرتا بلکہ پیٹ ہی پیٹ میں ہنسے جاتا، ہنسے جاتا۔ پھر وہ تنگ آکر اپنی ائیر گن کو پگڈنڈی پر رکھ دیتا اور دونوں ہاتھوں سے سٹے کو نیچے کی طرف دھکیلتا اور وہ پاجامے کے اندر پھدک پھدک کر اوپر ہی اوپر چڑھتا جاتا یوں جیسے کوئی لمبی سی چڑیا ہو۔ اسی طرح، گو بعد میں وہ بڑا ہو گیا اور اسے سٹے کے اس عمل کا اصل پتا چل گیا، مگر ہمیشہ کے لیے اس کے ذہن کے اس حصے میں، جو نامعلوم کی خبر رکھتا ہے اور شاید اصل سے زیادہ اصل ہوتا ہے، سٹے کا وہ روپ رہ گیا جو لمبی سی چڑیا یا گھاس کے طوطے ایسی کسی پھدکنے والی جاندار شے کا تھا۔

اس نے ہاتھ بڑھا کر گیہوں کی ایک بالی توڑی اور اس کی مونچھوں کو اگلے دانتوں میں داب کر کنکھیوں سے پیچھے دیکھا۔ اس کا بیٹا نیکر کی جیبوں میں ہاتھ دیئے تنگ پگڈنڈی پر سنبھل سنبھل کر چل رہا تھا۔

"تاریخ بھی گول ہوتی ہے"۔ اس نے کہا۔

"کیسے؟"

"کہ اپنے آپ کو دہراتی ہے"۔

"کیسے؟"

"ایسے۔۔۔" وہ سٹے کی مونچھوں کو اگلے دانتوں میں چباتے ہوئے بولا، "کہ بڑی بڑی فوجیں اٹھتی ہیں اور ملک ملک پر جھنڈے گاڑتی ہیں اور ایک ایک سپاہی فاتح بنتا ہے اور داستانوں میں نام پاتا ہے"۔ اس نے کہا، "یہاں سے ان کا زوال شروع ہوتا ہے۔ اس لیے کہ مفتوح کمزور ہوتا ہے اور کمزوری میں بڑی قوت ہوتی ہے۔ وہ قصے اور قصیدے

سے، اختیار کے لالچ سے اور غرور کے تحفے سے فاتح کا مار گراتا ہے۔ صرف وقت ذرا زیادہ لیتا ہے۔ ایک صرف یہی فرق پڑتا ہے اور بس، اور فاتح کو اس وقت ہوش آتا ہے جب اس کے رومانس کا خاتمہ ہو چکا ہوتا ہے۔ اس طرح تاریخ اپنے آپ کو دہراتی ہے، اور ہر اس چیز کی طرح، جو اپنے آپ کو دہراتی ہے، گول ہوتی ہے"۔ اس نے کہا، "چاند سورج، تارے، زمین، آسمان، پیڑ، پودے، لہو۔۔۔"

"لہو؟" بچے نے پوچھا۔

"ہاں"۔ اس نے کہا، "یہ سر کے بالوں سے پیر کے ناخنوں کو جاتا ہے اور پیر کے ناخنوں سے سر کے بالوں کو اور پھر پیر کے ناخنوں کو اور اس طرح بدن کے لامقام سفر میں چکر کاٹتا ہے، گول۔ گول۔ گول۔۔۔" وہ ہنسا۔

مگر اب بچہ سنجیدگی سے دلچسپی لے رہا تھا۔ "بابا۔۔۔" اس نے پوچھا، "آدمی بھی گول ہوتے ہیں؟"

وہ حیران رہ گیا۔ منطقی طور پر اگلا سوال یہی ہو سکتا تھا۔ مگر عام لوگوں کی طرح وہ بھی اس غیر منطقی رویئے کا شکار تھا جو بہت سی ہونے والی باتوں کے سارے میں انہیں خوش فہم بنائے رکھتا ہے۔ چنانچہ وہ یہ سوال سن کر حیران رہ گیا۔

"ہاں"۔ اس نے کہا، "سویرے سے شام کرتے ہیں اور شام سے سویرا اور اپنی عادت کے اس چکر میں لگاتار گھومتے ہیں، لگاتار۔ چنانچہ گول ہوتے ہیں"۔

بچہ بے یقینی سے ہنسا۔

"اسی چکر کو توڑنا فن ہے"۔ اس نے بات ختم کی۔

اب وہ ایک ایسے کھیت میں سے گزر رہے تھے جہاں سے گنے کی فصل ماگھ میں کاٹی جا چکی تھی۔ اس کھیت کی خشک مٹی پپڑیوں اور ڈھیلوں میں جمی ہوئی تھی۔ کمزور سفید

زمین جگہ جگہ سے تڑخی ہوئی اور ناہموار تھی اور گنے کی خشک جڑیں جگہ جگہ سے ابھری ہوئی تھیں اور ان میں مٹیالے رنگ کے کیڑے مکوڑے چل رہے تھے۔ گنے کی جھڑی ہوئی چھال کے زرد ٹکڑے نیم گرم بگولوں میں ہلکا ہلکا شور کرتے ہوئے اڑ رہے تھے۔ بھوسلی چڑیوں کی ایک ڈار ان کے سروں سے شاں کر کے گزری۔

"اس کھیت میں اب تک ہل چل جانا چاہیے تھا"۔ اس نے کہا۔

"پھر کیوں نہیں چلا؟" بچے نے پوچھا۔

"گنے کی جڑیں دوبارہ پھوٹ پڑتی ہیں"۔ اس نے کہا، "پر فصل آدھی بھی نہیں اترتی۔ کام سے جی چرانے والے کسان اسی پر قناعت کر لیتے ہیں"۔

"بابا!" بچے نے کہا، "کسان تو کام سے جی نہیں چراتے"۔

"کسان بھی عام آدمیوں کی طرح آدمی ہوتے ہیں بیٹے"۔ اس نے کہا، "چنانچہ گول ہوتے ہیں"۔ بچہ بے یقینی سے ہنسا اور پگڈنڈی پر بھاگتا ہوا آگے نکل گیا۔ آگے ایک سہاگہ پھیر کر تیار کیا ہوا کھیت تھا۔ اس نے بچے کو دوڑ کے زور میں چند قدم کھیت کے اندر جاتے اور اس کے پاؤں کو جوتوں سمیت نرم زمین میں اترتے ہوئے دیکھا۔ اسے یاد آیا کہ بچپن میں اسے بھی سہاگہ پھرے ہموار کھیت میں ننگے پاؤں بھاگنا (جب پاؤں ٹخنوں سے اوپر اوپر تک روئی کی سی نرم اور بھربھری مٹی میں ہوا کی طرح دھنس جاتے تھے اور اندر تلوؤں کو کھیت کی دبی ہوئی نمی کی مخصوص ٹھنڈک اور حدت بیک وقت جادو کی طرح چڑھتی تھی) بڑا اچھا لگتا تھا۔ اس نے پگڈنڈی پر رک کر، آنکھیں سکیڑ کر کھیت کی چمچماتی ہوئی سیدھی سطح پر نظر ڈالی اور اس کی طاقت ور سیاہ، سیر اب مٹی کی قدیم، مانوس بو کو سونگھا اور اس کے نتھنے پھڑکنے لگے۔

"اس کھیت کا کسان محنتی ہے"۔ اس نے کہا۔

"بابا!" بچے نے شرارت سے پوچھا، "گول بھی ہے؟"

"ٹھہرو۔۔۔" اس نے نعرہ لگایا اور بیٹے کے پیچھے دوڑ پڑا۔

تنگ پگڈنڈیوں پر آگے پیچھے دوڑتے اور ہنستے ہوئے وہ کئی کھیتوں میں سے گزرے۔ اس کا بیٹا اس سے کہیں ہلکا اور پاؤں کا پکا تھا۔ وہ خرگوش کی سی پھرتی اور آسانی سے اس کے آگے آگے بھاگ رہا تھا جب کہ خود اس کا پاؤں کئی بار پگڈنڈی سے پھسل کر ادھر ادھر گیلے اور خشک کھیتوں میں پڑ چکا تھا اور کیچڑ اور مٹی سے لتھڑ گیا تھا۔ جب ایک پگڈنڈی ختم ہو جاتی اور دوسری اسے زاویہ قائمہ پر کاٹتی ہوئی ملتی تو بچہ رک جاتا اور ایک لحظے تک فیصلہ نہ کر سکتا کہ دائیں کو مڑے یا بائیں کو۔ پھر وہ مڑ کر دیکھتا اور اپنے باپ کو تیزی سے بڑھتے ہوئے پا کر اندھا دھند ایک طرف کو مڑ جاتا اور بھاگنے لگتا۔ مگر اسی ایک لحظے میں اس کا باپ درمیانی فاصلے کو چند قدم کم کرنے میں کامیاب ہو جاتا۔

اب وہ ایک نسبتاً چوڑی اور سیدھی پگڈنڈی پر ایک دوسرے کا پیچھا کر رہے تھے۔ اس پگڈنڈی کے دونوں جانب گیہوں کی فصل کھڑی تھی جسے شاید آخری پانی لگایا جا رہا تھا۔ ان کے قدموں کی دھمک سے ڈر کر دو خرگوش اور ایک جنگلی بلا ایک طرف سے نمودار ہوئے اور ان کے رستے کو پھلانگ کر دوسری طرف فصل میں غائب ہو گئے۔ ایک کھیت سے ننھی خاکستری چڑیوں کی ڈار اڑی اور فصل کے اوپر اوپر تیرنے لگی۔ ایک طرف کی بالیوں میں چلتی ہوئی ہوا اس کے چہرے کو چھوتی، بال اڑاتی، اس کا لہو اچھالتی ہوئی دوسری طرف کی بالیوں میں گم ہوتی جا رہی تھی۔ وہ اپنے بیٹے سے صرف ایک قدم پیچھے تھا اور ہاتھ پھیلا کر تیزی سے قریب ہوتا اور بچے کے نرم اور گرم اور تڑپتے پھسلتے پیارے بدن کو قابو میں کرنے کے لیے بے تاب ہوا جا رہا تھا کہ دفعتاً پگڈنڈی ختم ہو گئی۔ آگے ایک کنواں تھا۔ وہ ٹھٹک کر رک گیا۔

اسی پگڈنڈی پر اسی موسم میں وہ سات سال کا تھا۔۔۔ اس نے یاد کیا۔۔۔ اور اپنے باپ کے آگے آگے دوڑ رہا تھا کہ پگڈنڈی ختم ہوگئی تھی۔ اور وہ کنویں کے پانی کی نالی پھلانگ کر آگے نکل گیا تھا اور اس کا باپ، کہ ہر قسم کی چھلانگ لگانے سے گھبراتا تھا، وہیں رک گیا تھا اور مڑ کر ہوا میں جھوٹ موٹ غور سے دیکھنے لگا تھا جیسے اس کی کوئی بیش قیمت چیز پیچھے رہ گئی ہو۔ یہی زمین تھی اور یہی فصل تھی اور یہی پانی اور بالیوں میں سرسراتی ہوئی تازہ نیم جوش ہوا تھی اور خاکستری رنگ کی ننھی ننھی چڑیوں کی ڈار فصلوں کے اوپر اوپر تیرتی تھی اور باپ اور بیٹا تعاقب میں تھے۔ اس نے یاد کیا۔۔۔ باپ اور بیٹا اور زمین اور باپ اور بیٹا! واقعات کیسے اپنے چکر کو پورا کرتے تھے اور کیسے اختصار اور ضابطے اور نونانسنس کے ساتھ جیسے گھڑی کی سوئیاں! وہ حیران رہ گیا۔

پھر وہ گھٹنا ٹیک کر زمین پر بیٹھ گیا اور بہتے ہوئے شفاف پانی میں ہاتھ ڈال کر ہاتھ کو دیکھا اور انگلیوں کی پوروں پر اس ٹھنڈک اور حدت کو بیک وقت محسوس کیا جو گہری مٹی اور بہتے ہوئے پانی اور انسانی بدن کی پر اسرار خاصیت ہوتی ہے اور جو اس وقت سے تھی جب وہ سات برس کا تھا، اور اس نے گیلی خنک مٹی اور ادھ پکی فصل کی بے نام خوشبو کو سونگھا جو وہیں کی وہیں قائم تھی۔۔۔ اب بھی جب وہ پینتیس برس کا ہو چکا تھا اور اس پر زندگی کے اس خوفناک منشی اور لامقام جادو کے چکر کا انکشاف ہوا اور اس نے سوچا صرف پانی لہو میں بدل جاتا ہے اور زمین کے رستے نسل سے نسل کو منتقل ہوتا ہے اور ساتھ ساتھ سرگرداں رہتا ہے۔۔۔ باپ سے بیٹے کو، باپ سے بیٹے کو!

پانی میں تیرتے ہوئے سفید لمبی لمبی پتلی انگلیوں والے ہاتھ کو دیکھ کر اسے یاد آیا کہ اس کنویں کی پشت پر، جہاں سے یہ پگڈنڈی دوبارہ شروع ہوتی تھی، ایک نجومی بیٹھا کرتا تھا جس کے آگے ایک میلا سا کپڑا پھیلا ہوتا تھا جس پر عجیب و غریب قسم کے سکے اور

پیتل کے چھوٹے چھوٹے نمبروں والے مکعب بکھرے رہتے تھے۔ اس نے پانی سے ہاتھ نکال کر چہرے پہ پھیرا او پھر بالوں سے پونچھ کر خشک کیا اور اٹھ کھڑا ہوا۔ کنواں ریں ریں کی مدھم، یکساں، خواب آلود آواز نکالتا ہوا چل رہا تھا اور اس کا بیٹا اچک کر گادی پر سوار ہو بیٹھا تھا اور ایک کھوپے چڑھے بیل کی دم پکڑ کر کھینچ رہا تھا۔ دائیں طرف جامن اور شہتوت کے پیڑوں کا جھنڈ تھا جس میں کاشت کار کا کچا مکان تھا۔ کاشت کار اپنے مکان کے سامنے بیٹھا ٹوکے سے چارہ کتر رہا تھا۔ مکان کی دیوار کے ساتھ کھرلی پر بھینس بندھی تھی جس کی پشت پر ایک کوا بیٹھا چونچ مار رہا تھا۔ اس سایہ دار، خاموش اور پر امن منظر کو آنکھوں میں اتار کر اس نے ایک لمبا چکر کاٹا اور ڈیرے کی پشت پر جا نکلا۔ جوتشی کی جگہ خالی تھی۔

اس کے پیچھے کنویں کے چلنے اور پانی کے بہنے اور کسان کے ٹوکے کی آواز تھی اور گہری سایہ دار جگہوں میں گرے ہوئے پرانے پتوں کی تیز بو تھی اور سامنے چلچلاتے ہوئے رنگ تھے اور گیہوں کی لاکھوں جھومتی ہوئی بالیوں کی سرسراہٹ تھی۔ ساری جگہوں میں سے جوتشی نے صرف اسی جگہ کا انتخاب کیوں کیا تھا؟ اس نے سوچا۔ حالانکہ یہاں سے صرف پیدل دہقان گزرا کرتے تھے اور اس نے کبھی کسی دہقان کو جوتشی کے پاس بیٹھے ہوئے نہ دیکھا تھا۔ یہ ایک ایسی ہی پر اسرار بات تھی جیسی بچپن کی ساری سرزمین ہوتی ہے۔ اس نے سوچا، اور جوتشی جب تک وہاں رہا تھا ہمیشہ بڑے اطمینان اور فراغت سے وہاں بیٹھا ہوا ملتا رہا تھا۔ اس کے پاس پرانی سی سیاہ صندوقچی پڑی رہتی تھی جس پر چند بوسیدہ کتابیں اوپر نیچے رکھی ہوتی تھیں جن کے ساتھ ایک۔۔۔۔۔۔۔۔۔۔ انسانی ہاتھ کی شکل بنی ہوئی تھی اور ہتھیلی میں چند لکیریں کھچی تھیں اور نیچے بڑے بڑے لفظوں میں لکھا تھا: جوتش، رمل، نجوم، ابجد۔

"ابجد؟" ایک روز اس نے اپنے باپ سے پوچھا تھا، "یہ کیا ہوتا ہے بابا!" اور اس کا باپ کہ اور ساری باتوں کے علاوہ ابجد کا بھی علم رکھتا تھا (اس کے باپ کی بڑی بڑی مونچھیں تھیں اور وہ دنیا کے سارے علموں کا ماہر تھا) بولا تھا: "اسموں کا علم ہوتا ہے بیٹے"۔

"اسموں کا؟" اس نے پوچھا تھا۔

"ہاں۔۔۔" اس کے باپ نے کہا تھا، "ناموں کا"۔

"ہر شخص کے نام کا اثر اس کی ساری زندگی پر پڑتا ہے بیٹے۔ اسے ابجد کہتے ہیں"۔

"نام کا اثر کیسے پڑتا ہے بابا!" اس نے پوچھا تھا، اور اس کا باپ آرام سے پگڈنڈی پر بندوق کو گود میں رکھ کر بیٹھ گیا تھا اور اسے پاس بٹھا کر بولا تھا:

"یہ لفظوں کا علم ہے بیٹے۔ اور لفظ میں بڑا جادو ہوتا ہے"۔

"جادو ہوتا ہے؟"

"ہاں"۔

"کیسے؟"

"ایسے۔۔۔" اس کا باپ ایک بالی توڑ کر اسے دانتوں میں چباتے ہوئے بولا تھا، "کہ جیسے تمہارا نام ہے جسے سویرے سے شام تک میں تمہاری ماں اور بہن اور سکول میں تمہارے استاد اور ہم جماعت ان گنت بار پکارتے ہیں اور تم اس نام پر بولتے ہو۔ مگر نام اسی پر ختم نہیں ہو جاتا۔ نام جتنی بار بھی پکارا جاتا ہے اس کا ایک لفظ بنتا ہے اور منہ سے نکل کر ہوا میں جاتا ہے کہ اس کی ایک شکل ہوتی ہے، اور ہم سمجھتے ہیں کہ ضائع ہو گیا مگر کبھی ضائع نہیں ہوتا کیونکہ لفظ زندہ ہوتا ہے اور اس کا رشتہ تمہارے ستارے سے ہوتا ہے، اور ہر بار جو پکارا جاتا ہے تو آواز کی رفتار سے اڑتا ہے اور آٹومیٹک (بابا کو یہ لفظ

استعمال کرنے کا بہت شوق تھا، وہ دل میں ہنسا) سیدھا تمہارے ستارے تک پہنچتا ہے اور اس سے جا ٹکراتا ہے، ہر بار، اور یوں تمہاری زندگی پہ اثرانداز ہوتا ہے"۔

"ستارہ کیا ہوتا ہے بابا؟"

"ہر شخص کا ایک ستارہ ہوتا ہے جس کے زیرِ اثر وہ پیدا ہوتا ہے اور زندہ رہتا ہے اور مرتا بھی ہے"۔

دونوں اٹھ کر پھر آگے پیچھے پگڈنڈی پر چل پڑے تھے، اور جب کچھ دیر بعد اور باتیں کرتے ہوئے، اس کے باپ نے کہا تھا: "اب دو چار برس میں تمہیں نپولین کی سوانح عمری پڑھ لینی چاہیے" تو اسے وہ پھیکے سرخ رنگ کی جلد والی، خستہ بھورے کاغذ اور باریک سہ کالم لکھائی کے صفحوں والی موٹی سی کتاب یاد آگئی تھی جو ہر وقت اس کے باپ کی کرسی کے پاس تپائی پر پڑی رہتی تھی اور جسے اس کا باپ موقع بموقع اٹھا کر پڑھتا اور حاشیوں پر کچھ لکھتا رہتا تھا اور جس سے پرانے کاغذ کی مخصوص تیز بو آیا کرتی تھی۔۔۔اس کو وہ کتاب، جس سے وہ ایسے ہی مانوس تھا جیسے اپنے جوتے یا اپنے بستر سے، یاد آگئی تھی۔ اس نے بے سوچے سمجھے کہہ دیا تھا: "بابا! میں بھی بڑا ہو کر کتابیں لکھوں گا" اور اس کا اتنا کہنا تھا کہ اس کے باپ نے آنکھیں پھیلا کر، تقریباً اداسی سے، اس کی طرف دیکھا تھا اور پھر پگڈنڈی پر بندوق گود میں رکھ کر بیٹھ گیا تھا اور اس کو پاس بٹھا کر بولا تھا: "بڑا مشکل کام ہے"۔

"مشکل کیسے ہے بابا؟" اس نے پوچھا تھا۔

"ایسے۔۔۔" اس کا باپ آنکھیں سکیڑ کر آسمان پر دیکھتا ہوا بولا تھا، "کہ جیسے یہ بادل"۔

"بادل؟"

"ہاں" اس کے باپ نے کہا تھا، "یہ بدلیاں دیکھ رہے ہو؟ پچھلے ایک گھنٹے سے کیسی دھلی دھلائی دھنکی ہوئی اور پریس کی ہوئی روئی کی ٹھوس چٹانوں کی طرح آسمان میں سر اٹھائے کھڑی ہیں اور نہ ہلتی ہیں نہ جلتی ہیں نہ شکل بدلتی ہیں۔ دیکھا تم نے؟"

"ہاں بابا"۔

"دیکھا تم نے کہ ان کی ایک ایک نوک اور ایک ایک قوس اور ایک ایک لکیر جیسے پتھر سے کاٹ کر بنائی گئی ہے؟"

"ہاں بابا"۔

"اور اپنے اختصار اور اپنی خاموشی کے باوجود ان میں اتنی تندی اور اتنا تشدد اور اتنی زندگی اور قوت ہے کہ دل پر نقش ہو جاتی ہیں اور ایک بار دیکھ لو تو سارا سال نہیں بھولتیں؟" اس کی آنکھیں یکبارگی چمک اٹھی تھیں۔ "دیکھا تم نے؟"

"ہاں بابا"۔

"مگر۔۔۔" اس کی آنکھوں کی چمک یکبارگی غائب ہو گئی تھی اور وہ ایک بالی توڑ کر اداسی سے اسے سونگھتے ہوئے بولا تھا، "یہ بدلیاں صرف بہار کے بہار آتی ہیں، چند روز کے لیے بس۔ پھر سارا سال وہی میلے میلے مٹیالے، غیر معین اور غیر واضح اور مکڑی کے جالے کے سے بدرنگ بادلوں کا چکر چلتا ہے جو آتے ہیں اور گرجتے ہیں اور دھوپ۔۔۔" وہ بالی کھیت میں پھینک کر اٹھ کھڑا ہوا تھا۔ "اور دھوپ کے آنکھوں میں کھب جانے والے رنگوں کو ختم کر دیتے ہیں"۔

وہ پھر پگڈنڈی پر آگے پیچھے چلنے لگے تھے اور اس کی سمجھ میں کچھ نہ آیا تھا کہ اس کا باپ کیا کہہ رہا ہے۔ مگر اس نے اس کی پروا بھی نہ کی تھی اور بھلا دیا تھا۔ اس لیے کہ کتابیں لکھنے کی بات اس نے بے سوچے سمجھے، بالکل سرسری طور پر کی تھی اور اصل میں

اس کا مطلب یہ نہ تھا۔ مگر بعد میں۔۔۔۔ بہت بعد میں۔۔۔۔ جب وہ واقعی بڑا ہو گیا اور اس نے کتابیں لکھنے کے لیے قلم اٹھایا تو اپنے باپ کی کہی ہوئی بات اپنے سارے معنی کے ساتھ بڑے واضح طور پر اس کے سامنے آ گئی، اس لیے کہ جب کبھی وہ کسی خیال کے جادو کو محسوس کر کے چونک کر اٹھا اور قلم اٹھا کر کاغذ پر جھکا تو خیال کو لفظ میں منتقل کرتے کرتے اس کا سارا جادو غائب ہو گیا اور اس نے اپنے آگے کاغذ پر کیڑے مکوڑوں کی طرح پھیلے ہوئے بے جان، بے اثر لفظوں کو بدمزگی سے دیکھا اور سکتے میں آ گیا، اور پھر اس نے سر اٹھا کر بہار کی ان بدلیوں کو تلاش کیا جن کے آنے میں ابھی دیر تھی اور ہمیشہ اس نے حیران ہو کر سوچا کہ اس کا باپ جس نے کبھی ایک کتاب بھی نہ لکھی تھی، کیسے ان سب باتوں کا علم رکھتا تھا!

وہ بدلیاں کبھی نہ آئی تھیں۔ وہ لفظ کبھی اس کو نہ ملا جس کی تلاش میں وہ تھا۔۔۔۔ وہ کاٹا چھانٹا ہوا، دھلا دھلایا ہوا، صاف ستھرا، مختصر اور تند اور قوی، ٹھوس دھات کا گھڑا ہوا لفظ جس پہ نظر ڈالو تو سانس لے اور زبان پہ لاؤ تو جی اٹھے اور دل کی طرح دھڑکے۔ وہ لفظ صرف اس کے خیال میں جادو جگاتا رہا تھا۔ اس کے دل میں یہ علم رہا تھا کہ لفظ میں بڑا جادو ہوتا ہے، مگر اس بات کا اسے پتا چلا تھا کہ لفظ لکھنا بڑا کٹھن کام ہے۔ اس نے ہزاروں کیڑے مکوڑے پھیلائے اور مشہور بھی ہوا مگر دوسرے بڑے بڑے اور مشہور کتابیں لکھنے والوں کی طرح ہمیشہ ناکام رہا تھا۔

"بابا"۔ اس کا بیٹا اس کی ٹانگوں کے گرد بازو لپیٹ کر کھڑا ہو گیا۔ "کیا کر رہے ہیں؟"

"سوچ رہا ہوں بیٹے"۔

"کیا سوچ رہے ہیں بابا؟"

"کیا سوچ رہا ہوں؟" اس نے آنکھیں سکیڑ کر فصل کے اوپر اوپر دیکھتے ہوئے ذہن پر زور ڈالا۔ "کچھ نہیں"۔

"کچھ نہیں؟" بچے نے دہرایا۔

وہ زمین پر بیٹھ گیا۔ "بیٹھ جاؤ بیٹے"۔ اس نے کہا۔ پھر اس نے ایک ٹوٹی ہوئی خشک ٹہنی اٹھا کر اس سے سفیدہ پھرے ہوئے کھیت کی سطح پر ایک گول دائرہ کھینچا۔ "میں تمھیں ایک مثال دیتا ہوں"۔ اس نے کہا، "یہ دائرہ آدمی کا بنیادی رویئے اور اسی دائرے میں آدمی کی ساری سوچ بند ہے۔ اس دائرے سے باہر نامعلوم کی دنیا ہے، اندھیرا ہے"۔

پھر اس نے دائرے کے محیط پر قریب قریب دو نشان لگائے۔ "ان نشانوں کے درمیان یہ مختصر سا علاقہ بھلائی کا علاقہ ہے۔ یہاں سے پھر۔۔۔" اس نے داہیں طرف محیط کے ساتھ ساتھ لکڑی گھمائی، "ظلم شروع ہوتا ہے اور یہاں سے۔۔۔" اس نے بائیں طرف لکڑی گھمائی، "منفی اچھائی شروع ہوتی ہے۔ ان تینوں علاقوں کی آپس کی حدیں بڑی باریک اور تقریباً بے معلوم ہوتی ہیں، اتنی کہ یہاں سے دیکھے پر سب آپس میں گڈ مڈ ہوتے ہوئے معلوم ہوتے ہیں۔ مگر ان کی ایک چیز مشترک ہوتی ہے، آدمی کا منیاد ی رویہ، بھلائی ہو، برائی ہو، یا ظلم ہو، آدمی کا بنیادی رویہ جارحانہ ہی رہتا ہے۔ چنانچہ ہم سوچتے بھی ہیں تو کچھ نہیں سوچتے"۔

"کچھ بھی نہیں؟" بچے نے دہرایا۔

"ہاں۔ جب تک آدمی کا بنیادی رویہ بدل نہیں پاتا تب تک یہ دائرہ نہیں ٹوٹتا اور تب تک اس سے باہر کے نامعلوم علاقے میں ہماری رسائی نہیں ہوتی جو بہت بڑا علاقہ ہے اور اس دائرے کی جس کے سامنے کوئی حقیقت نہیں اور جہاں زندگی کی اصل نسل باتوں کا علم رہتا ہے۔ سمجھے؟"

بچہ بے یقینی سے ہنسا۔

وہ ٹوٹی ہوئی ٹہنی پھینک کر اٹھ کھڑا ہوا۔ پھر اس نے بیٹے کی گردن میں بازو ڈالا اور وہ واپس شہر کو مڑے اسے پتا تھا کہ بچے کی سمجھ میں کچھ نہیں آیا تھا، مگر وہ یہ سوچ کر طمانیت سے دل میں مسکرایا کہ عمر میں کبھی نہ کبھی وہ ضرور، کہیں نہ کہیں، ان باتوں کے روبرو آ کھڑا ہوگا اور سمجھ جائے گا اور پھر وہ اپنے باپ کو یاد کرے گا۔

واپسی پر اب وہ دوسرے راستے پر، دوسری پگڈنڈیوں پر چل رہے تھے یہ بہر حال سڑک پہ اسی جگہ جا کر نکلتی تھیں جہاں سے انہوں نے کھیتوں میں قدم رکھا تھا۔ بچہ اب اس کے بازو کے حلقے سے نکل کر دوڑتا ہوا بہار کے خودرو پھول توڑ توڑ کر جمع کر رہا تھا۔ پگڈنڈی کے دونوں کناروں پر السی کے شوخ سرخ رنگ کے ننھے ننھے نازک پھول ہزاروں کی تعداد میں اُگے ہوئے تھے جن پہ نظر نہ ٹھہرتی تھی۔ بیچ میں لالہ کے کئی بڑے بڑے سرخ پھول تھے جن میں کہیں کہیں بنفشی پھولوں کے چھینٹے بھی تھے۔ ایک جگہ جنگلی گلاب کا پودا تھا جس کا پھول توڑتے توڑتے کانٹا اس کے بیٹے کی انگلی میں چبھ گیا اور وہ ہلکی سی چیخ مار کر انگلی کو اس جگہ سے چوسنے لگا یہاں پر خون کا ننھا سا قطرہ ابھر آیا تھا جس میں سورج چمک رہا تھا۔ اس نے جلدی سے آگے بڑھ کر بچے کی انگلی کو دیکھا اور اسے خون چوس جانے کی ہدایت کر کے احتیاط سے گلاب کا پھول توڑا اور بچے کو دیا جو اس نے لے کر اپنے گلدستے میں لگا لیا اور انگلی چوستے ہوئے آگے آگے چلنے لگا۔ اس نے اپنے دہنے ہاتھ کی انگلیاں ناک تک لے جا کر انہیں سونگھا، اس گلاب میں خوشبو نہیں تھی، جو دوسرے گلاب میں ہوتی ہے، اس نے سوچا۔ اسے اپنا باپ یاد آیا جو جب تک زندہ رہا اپنے شکار کے مہنگے شوق میں پیسے اڑانے اور کوئی کام کاج نہ کرنے کی بناء پر کنبے بھر میں اچھی نظر سے نہ دیکھا جاتا رہا جس کی غیر ذمہ داری اور نکھٹو پن کی شکائتیں اس نے اپنی ماں تک سے

سنیں، جس کو عمر بھر صرف بھرپور طور پر زندگی گزارنے اور اس کے فلسفے پر غور کرنے کا شوق رہا۔ جس نے وہی کیا جو چاہا اور جو درست خیال کیا اور جو شاید تھا بھی عین درست ہی آخرکار۔۔۔ اس نے جنگلی گلاب کے پودے کے پاس کھڑے کھڑے دور آگے پگڈنڈی پر اپنے بیٹے کو دوڑ دوڑ کر خودرو پھول جمع کرتے ہوئے دیکھا اور اس نے سوچا: بیٹوں کو باپ کے شکرانے کے لیے اس کی دولت اور عزت اور اس کے رتبے اور شاید اس کے کارناموں کی بھی ضرورت نہیں ہوتی۔ ان کو صرف اس خوشبو کی ضرورت ہوتی ہے جو صرف ایک بار سچے گلاب کو چھونے سے ہاتھوں میں لگی رہ جاتی ہے اور جس کا آدمی کو پتا بھی نہیں چلتا، مگر بعد میں جب انجانے طور پر ہاتھ کہیں سانس کے سامنے سے گزرتا ہے تو خوشبو کا احساس ہوتا ہے اور آدمی چونک کر سارے بدن پر اسے تلاش کرتا ہے اور پوروں تک پہنچ جاتا ہے اور انہیں سانس پر رکھ کر سونگھتا ہے اور اسے یاد آتا ہے کہ اس کے ماضی میں کہیں ایک گلاب کا پھول بھی تھا، اور وہ خدا کا شکر ادا کرتا ہے۔

بچہ اس کو پیچھے پگڈنڈی پر رکے دیکھ کر ٹھہر گیا، "بابا!" اس نے آواز دی۔ وہ غیر ارادی طور پر دہنے ہاتھ کی انگلیوں کو ناک کے قریب لے گیا۔

"بابا"۔ اس کے قریب آنے پر بچے نے پوچھا، "وہاں کیا کر رہے تھے؟"

"سوچ رہا تھا بیٹے"۔

"کیا سوچ رہے تھے؟" بچے نے شرارت سے سوال کیا اور بھاگ اٹھا۔

دوڑ شروع کرنے سے پہلے اس نے حلق سے خوشی کی گہری گونج دار آواز پیدا کی جو کچھ کچھ بیل کے ڈکرانے سے مشابہ تھی۔ ابھی تیز، ابھی ہولے دوڑتے ہوئے انہوں نے کئی کھیت پار کیے۔ اس رستے پر گیہوں اور چنے کے کھیت تھے اور ایک کھیت میں چند بچے، کچے سبز چنوں کو آگ لگا کر ان کی ہولیں بنا رہے تھے۔ کھیت کے کنارے کنارے بھاگتے

ہوئے اسے ہولیں بنانے کی گرم گرم رس دار خوشبو آئی اور اس نے چند لمحے رک کر خوشی اور اداسی کے ملے جلے احساس کے ساتھ چنے کے جلتے ہوئے پودوں کو اور اٹھتے ہوئے دھوئیں کو اور اس کے چاروں طرف گھیر اڈالے، گھٹنوں پر ہاتھ رکھے پاؤں کے بل بیٹھے ہوئے مشاق چہروں والے بچوں کو دیکھا۔ اس کا بیٹا بھی رک کر کمر پر ہاتھ رکھے انہیں دیکھ رہا تھا۔ وہ پھر دوڑ پڑا۔ آگے خودرو پھولوں کی بہت سی کیاریاں اور کئی خالی کھیت آئے اور بہار کی اٹھتی ہوئی ہوائیں ان کے چہروں کو چھوتی ہوئی گزرتی رہیں۔ آخر وہ کھیتوں کو چھوڑ کر سڑک پر آنکلے اور پاس پاس کھڑے ہو کر ہانپنے اور ہنسنے لگے۔ اس کے بیٹے نے کس کر دو تین مکے اس کی رانوں پر لگائے اور اس کی ٹانگوں سے لپٹ گیا۔ اب سورج ڈھل رہا تھا۔ سڑک تقریباً خالی تھی اور دھوپ میں گرم ہو کر چمک رہی تھی۔ صرف چند کسان اپنی عورتوں کے ہمراہ شہر سے خریداری کر کے لوٹ رہے تھے۔ مرد لاٹھیاں کندھوں پر رکھے اور ان سے گٹھڑیاں لٹکائے اور عورتیں مٹی کی ہانڈیاں ایک کے اوپر ایک سروں پہ رکھے، جوتیاں ہاتھوں میں پکڑے سڑک کے کنارے کنارے ٹل کی ڈھلان اتر رہی تھیں۔ اس نے اپنے بیٹے کی گردن میں بازو ڈالا اور آہستہ آہستہ چڑھائی چڑھنے لگا۔ پل پر پہنچ کر وہ رک گیا۔ سامنے اس کا شہر تھا جس پہ اب سورج چمک رہا تھا۔ اس نے سستانے کے انداز میں کمر پر ہاتھ رکھے اور مڑ کر آخری بار دور دور تک سہ پہر کے چمکتے ہوئے رنگوں کو دیکھا۔ گیہوں اور چنے کا سبزہ اور السی کے پھولوں کا لالہ اور بے بو خودرو پھولوں کا زردہ اور ہل چلی ہوئی زمین کی بادامی اور پھلدار درختوں کی سیاہی اور اوپر آسمان کا نیلم اور بہار کی بدلیوں کا براق۔ ایک ایک کر کے اور پھر سب کے سب ایک ساتھ اس کی آنکھوں میں کھب گئے اور اس نے ایک طویل لمحے تک اس دھڑ دھڑ دھڑکتی، سانس لیتی ہوئی عجیب و غریب سرزمین کو دیکھا اور اسے اس شخص کا خیال آیا جسے ایک دفعہ اس نے

دیکھا تھا، اس شخص کے چہرے پہ رنگ اور آنکھوں میں بے پناہ چمک عود کر آئی تھی اور وہ آخری دموں پر تھا اور بڑا صحت مند اور خوبصورت دیکھائی دے رہا تھا۔ اس نے ہاتھ سے آنکھیں ڈھانپ لیں اور کئی لمحوں تک کھڑا اس منظر کو دل میں جذب کرتا رہا۔ پھر پلٹ کر پل کو پار کرنے لگا۔

آج صبح سویرے وہ اس شہر میں موسمی پرندے کی مانند وارد ہوا تھا۔ علی الصبح جب بازار اور گلیاں ابھی خالی تھیں اور صرف فجر کی نماز سے لوٹنے یا صبح کی سیر کو جانے والے اکادکا لوگ خاموشی سے کیکر کی داتن چباتے ہوئے آجارہے تھے اور ابھی دن کا اجالا بھی نہیں پھیلا تھا کہ وہ اپنے بیٹے کا ہاتھ پکڑے اور اپنا سوٹ کیس اٹھائے اجنبیوں کی طرح ادھر ادھر دیکھتا ہوا اپنے گھر کے دروازے پر آکھڑا ہوا تھا۔ میونسپلٹی کے بھنگی (ازلی طور پر جھکے جھکے) بازاروں میں جھاڑو دے رہے تھے اور گلیوں کی نالیاں صاف کر رہے تھے۔ ایک گوالا دودھ کے بڑے بڑے کمنڈل دونوں ہاتھوں میں لٹکائے ان کے بوجھ سے جھولتا ہوا تیز تیز چلا جارہا تھا۔ ایک فقیر بلند خوابیدہ آواز میں بھیک مانگتا پھر رہا تھا۔ اس نے سوٹ کیس آہستہ سے گھر کے دروازے کے آگے اینٹوں کے تھڑے پر رکھ دیا اور رک کر ان پرانی، مانوس آوازوں کو سننے لگا۔ بیس برس گزر گئے تھے مگر دن کی یہ ساری اولیں آوازیں وہی تھیں جن کو وہ اپنے لڑکپن میں فجر کے وقت (اپنے بستر میں کسمساتا ہوا) سن کر جاگا کرتا تھا۔۔۔ یا جاگ کر سنا کرتا تھا۔ دروازے کے آگے سر نیہوڑائے کھڑے کھڑے چند لمحوں کے لیے اس کے پاس نیم خوابیدگی کا وہ لذیذ اور غیر حقیقی عالم لوٹ آیا تھا جس میں سونے اور جاگنے اور سننے کے عمل کو ایک دوسرے سے جدا نہیں کیا جا سکتا تھا، اور جو یہاں سے جانے کے بعد اس کو کسی خواب گاہ میں اور کسی بستر میں کبھی نصیب نہیں ہوا تھا۔ اس نے ہاتھ اٹھا کر دو انگلیوں سے ہولے ہولے دروازہ کھٹکٹانا شروع کیا۔

ایک بار دوبار، تین بار۔۔۔ اس کا بیٹا حیرانی سے چاروں طرف محلے کے اونچے اونچے مکانوں کو دیکھ رہا تھا۔ دو سفید کبوتر کسی منڈیر سے اڑ کر مدھم آسمان پر سے گزرے۔ کسی نے اوپر کی منزل کی کھڑکی کھولی۔

"کون ہے؟" ایک لڑکی نے کھڑکی سے سر نکال کر سوئی سوئی آواز میں پوچھا۔

"میں ہوں"۔ وہ سر اٹھا کر احمقوں کی طرح بولا۔

لڑکی کا چہرہ غائب ہو گیا اور کھڑکی کے بند ہونے کی آواز آئی۔ اس نے گھبرا کر چاروں طرف دیکھا۔ پھر زینے پر قدموں کے اترنے کی آواز ابھری۔ پھر دروازہ کھلا۔

"ماموں جان"۔ لڑکی نے سانس روک کر زیر لب کہا۔

اس نے متلاشی نظروں سے اس لمبے قد اور چھریرے بدن کی نوجوان لڑکی کو سر سے پاؤں تک دیکھا اور پہلی بار شعوری طور پر اسے اتنی عمر کے گزر جانے کا احساس ہوا۔ اس نے سوٹ کیس اٹھا کر ڈیوڑھی میں رکھا اور اس اجنبی لڑکی کو اپنے ساتھ لگالیا۔ اوپر کی منزل پر ایک دروازے کے کھلنے اور بند ہونے کی مدھم سی آواز آئی۔ اس نے سیڑھیوں پر قدم رکھا۔ پتھر کے زینے اور دیواروں کے لاوقت رنگ وروغن کو دیکھ کر آناً فاناً وہ بیس برس کو جیسے ایک جست میں پھلانگ کر اپنے لڑکپن میں جا کھڑا ہوا اور سر جھکا کر آہستہ آہستہ، قدم قدم سیڑھیاں چڑھتے ہوئے اس کو اجنبیت اور مانوسیت کا وہ عجیب و غریب ملا جلا احساس ہوا جو لمبی جلاوطنی کے بعد گھر آنے والوں کا ہوتا ہے اور جو صرف کان اور آنکھ ہی میں نہیں، بدن کی ساری جلد پر اور اس کے نیچے لہو کی سرسراہٹ تک میں محسوس کیا جاتا ہے اور جس سے رونگٹے کھڑے ہو جاتے ہیں اور وقت یکسر گم ہو جاتا ہے۔ اس نے سر اٹھا کر دیکھا۔ زینے کے اوپر اس کی بہن چوکھٹ کا سہارا لیے اس کی منتظر کھڑی تھی۔ اس کا سر آدھے سے زیادہ سفید ہو چکا تھا اور اس کے چہرے کی جلد ڈھیلی پڑ گئی تھی اور

اس کی بڑی بڑی پھیلی ہوئی آنکھوں میں وہ خلاء تھا جو دکھی عورتوں کی آنکھوں میں پیدا ہو جاتا ہے۔ وہ اس سے دوسری سیڑھی پر رکا دن کے بڑھتے ہوئے اجالے میں چپ اسے دیکھتا رہا۔ وہ اس سے صرف پانچ سال بڑی تھی اور اس کو وہ لمبے قد اور چھریرے بدن کی چلبلاتی ہوئی جوان لڑکی کے روپ میں چھوڑ کر گیا تھا۔ اس وقت دوسری بار اسے عمر کے گزرنے کا دھچکا لگا۔

پھر اس کی بہن کی کانپتی ہوئی کمزور آواز آئی: "سعید۔۔۔" اور اسے پتا بھی نہ چلا کہ کب وہ ہلا اور آخری دو سیڑھیوں کو پھلانگ کر اس کے قریب پہنچا اور ڈھیلے لباس میں ہڈیوں کے اس ڈھانچے کو محسوس کر کے اس کا دل جیسے لہو سے بالکل نچڑ گیا اور وہ بچوں کی طرح اس کے ساتھ لپٹ گیا۔ اسے صرف اتنا پتا چلا کہ وہ خستہ ہڈیوں کے ہلکے پھلکے، ہچکیاں لیتے اور ہچکولے کھاتے ہوئے ناطاقت بدن کو اپنے جسم کے ساتھ تھامے کھڑا ہے اور اس خوش بو کو سونگھ رہا ہے جو فجر کی سوتی جاگتی آوازوں کی طرح پرانی اور لذیذ اور مانوس ہے اور جو صرف دودھ پیتے بچوں یا اپنی بہنوں سے آتی ہے جن کے ساتھ آپ بچپن میں سوئے اور لڑکپن میں کھیلے ہوں۔ ایک بار جب اس نے سر اٹھا کر بے مدعا سامنے دیکھا تو اسے صرف اتنا پتا چلا کہ چھریرے بدن کی لڑکی اور اس کا بیٹا ساتھ ساتھ کھڑے آنکھیں پھیلائے پریشانی سے ان دونوں کو دیکھ رہے ہیں اور صحن کے کونے سے جو آسمان کا ٹکڑا نظر آرہا ہے اس پر دو سنہری کبوتر خوشی سے قلابازیاں کھا رہے ہیں۔ اس طرح اس کو جاننے کی خواہش کیے بغیر پتا چلا کہ سورج نکل آیا ہے اور دل گیلا کپڑا ہے جو بل دے کر نچوڑا جا رہا ہے۔ دراصل اسے کچھ بھی پتا نہ چلا تھا، کہ ایک ہی رنگ و بو کے دو جلاوطن بدنوں میں وقت یکسر گم ہو چکا تھا۔

پھر بعد میں وہ بڑے کمرے میں بیٹھا ناشتہ کر رہا تھا اور اس کی بہن اس کے سامنے

بیٹھی اس کے بچے کو گود میں لیے باتیں کر رہی تھی: "تمہارا خط مل گیا تھا۔۔۔" وہ کہہ رہی تھی اور وہ گھونٹ گھونٹ چائے پیتا ہوا کمرے میں چاروں طرف دیکھ رہا تھا۔ کمرے کے سارے سامان میں سے صرف ایک وہ کونے میں کھڑی ہوئی اخروٹ کی لکڑی کی بھاری الماری تھی جس سے وہ واقف تھا۔ باقی سب بدل چکا تھا۔ وہ دن اسے آج بھی یاد تھا جس روز یہ الماری ان کے گھر میں وارد ہوئی تھی اور اوپر کی منزل تک پہنچتے پہنچتے تنگ زینے میں پھنس کر رہ گئی تھی اور زینے کے اوپر اس کا باپ کھڑا پسینے میں شرابور آٹھ زور لگاتے ہوئے مزدوروں کو یوں تن دہی سے ہدایات دے رہا تھا جیسے میدان جنگ میں شاید کوئی جرنیل! اس روز وہ سکول سے ذرا دیر سے لوٹا تھا اور جلد از جلد اوپر پہنچنا چاہتا تھا کہ اسے سخت بھوک لگ رہی تھی مگر آدھے زینے میں یہ بہت بڑی اور بھاری سی الماری پھنسی ہوئی تھی جو نہ اوپر جاتی تھی نہ نیچے اور نہ ہی گزرنے کا کوئی راستہ دیتی تھی کسی کو۔ اور آٹھ پہاڑیئے، جن کے پسینے میں بھیگے ہوئے چیتھڑے لٹک رہے تھے اور پھڑکتے ہوئے گیلے پٹھے نیم اندھیرے میں چمک رہے تھے اور جن کے جسموں سے محنت اور غربت کی تیز بساند آرہی تھی، چار الماری کے آگے اور چار پیچھے اپنے حماقت زدہ چہرے لیے بوکھلائے کھڑے تھے اور اس کے باپ کی غصیلی، کڑک دار آواز پر جھک جھک کر غیر یقینی ہاتھوں سے الماری کو ٹٹول رہے تھے۔۔۔ وہ آہستہ سے مسکرایا۔۔۔ اس الماری کے دروازوں کی وارنش شدہ سطح پر اخروٹ کی لکڑی کی ٹیڑھی میڑھی سیاہ دھاریاں اوپر سے نیچے تک چلتی تھیں، اور اس کے اندرر سالہا سال تک کھیس اور دریاں اور چادریں، اور پتلی پتلی دلائیاں اور نیچے کے خانے میں پلنگ کے روغنی پانے (اور ایک پرانا اور ٹوٹا ہوا بینجو) رکھے جاتے رہے تھے اور جب اسے کھولتے تھے تو اندر سے اخروٹ کی لکڑی اور کچے سوت کی ملی جلی تیز بو آیا کرتی تھی جو باہر کی کسی بو سے میل نہ کھاتی تھی۔ چائے کا آخری گھونٹ

بھرتے ہوئے بے اختیار اس کا جی چاہا کہ اٹھ کر جائے اور الماری کا دروازہ کھول کر دیکھے کہ اب اس میں کیا رکھا جاتا تھا اور اس کی بو اب بھلا کیسی تھی؟

"تم اپنی بیوی کو نہیں لائے۔۔۔؟" اس کی بہن کہہ رہی تھی اور وہ جواب میں پتا نہیں کیا کہے جا رہا تھا، کیونکہ اس کی عمر ساری ناک اور کان اور آنکھ میں سمٹ کر آگئی تھی اور وہ نظروں سے اس لمبی چھریری لڑکی کا تعاقب کر رہا تھا جو اس کی بہن کا پہلا روپ تھا جو اس کمرے میں جو سالہا سال تک اس کا کمرہ رہا تھا، آ جا رہی تھی اور جھکی ہوئی، اجنبی اور مانوس نظروں سے اسے اور اسے کے بیٹے کو تاک رہی تھی۔ اس کے کمرے کی ایک دیوار لکڑی کی تھی جو غسل خانے کو الگ کرتی تھی اور جس پر ہاتھ مارو تو ساری لرزتی تھی۔ دوسری دیوار میں شیشے کی الماری جڑی تھی جس میں آدمی پورے قد سے کھڑا دکھائی دیتا تھا اور اسے کھولو تو اندر قرآن مجید پڑا ہوتا تھا اور نچلے خانے میں پتا نہیں کس کی ایک ٹوٹی ہوئی تسبیح پڑی رہتی تھی۔ گلی والی دیوار میں دو کھڑکیاں کھلتی تھیں جن میں جالی لگی ہوئی تھی اور جن کے رستے فجر کی دھندلی خوابیدہ آوازیں آیا کرتی تھیں اور۔۔۔ ایک بار بہت فجر کو سامنے والے گھر میں مہمان اترے تھے اور ان کا لونڈا خوشی کے مارے گلی میں سے گاتا ہوا گزرا تھا "دل والے۔۔۔" اور اس نے اپنے بستر میں سوئے سوئے تقریباً خواب میں یہ آواز سنی تھی اور آہستہ آہستہ جاگ پڑا تھا اور سر کو بار بار دل میں دہراتا رہا تھا حتیٰ کہ اس آواز کا ایک بدن بن گیا تھا اور ایک رنگ نکل آیا تھا جو پیلا تھا اور ایک عمر کے گزرنے پر بھی پیلا ہی رہا تھا اور یوں اسے پتا چلا تھا کہ ماضی کا رنگ پیلا ہوتا ہے۔ اس کا جی چاہا کہ وہ ناشتے کی طشتری الٹ دے اور بھاگ کر جائے اور اپنے کمرے کے دروازے سے جھانک کر دیکھے کہ اب وہ بھلا کیسا تھا اور اس میں کیا کچھ رکھا تھا۔

"تیرے سر میں سودا، تھا سعید"۔ اس کی بہن تاسف سے کہہ رہی تھی، "تو اپنے بابا

پر گیا ہے"۔

وہ اٹھ کھڑا ہوا۔ آتش دان پر اس کے ماں باپ کی بڑی بڑی تصویریں رکھی تھیں جن کے چہروں پر لازوال مسکراہٹیں تھیں اور جو عرصہ ہوا مر چکے تھے۔ اسے یہ بھی علم تھا کہ اس کی بہن کا شوہر، جسے اس نے کبھی دیکھا تک نہ تھا، آئندہ بھی کبھی دکھائی نہ دے گا چنانچہ اب وہ اس سے کیا کہہ سکتا تھا بھلا۔ اس نے جمائی لی اور چپکے سے جا کر پلنگ پر لیٹ گیا۔ تھوڑی ہی دیر میں وہ جوتے اتارے بغیر گہری نیند ہو گیا۔

جب وہ سو کر اٹھا تو اس کے جوتے اترے ہوئے، ترتیب سے پلنگ کے آگے رکھے تھے اور کمرے کے سارے دروازے بند تھے اور باہر صحن میں اور باورچی خانے میں اس کی بہن اور بھانجی اور کام کرنے والی عورت سب دبے پاؤں چل پھر رہے تھے اور اس کا بیٹا کھکھلا کر ہنس رہا تھا۔ دوپہر کا کھانا کھا کر اور اپنے بیٹے کو ساتھ لے کر اس نے اپنی بہن سے دو گھنٹے کی اجازت لی اور باہر نکل آیا۔ بازار تک آتے آتے اسے چار آدمی ملے جنھوں نے دونوں باپ بیٹوں کو غور سے اوپر نیچے دیکھا اور خاموشی سے گزر گئے۔ بازار میں داخل ہونے سے پہلے اسے شدید حجاب آلود اجنبیت کا احساس ہوا اور اس نے فلیٹ ہیٹ کو آنکھوں پر کھینچا اور کوٹ کا کالر اٹھا لیا اور جیبوں میں ہاتھ دیئے دیئے بازار اور سارے شہر میں سے گویا سلیمانی ٹوپی پہنے پہنے گزر گیا۔ کسی نے اسے نہ پہچانا تھا اور اس سے اسے عجیب سے رنج مگر عجیب سی طمانیت کا احساس ہوا تھا۔ چنانچہ اس وقت بھی دوبارہ شہر میں داخل ہونے سے پہلے، اس نے فلیٹ ہیٹ کو آنکھوں پر کھینچا، کوٹ کا کالر اٹھایا اور ہاتھ جیبوں میں ٹھونس کر پل سے اترنے لگا۔

اسی طرح اپنے فلیٹ اور کوٹ کی آڑ میں اس نے گول سڑک کے کنارے کنارے آدھے شہر کا چکر کاٹا اور بازار میں داخل ہوا۔ سڑک پر گھوڑوں اور موٹر گاڑیوں کی گرد اڑ

اڑ کر اس کے ہیٹ اور کوٹ کے بازوؤں پر جم گئی تھی اور اس روز کی آخری دھوپ میں ذرہ ذرہ چمک رہی تھی۔ سورج کے گرد بادل جمع ہو رہے تھے۔ بازار میں اس نے رحیم شربت والے کو پہچانا جس نے داڑھی رکھ لی تھی اور داڑھی سفید تھی۔ وہ اپنے پرانے مستقل انداز میں گدی پر بیٹھا تھا اور اس کے ہاتھ میں پنکھی تھی جس سے وہ اپنے آگے پڑی ہوئی رنگ برنگے دیسی شربتوں کی بوتلوں پر بھنبھناتی ہوئی مکھیوں کو اڑاتا جا رہا تھا۔ رحیم شربت والے نے ایک دفعہ اسی جگہ پر تن تنہا سات ڈاکوؤں کا مقابلہ کیا تھا۔ مگر اس زمانے میں رحیم ململ کا کرتہ پہنتا تھا اور اس کے پٹھوں کی مضبوط ڈھلان اور شانوں کی گولائی اور بازوؤں کی مچھلیاں ململ میں سے صاف دکھائی دیتی تھیں۔ اب اس کے چہرے پہ سفید داڑھی تھی اور وہ مشکل سے پہچانا جاتا تھا۔ فلیٹ کی آڑ میں اس نے کئی اور لوگوں کو پہچانا جو اپنی پرانی دکانوں پر اپنے مستقل انداز میں بیٹھے تھے۔ کئی لوگوں نے اسے دیکھا اور گزر گئے اور پھر مڑ کر اس کی چال سے کچھ اندازہ کرنے اور کچھ یاد کرنے کی کوشش کی مگر بیس سال ایک عمر ہوتی ہے جو بچوں کو جوان اور جوانوں کو بوڑھا اور یادوں کو کند کر دیتی ہے۔ وہ سیدھا گھر جانے کی بجائے دہنے ہاتھ کی ایک گلی میں مڑ گیا۔

گلی کا فرش، اونچی نیچی اینٹوں والا، اس کا سارا لا پرواماضی تھا جس پر ان گنت پرانے قدموں کے نشان تھے جن میں کوئی فرق نہ آیا تھا۔ اس نے گلی کو تقریباً خالی پا کر ہیٹ ماتھے پر اونچا کیا اور انگلیاں اپنے بیٹے کے بالوں میں دوڑائیں۔ بازار کا اونچی نیچی آوازوں والا اٹھتا اور دبتا ہوا شور پیچھے رہا جا رہا تھا۔ اب یہاں پہ گلی کی مخصوص آوازیں تھیں دونوں طرف کے چوباروں کی کھڑکیوں میں آمنے سامنے بیٹھ کر سبزی بناتی اور آہستہ آہستہ باتیں کرتی اور گلی میں سے گزرنے والوں کو جھانکتی ہوئی عورتوں کی مخمور آوازیں اور اندر کسی کسی کواڑ کے کھلنے اور بند ہونے کی پراسرار دھمک (ٹھنڈے، اندھیرے کمروں میں

ان گنت سستاتے اور ان دیکھی محبت کرتے ہوئے مردوں اور عورتوں کی پراسرار دھمک!) اور سہ پہر کا سناٹا! اس کا جی چاہا کہ وہ پرانے وقتوں کی مانند بازو پھیلا کر بھاگتا اور شور مچاتا ہوا آڑے آگیا اور وہ بازو اپنے بیٹے کی گردن میں ڈالے احتیاط سے پرانے نشانوں پہ قدم رکھتا ہوا کڑی مستقل چال سے، جو ادھیڑ عمری کی اور زیارت کے سفر کی چال ہوتی ہے، گزرتا رہا، اور چوباروں کی کھڑکیوں میں ٹیک لگائے بیٹھی لڑکیوں نے سانس روکے بغیر گردن لمبی کر کے اس باپ بیٹے کو جھانکا اور دھیان ہٹالیا، اور دوپہر کے کھانے کے بعد خنک، تاریک کمروں میں محبت کرنے اور پھر گہری نیند میں بڑبڑانے والے ان گنت مردوں اور عورتوں کو ان کا پتا بھی نہ چلا۔ اب یہ اس کے دوست اوم کا گھر تھا جس کی بہن پشپا ہر سال اس کے راکھی باندھا کرتی تھی اور اب وہ لوگ پتا نہیں کہاں تھے۔ اس وقت وہ سب پرائمری سکول میں پڑھا کرتے تھے۔ اور ہفتے میں ہمیشہ ایک دو روز پشپا اس سے کہتی "آج ہم نے ترکاری پکائی ہے۔۔۔" اور وہ سیدھا ان کے گھر چلا جاتا اور ان کے دالان کے ٹھنڈے فرش پر بیٹھ کر وہ تینوں ہلکی ہلکی گول چپاتیوں کے ساتھ پیتل کے جھلملاتے ہوئے برتنوں میں ترکاری کھاتے اور بعد میں ان کے چوبارے کی سیڑھیوں پر بیٹھ کر کھیلتے اور اس کے گھر والوں کو اس کی فکر بھی نہ ہوتی، کیونکہ اس زمانے میں اس کے دو گھر تھے۔۔۔ ایک اپنا اور ایک اوم اور پشپا کا۔ اس نے رک کر کھلے دروازے میں سے اندر جھانکا: دالان اور چوکا اور ایک کوٹھڑی اور دائیں طرف کو اوپر جاتا ہوا زینہ، سب جگہیں وہی تھیں، صرف کنبہ اجنبی تھا۔ دالان کے فرش پہ بیٹھ کر چرخہ کاتتی ہوئی بوڑھی عورت نے اپنی بے رنگ آنکھیں اٹھا کر اسے دیکھا:

"کیا ہے بھائی۔۔۔"

وہ چھت کی کڑیوں پر نظر دوڑاتا رہا۔

"کس کو دیکھتے ہو بھائی۔۔؟"

"کسی کو نہیں بی بی۔۔۔" اس نے آہستہ سے کہا۔ چرخے کے پاس روئی کے ڈھیر کو دیکھ کر اس نے بے خیالی سے سوچا، یہ شاید اس سال کی ہے!" پھر اس نے اپنے بیٹے کے بالوں میں انگلیاں دوڑائیں اور چل پڑا۔

اس گھر سے ایک خنک سی، نامعلوم سی بو آیا کرتی تھی جو اوم اور پشپا سے بھی آتی تھی۔۔۔ اس نے یاد کیا۔۔۔ اور جب کبھی وہ دوپہر کا کھانا کھا کر سو جایا کرتا تو پھر جاگنے پر، آنکھیں کھولنے سے پہلے ہی اسے پتا چل جاتا تھا کہ وہ اس گھر میں ہے اور پھر آنکھیں کھول کر پیتل کے کٹوروں اور تھالیوں کو تاریک چوکے کی دیواروں پر جھلملاتے ہوئے دیکھتا تھا اور اٹھ کر بیٹھ جاتا تھا اور اب یہ گھر اجنبی اور بے بو ہو چکا تھا جو کبھی اس کا اپنا تھا۔ اس نے سوچا۔ سب چیزیں وہی تھیں صرف بو اڑ چکی تھی، اس نے دل میں کہا، بو جو لامقام ہوتی ہے مگر بدن ضرور رکھتی ہے، جو سفر کرتی رہتی ہے مگر مرتی بھی ہے۔

اب وہ اپنے سکول کے سامنے سے گزر رہا تھا۔ اس سکول کا سب سے بڑا فائدہ یہ تھا کہ ان کے گھروں کے پاس تھا چنانچہ اس علاقے کے سب بچے یہیں سے تعلیم شروع کرتے تھے۔ یہ سکول کا پچھواڑا تھا جہاں اس کا ایک دروازہ اور باقی کھڑکیاں تھیں۔ دروازہ لوہے کی سلاخوں کا بنا ہوا تھا جیسے جیلوں یا خزانوں کا ہوتا ہے، اور کھڑکیوں میں بھی سلاخیں لگی تھیں۔ سکول کا اصل گیٹ پیچھے کی طرف تھا جہاں سے گول سڑک گزرتی تھی۔ اسنے بچے کے کندھے سے ہاتھ اٹھایا اور جا کر کھڑکی کی سلاخوں کو پکڑ کر کھڑا ہو گیا۔ اور قیدیوں کی طرح ان سے منہ لگا کر اندر دیکھنے لگا۔ سکول میں چھٹی ہو چلی تھی اور چپراسی کمروں کو بند کر رہے تھے اور برآمدوں میں ماسٹر اپنی اپنی سائیکلوں پہ جھکے گپیں مار رہے تھے۔ یہ چوتھا درجہ تھا، اس نے کمرے میں نظر دوڑائی۔ بے ترتیبی سے پڑے

ہوئے بدرنگ ڈیسکوں پر سیاہیوں کے دھبے تھے اور بلیک بورڈ پر تقسیم کا ایک سوال حل کیا ہوا تھا جو پھر ڈسٹر سے آدھا مٹا دیا گیا تھا۔ سامنے دیوار پر علامہ اقبال کی تصویر ٹیڑھی ہو کر لٹک رہی تھی۔ یہ چوتھا درجہ ہے، اس نے دل میں دہرایا۔ یہاں وہ ایک سال تک بیٹھتا رہا تھا اور اس کے ساتھ ایک لڑکا بیٹھتا تھا جس کے کپڑوں سے گندے صوف کی سیاہی کی بو آیا کرتی تھی۔ مگر اس سے آگے جو لڑکا بیٹھتا تھا اس سے گیلی گاچنی اور تازہ تراشی ہوئی قلموں کی کھری کھری خوشبو آیا کرتی تھی جو اسے بڑی اچھی لگتی تھی مگر اس کی دوستی صرف اوم اور پشپا سے تھی جو دوسری قطار میں بیٹھتے تھے اور ان کے اپنے دوست تھے جو دوسری قطار کے تھے۔ اور آدھی چھٹی کے وقت نلکے کے گرد سب جمع ہو کر اپنی اپنی تختی پر گاچنی ملتے تھے اور جب کوئی تختی پر ہاتھ پھیرنے کے لیے گاچنی کی ڈلی کو ایک طرف رکھتا تو چپکے سے اسے اٹھا کر اپنی تختی پر مل لیتے تھے اور پھر وہیں رکھ دیتے تھے اور ہجوم کی گڑبڑ میں کسی کو پتا بھی نہ چلتا تھا۔ اس نے آہستہ سے سلاخوں سے منہ اٹھایا اور ہاتھ سے اس جگہ کو ملا جہاں اس کے ماتھے پر سلاخوں کے نشان پڑ گئے تھے۔ پھر اس نے اپنے بیٹے کے بالوں میں انگلیاں دوڑائیں اور آہستہ سے ہنسا اور وہ دونوں پھر گلی میں چلنے لگے۔ اب یہ وہ مکان تھا جو سکول کے ساتھ لگتا تھا اور جو اس کے لیے بڑا اسرار رکھتا تھا۔ اس مکان کو دیکھتے ہی اسے وہ شخص یاد آ گیا جو یہاں رہا کرتا تھا۔ وہ پینتالیس پچاس کے لگ بھگ، دبلا پتلا اور لمبے قد کا آدمی تھا جو خاکساروں کی وردی پہنے رہتا تھا جس کی جیبوں میں ہر وقت اردو کی اخباریں اور پرچے ٹھنسے رہتے۔ اس کے پاس ایک سائیکل ہوتی تھی جس میں چند پرانی عینکیں لٹکتی رہتی تھیں۔ کہنے کو وہ عینکوں کا کاروبار کرتا تھا، مگر کسی نے اس کو کبھی عینکیں بیچتے ہوئے نہ دیکھا تھا۔ اس کا صرف ایک کام تھا، کہ بازار میں سائیکل لے کر چلتے چلتے ہر چند قدم پر رک جاتا اور اپنی گہری آواز میں نعرہ لگاتا۔۔۔ "چور اچکا

چودھری اور غنڈی رن پر دھان"۔ اور پھر بچوں کے معصوم فاتحانہ انداز میں ادھر ادھر دیکھتا تھا اور ارد گرد کے دکاندار اور گزرنے والے لوگ اس کی طرف اپنائیت سے دیکھتے تھے اور کھسیا کر ہنستے تھے کہ جیسے وہ اس نعرے کا نشانہ نہ ہونے کے باوجود اس میں شریک تھے۔ وہ شخص بھی نعرہ لگانے کے بعد خوشدلی سے ہنستا اور گزر جاتا۔ اس شخص کے لہجے میں اور چہرے پر کوئی کڑواہٹ نہ ہوتی بلکہ صرف خوش دلی اور بے ضرر طنز کے آثار ہوتے تھے جو اس کی شکل وصورت اور چال ڈھال سے ذرا میل نہ کھاتے تھے۔ وہ ہر ایک کا دوست معلوم ہوتا مگر کسی نے اس کو کبھی کسی کے پاس رکتے نہ دیکھا تھا۔ وہ لوگ صبح سویرے سکول پہنچنے پر اس کو اپنی سائیکل کے ساتھ گھر سے نکلتے اور دروازے کو تالا لگاتے ہوئے دیکھتے اور کھڑے رہتے جب تک کہ وہ گلی میں اتر کر اپنی گہری اور بلند آواز میں بلا ناغہ۔۔۔ "چور اچکا چودھری اور غنڈی رن پر دھان" کا نعرہ لگا کر اور اپنے معصوم فاتحانہ انداز میں سارے بچوں پر نظر ڈال کر بازار کی طرف نہ چلا جاتا۔ جس روز وہ مرا ہے کسی کو پتا بھی نہیں چلا۔ تین روز تک دروازہ اندر سے مقفل رہا تھا۔۔۔ اس نے یاد کیا۔۔۔ حتیٰ کے تیسرے روز بو باہر نکل کر چاروں طرف پھیل گئی تھی اور سب سے پہلے سکول کے ماسٹروں نے دروازہ کھٹکٹایا تھا اور چند بچوں نے جو اس آواز پر جمع ہو گئے تھے۔ انہیں بتایا کہ آج تین روز سے انہوں نے چور اچکے چودھری کو نہیں دیکھا تھا۔ چنانچہ پہلے محلے کے لوگ جمع ہوئے، پھر پولیس آئی اور کافی دیر تک دروازہ کھٹکٹانے اور آوازیں دینے اور درزوں میں سے جھانکنے کی کوشش کرنے کے بعد دروازہ توڑا گیا اور اندر وہ کرسی پر بیٹھا تھا، جیسے عام لوگ کھانا کھانے کے لیے بیٹھتے ہیں۔ صرف اس کا سر ایک طرف کو ڈھلک گیا تھا اور میز پر ایک کاغذ اور قلم رکھا تھا اور کاغذ پر۔۔۔ یہ اس کو بہت بعد میں پتا چلا تھا۔۔۔ لکھا تھا: "چور اچکا چودھری اور غنڈی رن پر دھان"۔ اس نے

اندر داخل ہوتے ہوئے لوگوں کی ٹانگوں میں سے اس کی ایک جھلک دیکھی تھی اور بو کا بھبکا اس کے منہ پر پڑا تھا اور اس نے پلٹ کر نالی میں قے کر دی تھی، اور گو اس روز پشپا نے ایک چھوڑ دو دو بار کہا تھا "آج ہم نے ترکاری پکائی ہے"۔ مگر وہ اس کی سنی ان سنی کر کے سیدھا اپنے گھر چلا آیا تھا اور اس کے بعد کئی روز تک کچھ کھا پی نہ سکا تھا۔ وہ جلدی سے مڑا اور اپنی گلی میں داخل ہوا جس کے آخر پر اس کا گھر تھا۔ گلی میں دروازوں اور کھڑکیوں پہ بیٹھی سہ پہر کی گپیں مارتی ہوئی عورتوں نے دلچسپی سے اسے دیکھا۔ اس نے جھجک کر کوٹ کا کالر اٹھایا اور ہیٹ کو ماتھے پر کھینچ کر ہاتھ جیبوں میں دیے اور سامنے دیکھتا ہوا چلنے لگا۔ کوٹ کی دائیں جیب میں انگلیوں کی مدد سے اس نے پورے پونے چھ آنے کے سکے گنے جو اب ساری دنیا میں اس کی کل دولت تھی۔ اب بادل سورج کے سامنے آچکے تھے۔ اور بارش کی خبر لانے والی مرطوب ہوا چلنی شروع ہو گئی تھی۔ جب وہ اپنے دروازے پر پہنچا تو بارش کے پہلے قطرے اس کے ہیٹ پر پڑے۔

اس کا بیٹا دھپ دھپ کرتا اس کے آگے آگے سیڑھیاں چڑھ گیا۔ کھڑکیوں کے چھجوں پر شور مچاتے ہوئے بارش کے قطرے بڑی تیزی سے گر رہے تھے اور انہیں جذب کرتی ہوئی خشک دیواریں سوندھی سوندھی خوشبو چھوڑ رہی تھیں جو ایک بیش بہا خوش بو تھی اور صرف موسم کے پہلے چھینٹوں پر اڑتی تھی اور پھر نکل جاتی تھی، کہیں کی کہیں۔۔۔ ان نے زینے میں رک کر کئی لمبے لمبے سانس لیے اور گھر میں عورتوں کے ہنسنے کی مسرور آوازیں سنیں۔ اوپر پہنچ کر اس نے اپنی بھانجی کو دیکھا جو صحن میں لپک لپک کر رسی پہ پھیلے ہوئے گیلے کپڑے اتار رہی تھی اور چارپائیوں کو گھسیٹ رہی تھی اور ہنسے جا رہی تھی۔ اس کی بہن، جو ایک دوسری عورت کے ساتھ برآمدے میں چارپائی پر بیٹھی تھی، اسے دیکھ کر بسم اللہ کر کے اٹھ کھڑی ہوئی۔ دوسری عورت نے مڑ کر دلچسپی

سے اسے دیکھا۔ وہ جیبوں میں ہاتھ دیئے، کندھے جھکا کر چلتا ہوا صحن پار کر کے کمرے کی طرف بڑھ گیا۔ مگر پھر کمرے کی دہلیز پر قدم رکھتے رکھتے وہیں کا وہیں جم کر رہ گیا۔

اس کا دل یک بارگی اچھلا اور پھر بیٹھ گیا اور پھر جیسے ہوا میں معلق ہو گیا اور وہ مڑ کر دیکھ بھی نہ سکا صرف سر جھکائے دروازے میں کھڑا یاد کرتا رہا اور بارش کے قطرے اکا دکا اس کے ہیٹ پر بجتے رہے۔

نوری!۔۔۔ اس کا ذہن گونج اٹھا۔ نوری!!

اس نے لمبے لمبے سانس لینے شروع کئے مگر دیواروں کی وہ اولیں نایاب خوش بو اب نکل چکی تھی۔ بہت آہستہ آہستہ وہ مڑا اور برآمدے کی چارپائی پر بیٹھی ہوئی اس موٹی سی ادھیڑ عمر عورت کا پورا سامنا کر کے کھڑا ہو گیا۔

"نوری!!" اس کے ہونٹ ہلے مگر آواز پیدا نہ ہوئی۔ عورت مانوسیت اور حجاب کے ملے جلے تبسم کے ساتھ اسے دیکھتی رہی۔ وہ آنکھیں پھیلائے کھڑا دیکھتا رہا، دیکھتا رہا اور بارش کے قطرے لمحوں کی طرح اس کے بے تاثر چہرے پہ گرتے رہے، ٹپ، ٹپ، ٹپ۔

"سعید! پانی پڑ رہا ہے"۔ پھر اس کی بہن نے کہا۔

وہ جیسے خواب کی حالت میں مڑا اور دہلیز پر قدم رکھ کر اندر داخل ہوا اور جا کر کمرے کے وسط میں کھڑا ہو گیا۔ اس کا بیٹا باہیں پھیلائے کرسی پر بیٹھا بے خیالی سے باہر بارش کو دیکھ رہا تھا۔ وہ ہاتھ جیبوں سے نکالے بغیر کھڑا رہا اور پانی کے اکا دکا قطرے اس کے ہیٹ پر سے کندھوں پر اور آستینوں سے فرش پر گرتے رہے، ٹپ، ٹپ، ٹپ!۔۔۔ وہ اس وقت صرف گیارہ سال کا تھا اور یہ بیل کی طرح بل کھاتی، پل پل تھرکتی، دھم دھم کرتی سیڑھیاں چڑھتی اور اترتی اور بھاگ کر گلی سے گزرتی ہوئی شہد کے رنگ کی لڑکی تھی جو گیارہ سالہ دل کا اکلوتا سحر تھی، نوری!۔۔۔ وہ بے خیالی سے ہنسا

اور اس کا دل جیسے واپس اپنی جگہ پہ آگیا اور وہ آسانی سے ہولے ہولے سانس لینے لگا۔۔۔ وہ اس سے کئی سال بڑی تھی اور اس سے بات بھی نہ کرتی تھی مگر وہ گھنٹوں۔۔۔ پہروں اپنے دروازے سے لگ کر کھڑا (چوبارے پہ، کھڑکی میں، دروازے پر، گلی میں، اپنے گھر، اس کے گھر، کہیں، کہیں!) اس کی ایک جھلک کا منتظر رہتا تھا، اور دیکھ لیتا تو بہت اداس ہو جاتا تھا۔ اس گیارہ سالہ بچے کے لیے اس لڑکی میں ایک ایسا جادو تھا جو شاید سنہرے سے رنگ کا تھا اور جو اس کی ماں یا بہن یا باپ یا کسی اور مرد اور عورت میں نہیں تھا۔ دن بہ دن، ماہ بہ ماہ، سال بہ سال۔ ان نے یاد کیا۔۔۔ وہ اس کی ایک ایک جھلک کا منتظر رہا تھا اور وہ اس سے بے خبر رہی تھی، قطعاً۔ حتیٰ کہ جب وہ گھر سے گیا تھا تو اس کے ساتھ ہی وہ بھی گئی تھی، وہی پل پل تھرکتی ہوئی سنہرے رنگ کی سدا بہار شبیہہ کہ اس کی اولین عورت تھی جو کبھی نہیں بھولتی۔ (وہ دوبارہ ہنسا، جیسے کسی ان دیکھی گرج کو سن کر ان سنی کر رہا ہو) اس کے بعد کتنی ہی عورتیں اس کی زندگی میں آئیں اور نکل گئیں اور ایک کے بعد ایک کا سحر ٹوٹا، مگر ایک سحر قائم رہا اور ایک شبیہہ لازوال رہی جو اس کے دل کے ایک کونے پر روشنی کے منار کی مانند کھڑی رہی اور ہر پرانے سحر کے ٹوٹنے پر نئے سحر کی جانب اسے چلاتی رہی اور جس کی جوانی کے زور پر وہ سدا جوان رہا تھا۔ اپنی ساری عمر اور عقل اور فہم اور تجربے کے باوجود اس کو کبھی اس بات کا خواب میں بھی خیال نہ آیا تھا کہ ایک روز دوبارہ وہ اسے دیکھے گا اس طرح۔

جیسے کوئی پتھر اڑتا ہوا آکر ایک جڑے ہوئے شیشے پہ لگے تڑاخ۔۔۔ اور شیشہ تڑخ کر کرچی کرچی ہو جائے مگر اپنے فریم میں کھڑا رہے جڑا جڑایا، جیسے ثابت و سالم، صرف سطح پر کرچیوں کی لکیریں پھیل جائیں چاروں طرف اور ہر کرچی سے ایک ٹوٹی پھوٹی شکل جھانکے الگ الگ کہیں آنکھ کہیں ناک کہیں کان کہیں ہونٹ، جیسے کوئی

خوفناک تصویر!

وہیں کھڑے کھڑے اس نے آہستہ سے گردن موڑ کر دروازے سے باہر دیکھا۔ برآمدے میں چارپائی اب خالی پڑی تھی۔ اس کی بہن ایک کرسی اٹھائے چلی آرہی تھی جو اس نے لاکر اس کے پاس رکھ دی۔

"نوری۔۔۔" اس نے اپنی بہن کو کہتے ہوئے سنا، "تم نے پہچانا؟ بے چاری کا میاں۔۔۔"

وہ سیدھا سیدھا کرسی پر بیٹھ گیا اور گریبان کے بٹن کھول کر آہستہ آہستہ چھاتی پر ہاتھ پھیرنے لگا، جیسے کرچیوں کی لکیروں کو تلاش کر رہا ہو۔ باہر بارش لگاتار ہو رہی تھی اور دیواروں پر بچوں کے چاک اور گاچنی سے لکھے ہوئے نام اور نشان مٹتے جارہے تھے۔ اس وقت بالکل ناقابل تشریح طور پر اس کو وہ شان دار مرغ یاد آیا جو شاید سنہرے سرخ رنگ کا تھا اور ایک دفعہ دریا کے کنارے پکنک پہ جاکر انہوں نے ذبح کیا تھا۔ اور ذبح کر کے رکھا ہی تھا کہ اٹھ کر بھاگ کھڑا ہوا تھا اس طرح کہ گردن کٹی ہوئی تھی اور ایک طرف کو لٹکا ہوا سر پھندنے کی طرح اچھل رہا تھا اور وہ پر پھیلائے بھاگا جارہا تھا۔ وہ سب کے سب اس کے پیچھے بھاگے تھے مگر ان کے دیکھتے ہی دیکھتے وہ دریا میں جاگرا تھا اور دریا وہاں سے ایک دم گہرا تھا اور ان میں سے دو دو ایک تیرنا جانتے تھے وہ آگ جلانے کے لیے لکڑی کی تلاش میں ادھر ادھر جاچکے تھے۔ چنانچہ مرغ پانی کی سطح پر تیرتا تیرتا دریا کے بہاؤ میں شریک ہوگیا اور دور تک انہیں نظر آتا رہا تھا۔ وہ سب بیوقوفوں کی طرح منہ کھولے صمٌ بکمٌ کنارے پر کھڑے دیر تک اسے دیکھتے رہے تھے اور پھر بعد میں خوب ہنسے تھے اور اس نے حیرت سے سوچا تھا کہ مرغ پانی میں گرنے کے بعد ہلا تک نہ تھا تو پھر وہ اٹھ کر بھاگا کیسے تھا:۔

اور پھر اس کے بعد ایک دفعہ۔۔۔ کئی سال گزرنے پر وہ مرغ اسے دوبارہ یاد آیا تھا اور اس وقت وہ منظر ذرا بھی مضحکہ خیز نہ رہا تھا بلکہ بڑا شدید المناک ہو گیا تھا جس نے اسے بہت اداس کر دیا تھا۔ اور اس نے ذرا حیرت سے سوچا تھا کہ چیزوں کے ساحل کہاں ہوتے ہیں کہ اتنی عمر تک نظر ہی نہیں آتے؟

وہ دوبارہ بے خیالی سے، بے تاثر طور پر ہنسا، جیسے کوئی بچہ ڈری ڈری ہنسی ہنستے ہوئے قدم قدم کسی پالتو جانور کی طرف بڑھتا ہے۔ وہ اٹھ کھڑا ہوا۔

اس کا بچہ کرسی کی پشت سے لگا لگا سو چکا تھا۔ اس کا سر ایک طرف کو ڈھلکا ہوا تھا اور ہاتھ کرسی کے بازوؤں پہ پھیلے تھے اور وہ گہرے گہرے، لمبے لمبے سانس لے رہا تھا جیسے باہر بارش ہو رہی تھی اور باہر بارش لگاتار ہوئے جا رہی تھی، جیسے سحر ٹوٹ جاتا ہے۔

اس نے ہیٹ ماتھے پر اونچا کیا، کوٹ کا کالر بٹھایا اور کھونٹی سے برساتی اتار کر پہنی۔

"اب کہاں جا رہے ہو؟" اس کی بہن نے پوچھا۔

"ذرا باہر جا رہا ہوں"۔ اس نے کہا۔

"بارش ہو رہی ہے سعید"۔

"بس ابھی آتا ہوں"۔

"سعید!" اس کی بہن نے ملتجی نگاہیں اٹھا کر ڈرتے ڈرتے پوچھا، "اب یہاں رہو گے نا؟"

"ہاں"۔ اس نے بے خیالی سے بے ماں کے بچے پر ایک نظر ڈالی اور دروازے کی طرف چل پڑا۔ پھر اچانک جیسے کچھ یاد آجانے پر مڑا اور بڑی بیباکی سے بہن کی آنکھوں میں دیکھ کر ہنسا۔

"ہاں" وہ بولا، "اب میں یہاں رہوں گا"۔ اور صحن پار کر کے سیڑھیاں اتر گیا۔

ڈیوڑھی میں اسے اپنی بھانجی ملی جو ہاتھ میں ایک خالی برتن لیے، دوسرے ہاتھ سے

شلوار کے پائنچے اٹھائے بارش میں بھیگتی ہوئی گھر میں داخل ہو رہی تھی۔ اس نے دو انگلیوں سے اس کی ناک پکڑ کر آہستہ سے دبائی۔ "کہاں گئی تھی بلی؟"

لڑکی بیل کی طرح بل کھا کر مڑی اور پہلی بار پوری مانوسیت سے ہنس کر بولی: "ذرا ادھر گئی تھی ماموں"۔

دروازے میں رک کر اس نے دوبارہ ہیٹ اتارا اور اسے خوب دبا کر سر کے پچھلے حصے پر رکھا۔ پھر اس نے ہاتھ پھیلا کر بارش کے زور کا اندازہ کیا۔ سامنے کے گھر میں ایک نوعمر لڑکا دروازے سے لگ کر کھڑا بڑی مشتاق مگر اداس نظروں سے اس کی طرف دیکھ رہا تھا۔ باقی سب گھروں کے دروازے ادھ کھلے یا بند پڑے تھے اور دور دور تک کوئی بشر دکھائی نہ دیتا تھا، سوائے چند چڑیوں کے جو بارش سے بچنے کے لیے کھڑکیوں کے چھجوں میں آکر چھپ گئی تھیں اور دھیمی، خواب آلود آوازوں میں باتیں کر رہی تھیں۔ وہ بے خیالی سے مسکرایا اور گلی کے سرخ اینٹوں والے فرش پر ہلکے ہلکے خوش دل قدم رکھتا ہوا بازار کی جانب چل پڑا جہاں اب اسے اپنے پرانے جاننے والوں سے ملنا ملانا تھا۔ گلیاں اور محلے تقریباً ویران پڑے تھے۔ بارش شراٹے سے ہو رہی تھی اور دن کا اجالا گھٹتا جا رہا تھا۔ اس کے اندر کوئی شے بڑی نازک مگر قدیم اور زور آور ٹوٹ کر آزاد ہو چکی تھی اور لہو کے ساتھ گردش میں تھی۔ وہ دل کے سر ہونے تک جیتا رہا تھا اور اس بات پہ نہ خوش تھا نہ خفا، بس بارش کے ان گنت قطروں کی تھاپ کو اپنے چہرے پر محسوس کر رہا تھا۔ اور دل میں جانتا تھا کہ ان میں نہ رنگ ہے نہ بُو نہ لے، صرف حیات ہے۔

****

۲

منزل منزل

اے۔ حمید

راجدہ نے کہا تھا میرے متعلق افسانہ مت لکھنا۔ میں بدنام ہو جاؤں گی۔ اس بات کو آج تیسرا سال ہے اور میں نے راجدہ کے بارے میں کچھ نہیں لکھا اور نہ ہی کبھی لکھوں گا۔ اگرچہ وہ زمانہ جو میں نے اس کی محبت میں بسر کیا، میری زندگی کا سنہری زمانہ تھا اور اس کا خیال مجھے ایک ایسے باغ کی یاد دلاتا ہے جہاں سدا بہار درختوں کی پر سکون چھاؤں میں سچے گلاب کے پھولوں کے جھاڑ مسکرا رہے ہوں اور جس کی کھلی اور آزاد روشوں پر خوشحال لوگ محو خرام ہوں۔ پھر بھی میں اس باغ کے متعلق کچھ نہیں کہوں گا۔ خواہ اس میں راجدہ کی بدنامی ہو یا نیک نامی۔ جب سے راجدہ جدا ہوئی ہے میں نے اس گلاب کے پھولوں اور کھلی روشوں والے باغ کے دروازے بند کر دیے ہیں اور راجدہ کو مجھ سے جدا ہوئے آج تیسرا سال ہے۔

اس عرصہ میں راجدہ کو میں نے ایک پل کے لیے بھی نہیں دیکھا۔ اور شاید اس نے بھی مجھے نہ دیکھا ہو۔ ہم۔۔۔ جو ایک دوسرے کی پل بھر کی جدائی برداشت نہیں کر سکتے تھے۔ زندگی کے تین سال ایک دوسرے سے جدا رہ کر چپ چاپ بسر کر گیے ہیں۔ ان تین سالوں پر سے گزر کر پیچھے کی طرف جاتے ہوئے مجھے محسوس ہو رہا ہے کہ میں

جھڑے ہوئے پتوں والی ایک پژمردہ سڑک پر چل رہا ہوں جو قبرستان میں سے ہو کر گزرتی ہے۔

ان دنوں میں لاہور کے ایک اخبار کے دفتر میں ملازم تھا۔ گھر چونکہ امرتسر میں تھا لہٰذا شام کی گاڑی سے واپس اپنے گھر چلا جاتا تھا۔ اگرچہ لاہور میں بڑی آپا کا گھر تھا اور وہ لوگ میری اس ہر صبح سفر، ہر شام سفر ایسی زندگی پر مجھے اکثر "پالتو کلرک" کہا کرتے تھے۔ تاہم جو مزا اپنے گھر میں تھا وہ نہ بلخ میں تھا نہ بخارے میں۔۔۔ علاوہ ازیں کہ میری عادت کہ میں امرتسری رنگریزوں کی طرح سال میں چھ مہینے کام کرتا ہوں۔ اور باقی چھ مہینے گھر بیٹھ کر ان دنوں کی کمائی کھاتا ہوں۔۔۔ ان اطوار کے پیش نظر اپنا گھر چھوڑنا عین حماقت تھی۔

لیکن راجدہ سے ملنے کے بعد میں نے امرتسر تقریباً چھوڑ دیا۔ آج سے تین سال پہلے موسم گرما کی وہ ایک گرم اور چمکیلی شام تھی۔ میں ابھی ابھی گاڑی سے اترا تھا۔ مجھے حسب معمول بھوک لگ رہی تھی۔ تیز تیز قدم اٹھاتا، پرشور بازاروں اور دھندلی گلیوں میں سے گزرتا میں گھر کی سمت بڑھ رہا تھا۔ ابھی میں گھر کی سیڑھیوں میں ہی تھا کہ مجھے اوپر بھانجی کی آواز سنائی دی۔ بھانجی اور میں ہم عمر تھے اور ایک ساتھ کھیلے اور بڑھے ہوئے تھے۔ وہ کافی دنوں کے بعد اپنی نانی کے گھر آئی تھی اور میں اس سے بڑے آرام سے ملنا چاہتا تھا۔ چنانچہ میں سیدھا اپنے کمرے میں گھس گیا۔ کپڑے اتارے، ٹھنڈے پانی سے غسل کیا اور کپڑے بدلنے لگا۔ بھانجی چھوٹے بھائی سے کسی نئی فلم کی ہیروئن کے بارے میں گرما گرم بحث کر رہی تھی۔ اس کے خیال میں ہیروئن ہیرو سے زیادہ خوبصورت تھی۔ مگر چھوٹا بھائی کہتا تھا کہ ہیروئن کی آنکھیں بھینگی ہونے کے علاوہ اس کے مونچھیں بھی تھیں۔ اس لیے وہ کسی طرح بھی خوب صورت نہیں کہلائی جاسکتی۔

کپڑے بدل کر میں صحن میں آگیا۔ بھانجی مجھے دیکھتے ہی اچھل پڑی۔ میں بھی تقریباً اچھل پڑا۔ سب قہقہے مار کر ہنسنے لگے۔ وہاں شور مچ گیا۔ جس میں میرے اور بھانجی کے قہقہوں کی آواز نمایاں تھی۔ یونہی میری نظر چق کے پیچھے، صحن کے دوسرے آدھے حصے پر پڑی، وہاں بھانجی کی نند عظمی بیٹھی ہمارے قہقہوں میں دلچسپی لے رہی تھی۔

"تو گویا آپ بھی ہیں؟"

اور میں چق اٹھا کر تیزی سے اس کے پاس پہنچ گیا۔ عظمی کے ساتھ ایک اور لڑکی بیٹھی تھی جسے میں نے بالکل نہ دیکھا اور جس نے مجھے دیکھ کر منہ جلدی سے دوسری طرف پھیر لیا۔ میں ذرا ٹھٹک گیا۔ اتنے میں بھانجی بھی آگئی اور اس لڑکی کو مجھ سے پردا کرتے دیکھ کر بول اٹھی، "حد ہوگئی۔ بھلا ماموں سے کیا پردا؟"

"ہاں بھئی، بھلا یہ بھی کوئی پردے کا موقع ہے۔" عظمی نے اس لڑکی کو اپنی طرف کھینچتے ہوئے کہا۔ اس دوران میں وہ لڑکی شرم سے سکڑی جارہی تھی اور اس کے کانوں کی لویں سرخ ہورہی تھیں۔ میں عظمی اور بھانجی سے باتیں کررہا تھا۔ باتیں کرتے ہوئے میں نے دو تین بار نظریں بچا کر اس لڑکی کو دیکھا۔ باریک ہونٹ، ستواں ناک، جھالریں اور پلکیں اور ہلکا گلابی رنگ۔ چپ چاپ بے زبان جیسے موم بتی۔۔۔ یہ تھی راجدہ۔

اس سے پہلے میں نے راجدہ کو کہیں اور نہیں دیکھا تھا۔ بھانجی نے بتایا وہ عظمی کے سسرال سے ہے اور میں نے سوچا اگر وہ عظمی کے سسرال سے نہ ہوتی تو مجھے کہاں ملتی؟ ویسے راجدہ کا مجھ سے ملنا ناگزیر تھا۔ یہ میں اب سوچتا ہوں۔ شام کے کھانے کے بعد سیر کا پروگرام بن گیا اور ہم سب کمپنی باغ کی طرف چل پڑے۔

باغ ابھی فاصلے پر تھا کہ شام کے ٹھنڈے سائے ماند پڑ گیے اور مرطوب ہوا کے نیم جھونکے ہمارے جسموں میں چھوتے باغ میں داخل ہوتے ہی ہم نے چنبیلی اور مولسری

کے پھولوں اور ایسی مٹی کی خوشبو سونگھی جسے نہر کے پانی سے سیر اب کیا گیا ہو اور جہاں سے سارا دن تیز دھوپ میں گرم بخارات اٹھتے رہے ہوں۔ شہر کی نسبت یہاں کی فضا آزاد اور مرطوب تھی۔ گرم ہوا بڑی نرمی سے چل رہی تھی اور گھنے درختوں کی گہری سبز شاخیں بے معلوم انداز میں ہل رہی تھیں۔۔۔ سڑک پر چھڑکاؤ کیا ہوا تھا اور بجلی کے پرانے لیمپوں کی زرد روشنی میں وہاں سے نظر آنے والی بھاپ سی خارج ہو رہی تھی۔ پسینوں پر پسینے آ رہے تھے اور عورتیں برقعوں سے پریشان ہو رہی تھیں۔ پردہ کلب کے دروازے پر پہنچ کر انہوں نے اپنے برقعے اس پھرتی سے اتارے جیسے ان میں خطرناک بیماریوں کے جراثیم پیدا ہو گیے ہوں اور لپک کر کلب میں داخل ہو گئیں۔ اندر چاروں طرف پردہ ہی پردہ تھا اور کلب کا کہیں نشان تک نہیں تھا۔ گھاس کے معمولی سے خطے کے عین وسط میں آم کا ایک درخت تھا۔ جس کے پاؤں میں ایک دو شکستہ بنچ پڑے تھے۔ اور دوسری طرف دو پینگیں لٹک رہی تھی۔ عورتوں کو یہاں صرف دو چیزیں کھینچ لاتی تھی۔ پہلی چیز کلب کی پینگیں اور دوسری برقعہ سے نجات۔

میں کلب کے باہر بوڑھے پہریدار کے مصلے پر بیٹھ گیا اور اس سے وضو کے فوائد اور نماز کی برکتوں پر لکچر سنتا رہا۔ وہ تسبیح پھیرتے ہوئے باتیں کر رہا تھا اور میں بڑی توجہ سے اسے تک رہا تھا۔ دراصل میں اسے نہیں بلکہ دوڑتے ہوئے سپید سپید پاؤں اور پھڑ پھڑاتی شلواروں کو تک رہا تھا۔ جو بوڑھے کی گردن کے پیچھے سے مجھے جھاڑیوں کے عقب میں صاف دکھائی دے رہی تھی۔

کافی دیر بعد بھانجی، عظمی، ساجدہ، ماں اور چھوٹی بہنیں اور بچے باہر نکلے۔ ان سب کی سانس پھولی ہوئی تھی اور ان کے جسموں سے گرم گرم پسینے کی تیز بو اٹھ رہی تھی۔ پردہ کلب سے ذرا آگے جا کر سپید گنبد والا ریڈیو اچانک شروع ہو گیا۔ اور نور جہاں کی تیز

آواز ساری کمپنی باغ میں پھیل گئی۔

آرات جا رہی ہے۔۔۔

ہم لوگ گنبد کے دائیں طرف والے نیے پلاٹ میں داخل ہوگیے۔ جہاں سرخ اینٹوں والی چمکیلی روشوں اور سرخ اور زرد گلاب کے پھولوں کی بیلیں سائے کئے ہوئے تھیں اور نیچے پلاٹ میں پانی دیا ہوا تھا۔ میں عظمی اور اماں ایک سنگین نشست پر بیٹھ گیے اور نور جہاں کا گانا سننے لگے۔ یہ جگہ ایک لمبے اور گنجان درخت کی اوٹ میں تھی اور قریب جھاڑیوں میں جگنو چمک رہے تھے۔ اماں بڑے غور سے گانا سن رہی تھیں۔

یہ بے بی نور جہاں ہے، اماں نے عظمی سے کہا۔ جس نے شاید ہی کوئی بدھوار کا زنانہ شو چھوڑا تھا۔ دوسرے لوگ پلاٹ کی روشوں پر آزادی اور مسرت کے ساتھ دوڑ رہے تھے۔ ان کی ایک دوسرے کو پکارنے کی آوازیں باغ کی گرم اور کھلی فضا میں گونج رہی تھیں۔ راجدہ دیکھ کر چلنا کہیں کانٹا نہ چبھ جائے۔ یہ آواز بھانجی کی تھی۔ میں نے پہلو بچا کر دیکھا۔ راجدہ دونوں ہاتھوں سے ساٹن کی سفید شلوار کے پائنچے اٹھائے پلاٹ کے پانی میں چل رہی تھی۔

"اوئی پانی بڑا ٹھنڈا ہے۔ تم بھی آجاؤ، میں بھی آجاؤں؟ مگر کیسے؟" لیکن راجدہ نے بھانجی کو بلایا تھا۔ جو تھوڑی دیر بعد پانی میں اتر گئی اور بچوں نے بھی بڑوں کا ساتھ دیا۔ پانی گدلا تھا اور اس کی سطح پر زرد زرد گھاس اور سوکھی ٹہنیوں کے ٹکڑے تیر رہے تھے اور جو بچوں کے گھٹنے تک آتا تھا۔ بچے ہاتھوں سے پانی کے چھینٹے اڑاتے، شور مچاتے ایک دوسرے کے پیچھے بھاگ رہے تھے۔ ان میں میری چھوٹی بہنیں بھی تھیں اور چھوٹے بھائی بھی۔ بھانجی راجدہ کو چھونے کی کوشش کر رہی تھی اور راجدہ ایک تتلی کی مانند پھرتی سے بھاگتی ہوئی کبھی ایک پودے کا چکر لگاتی اور کبھی لپک کر دوسری طرف نکل جاتی۔

میرا دل بھی پانی میں اترنے کو چاہا۔ مگر امی کو دیکھتے ہوئے ہمت نہ پڑی۔ آخر میں عظمی سے کہا، "بھابی بھلاتم کیوں بیٹھی ہو۔ چلو پانی میں۔"

"نابابامیرے پائنچوں کی کلف اتر جائے گی اور میں ایک ہی شلوار ساتھ لائی ہوئی۔"

جب یہ لوگ تھک گیے تو شلواریں قمیص جھاڑتے پانی سے باہر نکل آئے۔ بچوں نے تو سارے کپڑے پانی میں بھگوڈالے تھے۔ راجدہ کے بال کھل گیے تھے۔ جنہیں وہ لاپرواہی سے پیچھے ڈالے ہوئی تھی اور اس کی پیشانی اور مونچھوں والی جگہ پر پسینے کے ننھے ننھے قطرے سڑک والے لیمپ کی روشنی میں جھلملارہے تھے۔ اتفاق سے میں راجدہ کے قریب کھڑا تھا اور راجدہ نے کئی بار مجھے ایسی نگاہوں سے دیکھا جیسے اسے گلہ ہو کہ میں عظمی کے پاس کیوں بیٹھا رہا اور پانی میں کیوں نہیں اترا۔ جب وہ سینڈل کے تسمے باندھنے کے لیے جھکی تو ساکت فضا میں نرم ہوا کی لہریں سی پیدا ہوئیں اور میں نے راجدہ کے پسینے میں ملی ہوئی حنا کی گرم اور خوشگوار خوشبو سونگھی۔ جب ہم باغ سے نکلے تو ہوا بڑے پیارے انداز میں چلنے لگی۔

سڑک کے کنارے والے درختوں کی خاموش گھپاؤں میں بے معلوم سرگوشیاں سی ہونے لگیں۔ گرمیوں کی رات کے گہرے نیلے آسمان پر ستاروں کے چمکیلے پھول جابجا کھلے ہوئے تھے اور کمپنی باغ جہاں سے ریڈیو کی آواز ابھی تک آرہی تھی، ہمارے پیچھے رہ گیا تھا۔ عظمی اور اماں آگے آگے تھیں۔ راجدہ اور بھانجی ان کے پیچھے اور میں ذرا پرے ہٹ کر بچوں کو لیے چل رہا تھا۔ راجدہ قدرے اونچی آواز میں بھانجی سے ہمکلام تھی، "سچ میں تو ایسی راتیں باغوں ہی میں گزارنا چاہتی ہوں۔ بس پائنچے اٹھائے پانی میں گھومتی پھرتی رہوں اور جب تھک جاؤں تو گلاب کی پھولوں بھری بیلوں کے سایہ میں ٹھنڈے بنچ پر سوجاؤں۔ خدا کی قسم گرمیوں میں گھروں اور گلیوں میں میرا دل گھبراتا ہے۔"

وہ بڑی بے باکی سے اپنی خواہشات کا اظہار کر رہی تھی اور میں اس سوچ میں تھا کہ یہ وہی راجدہ ہے جو عظمی کے ساتھ چق کی اوٹ میں بیٹھی تھی اور جس نے مجھے دیکھ کر پردہ کر لیا تھا۔

دوسرے دن شام کے وقت پھر سیر کی تیاری ہونے لگی۔ اس روز میرا پروگرام راجدہ کو کرسٹل میں آئس کریم کھلانے کا تھا۔ چنانچہ صبح ہی کو میں نے اپنی ایک ڈکشنری بیچ ڈالی تھی، جس کے عوض مجھے چھ روپے بارہ آنے ملے تھے۔ یہ رقم چھ سات لوگوں کو آئس کریم کھلانے کے لئے کافی تھی۔ سیر کے بعد میں ان سبھوں کو کرسٹل لے آیا۔ کرسٹل کے ایک کیبن میں سوائے میرے اور ایک چھوٹے بھائی کے باقی سب لوگ بیٹھ گیے۔ ہم کرسٹل کے ہال کمرے میں بیٹھ گئے۔ جہاں میں بیٹھا تھا وہاں سے مجھے راجدہ کی شکل اچھی طرح دکھائی دے رہی تھی۔ وہی باریک ہونٹ، خوب صورت، ستواں ناک، لمبی پلکوں کے پر سکون سایوں والی آنکھیں جو بڑی نرمی اور محبت سے ایک منظر سے دوسرے منظر کی طرف گھومنے کی عادی تھیں۔ ماتھے کے اوپر سر کے سیاہ بالوں کی ابھری ہوئی دو پہاڑیاں اور ان کے درمیان میں بہتی ہوئی مانگ کی دودھیا نہر۔۔۔ کرسٹل کے لیڈیز کیبن کے شیشوں میں سے راجدہ نے پہلی مرتبہ مجھے ہمدردی اور محبت کی پاک اور بے لوث نظروں سے دیکھا اور میرے دل میں اس کی عزت اور توقیر اور بڑھ گئی۔ جیسے اس نے مجھ پر بہت بڑا احسان کیا ہو۔ راجدہ کی نظریں طلوع ہوتے ہوئے سورج کی اولیں نرم اور پاکیزہ کرنیں تھیں، جو نیند میں شرابور پھولوں کے لیے پیغام بیداری لے کر آتی ہیں۔

کرسٹل سے نکل کر ہم لوگ گھر کی طرف جا رہے تھے۔ ایک جگہ بازار میں اندھیرا سا تھا اور لوگ نسبتاً کم آجا رہے تھے۔ راجدہ نے نقاب اٹھا کر پیچھے مڑ کر مجھے دیکھا۔ سیاہ

نقاب میں اس کا صندلی خوبصورت چہرہ۔۔۔ جیسے رات کی تاریکی میں کسی خانقاہ کا کھلا اور روشن طاق۔ جہاں موم بتیاں جل رہی ہوں۔ (دراصل راجدہ کو پہلی بار دیکھنے پر جو خیال سب سے پہلے میرے ذہن میں آیا تھا وہ محض ایک موم بتی کا خیال تھا۔۔۔ موم بتی۔ خاموش اور بے زبان) میرے ساتھ چونکہ بچے بھی تھے۔ چنانچہ لازمی طور پر سب سے پیچھے تھا۔ راجدہ بھی ہولے ہولے پیچھے آتی گئی۔ قریب پہنچ کر اس نے بچوں کو تیز چلنے کو کہا اور مجھے دیکھ کر بولی، "آپ بھی بچے ہیں کیا؟" اور اتنا کہہ کر جلدی سے آگے نکل گئی۔ میں اسے دیکھتا ہی رہ گیا۔

اس رات خواب میں راجدہ کو میں تمام کمپنی باغ کی سیر کرواتا رہا اور کرسٹل میں آئس کریم کھلاتا رہا۔ دوسرے دن دوپہر کے کھانے کے بعد کیرم بورڈ کھیلتے ہوئے سنیما کا پروگرام بن گیا۔ فلم تھی "من کی جیت" جو مجھے بیحد پسند تھی اور میں چاہتا تھا کہ راجدہ بھی اسے دیکھے۔ دعوت بھی میں نے دے ڈالی اور پھر اس سوچ میں پڑ گیا کہ ٹکٹوں کے لیے پیسے کہاں سے آئیں گے۔ الف لیلیٰ، قصہ حاتم طائی کی با تصویر اور محبت بھرے خطوط، بہشتی زیور اور جنت کی کنجی بیچنے گیا۔ مگر کسی دوکان دار نے یہ کتابیں نہ خریدیں۔۔۔ اسی سے کچھ روپیہ ادھار مانگے لیکن اس نے صاف انکار کر دیا۔ کیونکہ اسے اچھی طرح معلوم تھا کہ تنخواہ ملنے کے بعد میں دو تین دن تک امرتسر نہیں آیا کرتا۔ نہ معلوم راجدہ میری اس ذہنی پریشانی کو کس طرح بھانپ گئی۔ چنانچہ اس نے اعلان کر دیا کہ فلم ہم سبھی دیکھیں گے۔ مگر اس شرط پر کی ٹکٹیں اپنی اپنی لینی پڑیں گی۔ اس پر میں نے بڑی مخالفت کی۔ دل میں ڈرتے ہوئے کہ کہیں میری مخالفت کامیاب ہو گئی تو پھر کیا ہو گا مگر خیریت گزری کہ راجدہ کی اسکیم باتفاق رائے پاس ہو گئی اور سنیما کی تیاریاں ہونے لگیں۔

نہایا گیا۔ کپڑے بدلے گیے۔ جوتے پالش ہوئے۔ امی نے پان کے ٹکڑوں سے ڈبیا بھرلی۔ بھانجی نے حنا کی ساری شیشی اپنے کپڑوں پر انڈیل لی اور اس کی تیز خوشبو سے دماغ چکرانے لگا۔ ایک طرف راجدہ بال بنارہی تھی۔ عظمی نے استری گرم کرر کھی تھی اور تین چار رومال آگے ڈالے انہیں نم کر رہی تھی۔ میں نے کہا، "بھابی تم نے اچھا کیا جو تین چار رومال رکھ لیے۔ فلم میں کئی بار آنسو نکل آتے ہیں۔" عظمی بھابی مسکرانے لگی۔ اور راجدہ نے بھانجی کی طرف دیکھ کر مسکراتے ہوئے کہا،

"ہمیں رونا نہیں آتا۔" اور میں بے اختیار کہہ اٹھا، "خدا نہ کرے کہ رونا آئے۔" اور عظمی نے زیر لب ہنس کر پوچھا، "راجدہ کا بڑا خیال ہے۔" راجدہ شرم سے ڈوب سی گئی۔ میں خود بات کر کے پشیمان ہو رہا تھا۔ بھانجی نے پلٹ کر عظمی کی طرف دیکھا جو رومال استری کر رہی تھی اور جس کے ہونٹوں پر اس کے ناک سے زیادہ پتلی مسکراہٹ پھیلی ہوئی تھی اور ہنس کر بدستور سوٹ کیس میں سے کچھ نکالنے لگی۔

سنیما ہال میں انٹرول کے وقت میں نے عظمی سے فلم کے بارے میں اس کی رائے پوچھی جس پر وہ شرما سی گئی۔ شاید اسے ستارہ ٹوٹنے والے استعارے کا خیال آگیا تھا۔ جس کے فوراً ہی بعد انٹرول ہو جاتا ہے۔ راجدہ اور بھانجی، امی کے دائیں بائیں بیٹھی تھیں اور ان سے پان لے کر کھا رہی تھیں۔ میں اٹھا اور پان خریدنے کے لیے باہر بازار میں آگیا۔ پان میں نے علیحدہ علیحدہ بندھوائے۔ اس طرح مجھے یقین تھا کہ راجدہ کو بھی میں خود پان پیش کر سکوں گا۔ پان لیے جب میں بکس میں داخل ہوا تو فلم شروع ہو چکی تھی۔ اندھیرے اور فلم کی ہلکی روشنی میں مجھے ان لوگوں کے صرف سر ہی دکھائی دے رہے تھے۔ میں نے ایک ایک کر کے سب کو پان پیش کر دیے اور جب راجدہ کی باری آئی تو میں نے اس کا ہاتھ اپنے ہاتھ میں لے لیا۔۔۔ اف توبہ۔۔۔ اس کا ہاتھ کس قدر سرد ہو رہا تھا جیسے میں

نے برف سے لدے ہوئے گلاب کے پھولوں پر ہاتھ رکھ دیا ہو۔ اس کے ہاتھ میں اس کے حصے کا پان ویسا ہی پڑا تھا اور میں اس کے دل کی تیز دھڑکن اچھی طرح محسوس کر رہا تھا۔ میں نے ہاتھ کھینچ لیا اور باقی وقت ہال میں بیٹھا راجدہ کے ہاتھ کی نرمی اور سردی کو اپنے جسم میں پھیلتے محسوس کرتا رہا۔ فلم ختم ہوگئی اور ہم گھر آگیے۔ رات بھر راجدہ کے ہاتھ کا سرد لمس مجھ پر دھندلے بادل کے ٹکڑے کی مانند سایہ فگن رہا اور میں نے اسی خیال میں رات گزار دی۔

صبح اتوار تھی۔ دوپہر کے وقت بھانجی نے ڈھولک بجانے کا پروگرام پیش کر دیا، جسے بچوں اور چھوٹی بہنوں نے ہاتھوں ہاتھ لے لیا۔ تھوڑے ہی وقفہ کے بعد کہیں سے کسی ہوئی تیز اور گھمک دار ڈھولک بھی آگئی اور بچے الٹے سیدھے ہاتھ مارنے اور بے سری الاپنے لگے۔ بالآخر بھانجی آگے بڑھی اور ڈھولک ایک جچی تلی تال پر دھمکنے لگی۔ دو تین منٹ تک لگاتار خالی ڈھولک ہی دھمکتی رہی اور کسی کے گانے کی آواز نہ آئی۔ بھانجی تھم گئی اور چمک کر بولی۔ "بھلا یہ بھی کوئی بات ہوئی۔۔۔ گاتی کیوں نہیں؟" راجدہ نے شرما کر منہ پھیر لیا اور بھابی عظمی ہنسنے لگی اور بھانجی کو غصہ آگیا۔ اس کا گول گول منہ لال ہو گیا اور بھویں سکڑ گئیں۔ اس نے ایک ہاتھ زور سے ڈھولک پر مارا اور گانا شروع کر دیا۔

اساں گو بھی تڑکی اے۔

ادھی راتیں دیر آیا۔۔۔ گرگابی کھڑکی اے۔

اس نے ڈھولک کی تھاپ کے درمیان ہی تیز آواز میں کہا، "بھئی یہ تو بڑی بری بات ہے گاؤ نا سب، آخر یہ منگوائی کس لیے ہے؟" چنانچہ بھابی عظمی نے منہ پکا بنا کر گلا صاف کیا اور بول اٹھالیے اس کی آواز نرم اور لوچدار تھی۔

پیا جھرمٹ بدلاں وا

روواں رات دنے۔۔۔ اے وچھوڑ سجناں دا

اب راجدہ کی باری آئی۔ اس نے گردن نیچی کر لی۔ عظمی اور بھانجی اور بچے ہنسنے لگے۔ اتنے میں ایک نرم اور نکھری ہوئی آواز ڈھولک کی تھاپ کے ساتھ اوپر اٹھی۔ شعلے کی طرح بے چین، مضطرب اور زخم خوردہ۔

دوپتر اناراں دے

ساڈا دکھ سن سن کے۔۔۔ روند پتھر پہاڑاں دے۔

اور میرے ذہن میں ایک تصویر کھنچ گئی۔ جیسے کوہ بندھیا چل کے گھنے اور تاریک جنگلات میں موسلا دھار بارش ہو رہی ہے اور تیز رفتار پہاڑی نالے نشیب کی طرف دوڑ رہے ہیں۔ لیکن یہ تصویر کچھ غلط تھی۔ پھر ایک اور تصویر سامنے آئی۔ سادہ مگر سوگوار سی۔ جیسے شام کا گیت۔ سنسان پہاڑیوں پر رم جھم رم جھم۔ مدھم بارش میں غمگین موسیقی اور ادھر ادھر پتھروں کو سیاہ اور چکنی سلوں پر سے رک رک کر، ٹھہر ٹھہر کر پھسلتے ہوئے بارش کے موتی۔۔۔ پتھروں کے آنسو۔

روندے پتھر پہاڑاں رے۔۔۔

ڈھولک تھم گئی۔ شعلہ بجھ گیا مگر سنسان اور گمنام پہاڑوں کے آنسو رک رک کر ٹھہر ٹھہر کر بدستور گر رہے تھے۔۔۔ اور میں ان سے پوچھنا چاہتا تھا تم کس کی یاد میں آنسو بہا رہے ہو؟ میں راجدہ سے پوچھنا چاہتا تھا کہ راجدہ تمہیں وہ کون دکھ ہے جسے سن کر پہاڑ بھی رونے لگے؟

میں راجدہ سے پوچھنے کے لیے آگے بڑھا اور راجدہ امرتسر کے اسٹیشن پر پلیٹ فارم نمبر ۴ پر بھانجی اور عظمی کے ہمراہ لاہور جانے والی گاڑی میں سوار ہو گئی۔ اس کی آنکھیں سوگوار سی تھیں۔ گھنی پلکوں کی پرسکون چھاؤں میں کہیں کہیں مدھم اور اداس دھوپ

کی چمک تھی۔ گاڑی چل پڑی۔ پلیٹ فارم پیچھے اور گاڑی آگے کھسکنے لگی۔ راجدہ نے آخری بار مجھے دیکھا۔ اس کی نگاہیں کہہ رہی تھیں۔ ہمارے گھر ضرور آنا۔ گاڑی آنکھوں سے اوجھل ہوگئی اور میں اسٹیشن پر ادھر ادھر پھرتا رہا۔ مجھے واپس گھر جاتے ہوئے ایک قسم کی جھجک سی محسوس ہو رہی تھی جیسے وہ میرا گھر نہ ہو۔

اسٹیشن سے نکل کر میں سیدھا کرسٹل چلا آیا اور کافی دیر وہیں بیٹھا رہا۔ جب شام ہوگئی تو میں اٹھا اور گھر کی طرف چل پڑا۔ گلی اور بازار میں کافی رونق تھی۔ پر مجھے ہر شے اجنبی اور بے محل سی لگ رہی تھی۔ گھر پہنچ کر میں نے کسی سے بات نہ کی اور کھانا کھا کر خاموشی سے لیٹ گیا۔ صبح اٹھا اور نوکری پر لاہور چلا آیا۔

لاہور پہنچتے ہی مجھے یوں محسوس ہونے لگا جیسے میں کئی سال سمندر پار بسر کرنے کے بعد پہلی مرتبہ اپنے وطن میں داخل ہو رہا ہوں۔ سڑکوں پر لوگوں کے چہرے مہربان اور مانوس معلوم ہو رہے تھے۔ جیسے ان کے دل میری دوستی اور ہمدردی سے لبریز ہوں۔ دفتر سے نکل کر میں نے کئی بار راجدہ کے گھر جانے کا ارادہ کیا۔ مگر یہ خیال کہ اتنی جلد ہی وہاں چلے جانا مناسب نہیں، ہر بار مجھے روک دیتا۔

ایک روز بڑی آپا کو لاہور اچانک کوئی کام پڑ گیا۔ وہ میرے ساتھ لاہور آئیں اور میں انھیں راجدہ کے گھر لے گیا۔ میں راجدہ کے گھر پہلی مرتبہ داخل ہو رہا تھا وہ گھر۔۔۔ جو بعد ازاں میرے دل پر گہرا اثر چھوڑ گیا۔ عظمی اور راجدہ ہمیں مکان کی ڈیوڑھی ہی میں مل گئیں۔ وہ دونوں ایک بڑھیا سے جانے کیا خرید رہی تھیں اور مجھے اور آپا کو اپنے بالمقابل دیکھ کر وہ سب کچھ بھول گئیں اور حیرت اور خوشی سے ان کے چھوٹے سے لب کھلے کے کھلے رہ گیے۔ راجدہ کے بال کھلے تھے۔ شاید وہ نہانے کی تیاری میں تھی۔ وہ ہم دونوں کو جلدی سے اوپر لے گئی اور ہم درمیانی منزل میں پہنچ کر بیٹھ گیے۔ بھابی عظمی نے

پنکھا چھوڑ دیا۔

یہ کمرہ ہر قسم کے گھریلو سامان سے بھرا ہوا تھا۔ ایک طرف شیشوں کی قد آدم الماریوں میں چینی کے برتن سجے تھے۔ دوسری طرف لمبے چوڑے خوب صورت پلنگ پر ریشمی تکیے اور سوتی کی سفید چادر پڑی تھی۔ نعمت خانے کے قریب میز پر ریڈیو رکھا ہوا تھا۔ آدھے فرش پر مٹیالے رنگ کا ایرانی قالین بچھا ہوا تھا۔ سنگھار میز کے گول آئینے پر جالی دار ریشمی پردہ لٹک رہا تھا۔ ایک طرف کوئی اور پاونڈز اور پیرس کی شام کی مختلف سائز کی شیشیاں پڑی تھیں۔ کارنس پر دونوں طرف پتلی اور لمبی گردن والے پھول دانوں میں گلاب کے پھول مسکرا رہے تھے۔ قریب ہی ایک چمکیلا سگریٹ کیس اور ماچس اور کچھ کتابیں پڑی تھیں۔ کارنس کے اوپر خوب صورت فریم میں سجی ہوئی ایک رنگین تصویر لٹک رہی تھی۔

یہ قدیم ایرانی تمدن کا ایک منظر تھا۔ شہر کا محراب دار پرانا دروازہ۔۔۔ اس میں سے نکلتے اور داخل ہوتے لمبے چغوں اور عمامے والے لوگ۔۔۔ دروازے کے بائیں سمت جالی دار جھروکوں والے مکان کے پیچھے اوپر کو اٹھتے ہوئے مسجد کے دودھیا مینار اور ان کے عقب میں نیلے آسمان پر سفید کبوتروں کی ٹولیاں۔ مجھے یہ تصویر بے حد اچھی لگی۔ راجدہ اندر داخل ہوئی۔ اس نے جلدی سے ایک تپائی ہمارے آگے رکھی اور باہر نکل گئی۔

پھر عظمی آئی اور اس کے چھوٹے چھوٹے خوب صورت ہاتھوں میں اخروٹ کی لکڑی کا ایک ٹرے تھا۔ جس میں جھاگ دار وِمٹو سے لبالب بھرے ہوئے دو گلاس رکھے ہوئے تھے۔ آپا نے کہا۔ آخر اس تکلف کی کیا ضرورت تھی۔ مگر میں خاموشی سے وِمٹو پینے لگا۔ کیونکہ مجھے سخت پیاس لگ رہی تھی۔

تھوڑی دیر بعد راجدہ کی ادھیڑ عمر پتلی دبلی بے زبان سی ماں اور دوسری بھابی اختر بھی آگئیں۔ وہ ہم سے خندہ پیشانی سے ملیں اور آپا کے پاس بیٹھی باتیں کرنے لگیں۔ ان کی باتیں لاہور کی گرمی، پیراشوٹ کی کلیوں، ریل کی دقتوں اور قمیصوں کے نت نئے نمونوں کے متعلق تھیں جن سے مجھے کوئی دلچسپی نہ تھی۔ پھر بھی ان کی آوازیں مجھے بہت خوش گوار محسوس ہو رہی تھیں۔ راجدہ بھی ایک طرف بیٹھی گفتگو میں شامل تھی۔ اس وقت گھر کی ہر چیز دیا سلائی کی ڈبی سے لے کر راجدہ کے کھلے بالوں تک، مجھے اپنی محسوس ہو رہی تھی جیسے یہ گھر میرا ہو۔ اس گھر میں میں نے پہلی مرتبہ کھلے آسمان اور چمکیلی دھوپ کو دیکھا ہو۔ اور اسی ایرانی قالین پر میں نے لڑھک لڑھک کر چلنا سیکھا ہو۔ اور اسی گھر کے باہر نیم روشن ٹھنڈی گلیوں میں، چالاک بچوں کی منڈلیوں میں میں نے اپنا بچپنا گزارہ ہو۔ یہ اجنبی اور مہربان خیال مجھے راجدہ کے اور قریب لے گیا۔

پھر راجدہ کے دونوں بھائی آگیے۔ ہنس مکھ اور دوست نواز۔ میں ان سے اٹھ کر ملا اور ہم دیوان خانے میں چلے آئے۔ یہ لمبا اور کھلا کمرہ اوپر کی نسبت زیادہ سرد اور پر سکون تھا۔ یہاں سوائے ایک بڑی الماری، زمین پر بچھی ہوئی دری اور میز کے علاوہ تین چار آرام کرسیوں اور آتش دان کی کارنس پر رکھی ہوئی قائد اعظم کی رنگین تصویر کے اور کچھ نہ تھا۔ مجھے اس کمرے کی سادگی اور خنکی بے حد تسکین بخش محسوس ہوئی۔ ہم کچھ دیر تک وہاں بیٹھے۔ نئی فلموں کے گانوں، تاش کے کھیلوں اور لیگ پارٹی کی خدمات پر باتیں کرتے اور سگریٹ پیتے رہے۔ اس دوران میں مجھے اوپر سے راجدہ کی تیز اور بے ساختہ قہقہوں کی صحت مند آواز کئی بار سنائی دی۔ ساڑھے بارہ بجے دوپہر کی مجلس کا گجر بجا تو ہم اوپر چلے گیے۔ راجدہ خود ریڈیو لگا رہی تھی۔ پہلا ریکارڈ شروع ہوا۔

من کاہے گھبرائے۔۔۔

اور راجدہ نے کنکھیوں سے پل بھر کے لیے مجھے دیکھا اور مجھے سنیما ہال والی وہ رات یاد آگئی۔ جب پان پیش کرتے وقت میں نے اس کا نرم اور سرد ہاتھ اپنے ہاتھوں میں لے لیا تھا۔ گانے کی دھیمی اور دلنواز سریں کمرے کی پر سکون اور خوشبوؤں بھری فضا میں تیر رہی تھیں۔ اور راجدہ سب کی نظریں بچا کر میری طرف دیکھ لیتی تھی۔ اس کی نگاہوں میں چاندنی کی نرم خنکی اور بہار کی اولین صبح کا اجلا پن تھا۔ اس کمرے میں بیٹھے بیٹھے مجھے یوں محسوس ہونے لگا جیسے میں اکھڑ اجڈ لوگوں سے بھری ہوئی کسی پر شور ریل گاڑی سے نکل کر نرم دل گارڈ کے ڈبے میں آن بیٹھا ہوں اور میں شام تک گارڈ کے ڈبے میں بیٹھا رہا اور اگر آپا چلنے کو تیار نہ ہوتیں تو شاید میں تمام عمر اس ڈبے میں بیٹھا سفر کرتا رہتا۔ اسٹیشن پر اسٹیشن گزرتے جاتے۔ منزلوں پر منزلیں آتیں۔ اور میرا اسٹیشن کبھی نہ آتا۔ میری منزل کبھی نہ آتی۔ آپا برقعہ پہننے لگیں۔ مجھے بھی کوٹ پہننا پڑا۔ جب ہم چلنے لگے تو راجدہ نے پوچھا، "پھر کب آئیں گے آپ؟"

اور آپا نے کہا، اب آپ لوگوں کو آنا چاہیے۔ لیکن ان لوگوں میں سے کوئی نہ آیا اور تیسرے دن میں خود راجدہ کے گھر چلا گیا۔ وہ شام نہایت خوش گوار تھی۔ بارش ابھی رکی تھی اور آسمان ابھی تک ابر آلود تھا۔ مکانات اور سڑکیں دھلی ہوئی تھیں اور ٹھنڈی ہوا کے جھونکے بازاروں اور گلیوں میں لہرا رہے تھے۔ ٹھیک یاد نہیں غالباً ستمبر کا آخر تھا۔

راجدہ کا بھائی گلی کے موڑ پر ہی مل گیا۔ گھر پہنچ کر ہم دیوان خانے میں بیٹھ گیے۔ اختر اور عظمی بھی وہاں آگئیں اور تھوڑی ہی دیر بعد راجدہ بھی نیچے آکر ہمارے قریب بڑی الماری میں سے کچھ ڈھونڈنے لگی۔ پھر چائے آگئی۔ چائے کی سبز پھولدار پیالیاں ہاتھوں میں تھامے ہم لوگ گرم جوشی سے باتیں کر رہے تھے کہ باہر ڈیوڑھی میں سائیکل کھڑی کرنے کی آواز آئی۔ سب ایک دم چپ ہو گیے۔ راجدہ کا بھائی زیر لب مسکراتے

ہوئے بولا، "چچا آرہے ہیں۔"

پھر دروازہ کھلا اور ایک چچا نمودار ہوا۔ جس نے نیکر پہنی تھی اور جس کے گندمی چہرے کی کھال کرخت اور کھچی ہوئی سی تھی۔ ایک ہاتھ سے مہندی لگا سر جھاڑتا ہوا ہمارے قریب آکر رک گیا۔ میرا تعارف کروایا گیا۔ مگر اس نے میری طرف سرسری انداز میں دیکھا۔ اور بڑی بے نیازی کے ساتھ میری کرسی کے عقب سے ہو کر ایک خالی کرسی پر بیٹھ گیا۔ جیب سے پاسنگ شو کا سگریٹ نکال کر اس نے سلگایا اور منہ سے دھوئیں کا غبار سا چھوڑتے ہوئے بولا، "آج کیندے آدم کی تقریر ہو رہی ہے۔"

پہلے تو میں قائد اعظم پر بالکل حیران نہ ہوا۔ کیونکہ اس روز واقعی منٹو پارک میں کند آدم کی تقریر ہو رہی تھی۔ لیکن جب بعد میں چچا صاحب کی کاریگری کا احساس ہوا تو میں بمشکل اپنی ہنسی روک سکا۔

"ہاں ہو رہی ہے۔ تم بھی چلو گے چچا۔" راجدہ کے بھائی نے کہا۔ پہلے تو چچا آنکھیں ملتا اور جھپکاتا رہا۔ پھر پاسنگ شو کا لمبا کش لگا کر بولا، "بھئی چلیں گے ضرور مگر شطرنج بھی ہمارے ساتھ جائے گی۔"

"حد ہو گئی۔۔۔ چچا وہاں شطرنج کا کیا کام؟" اور چچا پاسنگ شو کی راکھ جھاڑ کر بولا، "میاں جب تقریر سنتے سنتے تھک جائیں گے تو پھر کیا کریں گے۔ اتنے بھرے مجمع میں سے اٹھ کر چل پڑنا بھی تو مناسب نہ ہو گا۔ اور اگر شطرنج بھی پاس ہی ہو گی تو کیا کہنے ہیں پھر۔۔۔ قائد آدم، خواہ ساری رات تقریر کرتا رہے۔" اس کے بعد وہ اٹھا اور سر جھاڑتا ہوا باہر نکل گیا۔

راجدہ کے بھائی نے مجھے بتایا کہ چچا کو شطرنج سے حقیقی عشق ہے اور وہ اکثر یاروں کی ٹولی میں گلی کے کونے پر بیٹھا، کمیٹی کے لیمپ کی روشنی میں رات رات بھر شطرنج کھیلتا رہتا

ہے۔ اور کچھ دیر تک میں راجدہ کے گھر میں بیٹھا، راجدہ کے خیال سے بے خبر اس کے چچا کی دل چسپ شخصیت کے متعلق سوچتا رہا اور جب میں راجدہ کے گھر سے نکل کر گلی میں سے نکل رہا تھا تو مجھے اس کا چچا ایک خالی دوکان میں دکھائی دیا۔ اس کے آگے شطرنج کی بساط پر مہرے بکھرے ہوئے تھے اور ایک ہاتھ سے ٹھوڑی پکڑے اور دوسرا ہاتھ صدری کے جیب میں ٹھائے مہروں پر جھکا ہوا تھا۔ جیسے وہ خیال ہی خیال میں کسی غیبی آدمی سے بازی لگائے ہوئے ہو۔

دو تین ہفتے گزر گیے اور میں راجدہ کے ہاں نہ جاسکا۔ ایک دن دوپہر کے وقت میں اپنے دیوان خانے میں بیٹھا چند نئی تصاویر کو البم میں لگا رہا تھا کہ ڈاکیے نے راجدہ کا خط چق اٹھا کر اندر پھینکا۔ یہ خط بڑی آپا کو لکھا گیا تھا۔ لیکن اس میں ایک علیحدہ رقعہ میرے نام بھی تھا۔ راجدہ کی طرف سے میرے نام اس کا یہ پہلا خط تھا۔ جسے میں نے کئی بار پڑھا۔ اور جس کے مختصر اور پر محبت الفاظ بہت جلد مجھے ازبر ہوگیے۔ راجدہ نے جواب کے لیے اپنی کسی سہیلی کا پتہ لکھا تھا میں نے اسی وقت کاغذات اور قلم لیے اور ایک لمبا چوڑا خط راجدہ کو لکھ ڈالا۔ تیسرے ہی روز میرے خط کا جواب بھی آگیا۔ میں نے اسی وقت ایک اور خط لکھ ڈالا۔ جس کا جواب بھی مجھے تیسرے روز مل گیا۔ میرے لیے یہ کام راجدہ کو ملنے سے بھی زیادہ دل چسپ اور رومانی تھا۔ چنانچہ میں نے قصداً راجدہ کے ہاں جانا بند کر دیا۔ اب اس کے خطوط میں خطرناک حد تک پہنچی ہوئی بے قراری اور بے چینی کا اظہار ہوتا تھا۔ ایک خط میں لکھا آیا، "میں بیمار ہوں۔"

اب میرے لیے مزید رکنا محال تھا۔ دوسرے ہی روز میں راجدہ کے ہاں نچلے کمرے میں بیٹھا اختر اور عظمی سے باتیں کر رہا تھا۔ دراصل راجدہ بیمار نہیں تھی۔ یہ محض مجھے بلانے کے لیے ایک چال چلی گئی تھی جس میں اختر بھی شامل تھی۔ بطور احتجاج میں

راجدہ سے بالکل نہ بولا۔ پہلے پہل وہ میری اس ناراضی کو عارضی سمجھتے ہوئے مجھے بات بات پر چھیڑتی اور مذاق کرتی رہی۔ لیکن جب میری خاموشی لمحہ بہ لمحہ گہری ہوتی گئی تو وہ پریشان سی نظر آنے لگی۔ باہر گلی میں عورتوں کے درمیان کچھ جھگڑا سا ہو گیا۔ اور عظمی اور اختر جلدی سے کھڑکیوں کی طرف بھاگ اٹھیں۔ کیونکہ ایک عورت نے دوسری کو بڑی لچھے دار گالی دے ڈالی تھی۔ راجدہ موقع پاکر میرے قریب آ گئی۔

"کیا ہو گیا ہے؟"

میں خاموش رہا۔

"کوئی غلطی ہو گئی ہو تو معافی مانگتی ہوں۔"

"کچھ بھی نہیں ہوا۔" میں نے گرے گرانٹ کے انداز میں کہا۔ وہ فلم نٹوریس، میں انگرڈیز جمین کو اسی انداز میں کہتا ہے۔ یہ فلم میں نے اسی روز ریگل میں دیکھی تھی۔ راجدہ اگر انگرڈیز جمین ہوتی تو اپنے خاص انداز میں لمبی اور گداز باہیں میرے گلے میں ڈال دیتی اور گرے گرانٹ کی ساری خفگی رفو چکر ہو جاتی۔ مگر اس بچاری کو برجمین کے منانے کے انداز کی کیا خبر تھی۔ وہ کچھ بھی نہ سمجھتے ہوئے الٹا زیادہ پریشان ہو گئی۔ گلی والا جھگڑا ٹھنڈا پڑ گیا تھا اور عظمی اور اختر اندر آ رہی تھیں۔

"بڑی بدمعاش ہے یہ۔" اختر نے عظمی سے کہا اور اس نے ہاں میں ہاں ملا دی۔ وہ دونوں اپنی اپنی جگہ پر آ کر بیٹھ گئیں۔ راجدہ اٹھی اور اوپر چلی گئی۔ میں تقریباً ڈیڑھ گھنٹے وہاں اور بیٹھا رہا۔ لیکن راجدہ بالکل نیچے نہ اتری۔ عظمی آرام کرسی پر نیم دراز تقریباً سو رہی تھی۔ اختر کروشیا کاڑھ رہی تھی۔ میں نے کہا راجدہ ناراض کیوں ہے؟ اس نے کہا خود ہی پوچھ لو۔ اوپر ہو گی اور مسکرانے لگی۔ میں ایک لفظ کہے بغیر اوپر چلا گیا۔ راجدہ درمیانی منزل میں پلنگ پر لیٹی ہوئی تھی۔ اس کا منہ دیوار کی طرف تھا۔ میں نے قریب

جا کر اسے پکارا۔ کوئی جواب نہ آیا۔ میں نے اس کے کندھے پر ہاتھ رکھ دیا۔

"راجدہ، میں یہاں نہ آیا کروں؟" میں نے محسوس کیا راجدہ کا جسم ہولے ہولے ہل رہا تھا۔

"اگر تم چاہتی ہو تو خدا کی قسم میں اپنا آپ ہمیشہ ہمیشہ کے لیے تم سے چھپا لوں گا۔" راجدہ خاموش رہی۔ میں نے کندھے سے پکڑ کر اس کا منہ اپنی طرف کر لیا۔ راجدہ رو رہی تھی۔ کبھی پلکوں کی خنک چھاؤں میں بارش کی جھڑی لگ رہی تھی۔ رم جھم رم جھم۔۔۔ اور سیاہ پتھروں کی چکنی سلوں پر سے پانی کے شفاف قطرے رک رک کر پھسل رہے تھے۔

روندے پتھر پہاڑاں دے۔

چند لمحات کے لیے ہم خاموش نگاہوں سے ایک دوسرے کو تکتے رہے۔ بے زبان اور مسحور۔۔۔ جیسے ہمیں جادو کی چھڑی چھو گئی ہو۔ راجدہ کے آنسو نہیں تھمتے تھے۔ میں نے آہستہ آہستہ راجدہ کی گرم پیشانی پر ہاتھ رکھ کر کہا، "میں تمہیں کبھی نہیں چھوڑوں گا راجدہ، زندگی کے ہر دور میں تمہارے ساتھ رہوں گا، وعدہ کرتا ہوں۔" اور جلدی سے اٹھ کر نیچے چلا آیا۔ نچلے کمرے میں عظمی بدستور چھوٹا سا منہ کھولے سو رہی تھی اور اختر کروشیا سے کاڑھ رہی تھی۔ اس نے مسکراتے ہوئے مجھے دیکھ کر پوچھا۔

"پوچھ آئے کیا؟"

"بچپنا بہت ہے بھابی۔" میں نے سگریٹ کیس جیب میں ڈالتے ہوئے کہا۔

"چلے؟" اختر نے آنکھیں اٹھا کر پوچھا۔

"اور کیا۔۔۔" گلی میں سے گزرتے ہوئے میں نے پیچھے مڑ کر دیکھا تو راجدہ کھڑکی میں کھڑی مسکرا رہی تھی۔ لیکن اس کی آنکھیں بدستور سوجی ہوئی تھیں۔

راجدہ کے گھر میں داخل ہو کر، ایرانی قالین پر نیم دراز۔۔۔ محبت اور تسکین سے پر لمحات کے درمیان کارنس کے اوپر ٹنگی ہوئی مشرقی تمدن کی تصویر کو گھورتے ہوئے میں نے کئی بار شیراز کے چھتے ہوئے نیم روشن بازاروں اور ہرے بھرے شاداب باغوں اور پر اسرار قہوہ خانوں کی سیر کی۔ قہوہ خانے، جہاں ایران، مصر اور شام کی زہرہ جمال دوشیزائیں سوڈانی دف بجاتے ہوئے محو رقص تھیں اور ہرے بھرے باغات کا پر سکون سلسلہ جہاں نازک اور خوبصورت روشوں کے ادھر ادھر جابجا دل کش فوارے چاندی ایسا پانی اگل رہے تھے اور جہاں شیریں میوؤں سے لدے پھندے درخت تھے اور جن کے عقب میں نیلے افق پر شیراز کی مسجدوں اور خانقاہوں کے دودھیا گنبد۔

تنہائی اور خاموشی کے یہی وہ لمحات ہوا کرتے جب مجھے ہر اندھیرے کی تہہ میں سے روشنی کے ننھے منے انار سے چھوٹتے دکھائی دیتے اور مجھے کئی باریوں دکھائی پڑتا جیسے کوئی غیر مرئی شے روشنی کا دیا لیے تاریکی کے خوفناک سمندر کو چیرتی سربفلک لہروں میں کبھی ڈوبتی کبھی ابھرتی آہستہ آہستہ، قدم بہ قدم میری طرف بڑھ رہی ہو۔

تنہائی روشنی ہے۔۔۔ اور راجدہ کے تصور میں ڈوب کر میں اس روشنی سے کئی بار چندھیا کر رہ گیا۔ راجدہ کا خیال مجھ سب سے الگ ہو جانے پر مجبور کر دیتا تھا اور سب سے الگ ہو کر میں کئی بار راجدہ کے خیال سے بھی آگے نکل گیا تھا۔ راجدہ کا تصور مثل ایک پل کے تھا جو خاموشی اور تنہائی کی اتھاہ خلیج پر پھیلا ہوا تھا اور جسے عبور کرنے پر میں اپنے تئیں ایک انوکھی، روشن اور ان دیکھی دنیا میں پاتا تھا جہاں سوائے چمکیلے افق، دودھیا گنبدوں اور ابھر ابھر کر ڈوبتی ہوئی لمبی لمبی سوگوار تانوں کے اور کچھ بھی نہ تھا۔ سلسلہ در سلسلہ وجدانی تاثرات میں ڈوبے ہوئے نورانی لمحات کے منور ٹکڑے تھے، جن کا راجدہ سے کوئی تعلق نہ تھا اور جنہیں میں راجدہ سے الگ بھی نہیں کر سکتا تھا۔

نومبر ختم ہو رہا تھا۔ رات کو اچھی خنکی ہو گئی تھی اور دن کو لوگ دھوپ چھاؤں کے سنگم پر چلتے تھے۔ ایک شام دفتر سے گھر لوٹتے ہوئے دل غیر معمولی طور پر اداس تھا۔ ایک تو راجدہ کو دیکھے ہفتہ ہو چلا تھا اور دوسرے کچھ فضا کا بھی اثر تھا۔ اپنی گلی میں پہنچتے ہی مجھے یوں ہی خیال آیا، اگر گھر راجدہ بیٹھی ہو تو؟ تو پھر۔۔۔؟ لیکن میں نے جھک ماری تھی اور میں ہنسنے لگا۔ مگر گھر پہنچ کر جب راجدہ کو دیکھا تو میرا دل اچھل کر میرے منہ کے قریب آ گیا۔ کیا یہ جھک ماری گئی تھی۔ یا خدا نے میری دعا قبول کی تھی۔ راجدہ کی محبت نے مجھے گلی میں ایسا سوچنے پر مجبور کیا تھا۔

راجدہ باورچی خانے میں امی اور آپا کے درمیان بیٹھی تھی۔ اس کی پیشانی پر سونے کا چھوٹا سا جھومر لیمپ اور جلتی ہوئی آگ کی روشنی میں جھلمل جھلمل کر رہا تھا۔ مجھے دیکھتے ہی اس کا چہرہ کھل سا گیا۔ جیسے دھندلے رنگ کا ایک چھوٹا سا ٹکڑا اچانک سورج کے سامنے آ گیا ہو۔ اس نے شرما کر سر جھکا لیا اور میں ادھر ادھر دیکھنے لگا۔ گھر میں راجدہ کے ساتھ آیا ہوا کوئی، محافظ دکھائی نہ دیتا تھا۔

"تم اکیلے کیسے آ گئیں؟"

"اکیلی تو نہیں آئی۔" بڑی آپا نے کہا، "خالہ کے لڑکے کے ساتھ اپنی خالہ سے ملنے آئی تھی اور۔۔۔" راجدہ نے آپا کا جملہ کاٹتے ہوئے کہا، "اور میں نے سوچا آپا اور امی سے مل آؤں۔" کس قدر شیریں تھا اس کا لہجہ۔۔۔ جیسے میٹھے پھلوں سے لدی ہوئی ڈالیوں پر بارش کے پہلے قطرے گر رہے ہوں۔

گلی میں اس جگہ اس رات کو قوالی تھی۔ جس جگہ یہ محفل منعقد ہونے والی تھی، اس کے عین اوپر آپا کی ایک سہیلی کا مکان تھا۔ بچے اور چھوٹی بہن تو سر شام ہی اس مکان میں پہنچ چکی تھیں۔ امی اور آپا وغیرہ میرے کھانے کا انتظار کر رہی تھیں۔ کھانے کے بعد میں

نے سیر کی تجویز پیش کر دی۔ آپا اور امی نے کہا، "بھئی ہم تو نہیں جائیں گے۔ تم دونوں ہو آؤ۔" راجدہ بخوشی تیار ہو گئی۔ جب ہم دونوں نیچے اترنے لگے تو امی بولیں، "بھئی جلدی پلٹنا، راجدہ کو قوالی بھی سنانی ہے۔"

راجدہ اور میں ایک دوسرے کو دیکھ کر ہنس پڑے۔ "فکر نہ کرو امی ہم ابھی آئے۔"

نیم روشن گلیوں اور بارونق بازاروں کو خاموشی سے عبور کر لینے پر جب ہم کمپنی باغ والی کھلی سڑک پر آگیے تو میں نے راجدہ سے پوچھا، "یہ خالہ زاد بھائی کون ہے؟"

"بڑا اچھا لڑکا ہے سچ۔۔۔ اسے ہماری محبت کا علم ہے۔ اس کی بھی ابھی ابھی شادی ہوئی ہے۔ وہ دونوں ہماری طرح ایک دوسرے کو چاہتے تھے۔ دونوں نے شادی تک بڑے بڑے دکھ اٹھائے ہیں۔ اسی لیے تو وہ خود مجھے یہاں تک چھوڑنے آیا تھا۔ شاید پرسوں مجھے پھر لینے آئے اور اس کی بیوی تو اس سے بھی زیادہ پیاری اور دردمند ہے۔"

"راجدہ مجھے یقین نہیں آرہا کہ ہم اکیلے سیر کرنے جا رہے ہیں۔ کاش کمپنی باغ کبھی نہ آئے۔" اور راجدہ ہنس پڑی۔

"کمپنی باغ نہیں آئے گا۔ تو پھر ہم سیر کہاں کریں گے؟"

اور کمپنی باغ آگیا۔ جب ہم اس پلاٹ کے قریب سے گزرے جہاں سرخ روشوں پر گلابی اور زرد رنگ کے گلاب کے پھولوں کی بیلیں اپنا پرسکون سایہ کیے تھیں۔ تو راجدہ بولی، "وہ شام یاد ہے نا!"

"ہاں راجدہ وہ شام مجھے ہمیشہ یاد رہے گی۔ وہ ہماری محبت کی اولین شام تھی اور اس کا نقش بڑا گہرا اور دیرپا ہے۔ اسی شام ہماری محبت نے اس رنگ برنگے پھولوں اور پتوں کے درمیان اپنی آنکھیں کھولی تھیں۔ اس مرطوب سبزہ زار میں۔۔۔ اور اسی جگہ میں

نے پہلی مرتبہ تمہارے گرم پسینہ کی خوش گوار خوشبو سونگھی تھی جس میں حنا کی خوشبو بھی شامل تھی۔"

راجدہ نے منہ سکوڑ کر کہا، "کیسی باتیں کرتے ہو؟"

"تم نہیں جانتی راجدہ، یہ میری اپنی باتیں ہیں۔ تم محض سنتی جاؤ۔ تمہیں کیا خبر میری محبت بہ یک وقت کہاں کہاں سے شروع ہوتی ہے اور کہاں جا کر ختم ہوتی ہے۔ یہ بہار کے پھولوں کی مانند مجھے اپنے جسم کے ذرے ذرے سے پھوٹتی معلوم ہو رہی ہے اور میں نہیں جانتا ان پھولوں کا انجام کیا ہو گا؟"

راجدہ خاموشی سے میری باتیں سنتی رہی۔ ہم ایک ایسی سڑک پر سے گزر رہے تھے جس کے دونوں طرف جامن کے سایہ دار درخت تھے اور بجلی کے لیمپ کافی جگہ چھوڑ کر لگائے ہوئے تھے۔ چلتے ہوئے کبھی ہم اندھیرے میں گھر جاتے اور کبھی روشنی میں نکل آتے۔ ہوا کے نرم جھونکے ہمارے قریب سے کبھی رات کی رانی اور کبھی چنبیلی اور گلاب کی خوشبو لیے گزر جاتے۔ اب فضا میں خنکی بڑھنے لگی تھی۔

"راجدہ سردی تو نہیں لگ رہی؟"

"بالکل نہیں۔۔۔ آج تو میرے ہاتھ بھی گرم ہیں۔"

"یہ محبت کی گرمی ہے راجدہ!" میں نے اس کے نرم اور نیم گرم ہاتھ دبا کر کہا اور راجدہ مسکرانے لگی۔ ہم پھر اندھیرے کی غار میں سے گزر رہے تھے۔ مگر راجدہ کی سنہری جھومر کی چمک یہاں اور تیز ہو گئی تھی۔ میں نے سگریٹ سلگایا اور ایک کلب گھر کے قریب سے گزرتے ہوئے ہمیں مردوں کے قہقہوں اور بلیرڈ کی چھڑی کے گیند سے ٹکرانے کی آوازیں سنائی دیں۔

گنبد والے ریڈیو پر اردو کے بعد انگریزی میں خبریں سنائی جا رہی تھیں۔ اور پلاٹ

کے بنچوں پر بیٹھے ہوئے لوگ اٹھنا شروع ہو گیے تھے۔ بہار کی چمکیلی رات کے گہرے نیلے آسمان پر ستاروں کے کافوری فانوس جابجا روشن تھے۔ ایک طرف سات ستاروں کی ٹولی سفیدے کے چھریرے درختوں پر سے جھانک رہی تھی۔ شبنم آلود گھاس پر سے گزر کر ہم اپنے پسندیدہ پلاٹ کے وسط میں آکر بیٹھ گیے۔ یہ جگہ پلاٹ کی عام سطح سے نیچی تھی اور حوض کے مانند بنی ہوئی تھی۔ ہمارے دائیں بائیں نصف دائرے کی شکل میں پھولوں بھرے پودوں کی کیاریاں تھیں، جن میں قرمزی، نیم گلابی گہرے زرد اور برف ایسے سفید اور کالسی رنگوں کے چھوٹے چھوٹے بے شمار پھول اوس میں بھیگے ہوئے تھے، کبھی کبھی نہر کی طرف سے کناروں پر اگی ہوئی بھنگ کی تیز اور مرطوب بو بھی آجاتی تھی۔

سامنے والے باغ میں آڑو اور آلوچے کے درخت قطار در قطار، سفید شگوفوں سے لدے ہوئے تھے۔ کلب گھروں کے روشن دانوں میں سے زرد زرد روشنی جھانک رہی تھی۔ دفعتاً نہر والے درختوں کے عقب میں مدھم روشنی کا غبار سا اٹھا جو لحہ بہ لحہ پھیلتا گیا اور تھوڑی ہی دیر بعد درختوں کے اوپر زرد چاند کا پژمردہ چہرہ نمودار ہو گیا۔ اس کی سوگوار چمک میں باغ کی ہر شے افسردہ اور ملول سی نظر آنے لگی۔ ادھر ادھر پھل دار باغات کے ذخیروں میں پرندوں کی پیاری پیاری آوازیں بلند ہونے لگیں۔ جیسے وہ چاند کے استقبال کا گیت گا رہے ہوں۔ راجدہ سیاہ برقعے میں اپنا آپ لپیٹے مرمریں بنچ پر لیٹی ہوئی تھی اور اس کا سر میرے زانو پر تھا اور میری انگلیاں اس کے سنہرے جھومر سے کھیل رہی تھیں جو دھندلی چاندنی میں شام کے ستارے کی مانند کبھی نیلی اور کبھی سرخ چمک دے رہا تھا۔ راجدہ نے میری طرف آنکھیں اٹھا کر کہا، "مجھے ڈر لگتا ہے۔" اس کی آواز کانپ رہی تھی۔

"مجھ سے۔"

"ہاں۔۔۔ کہیں تم مجھ سے محبت کرنا چھوڑ تو نہیں دو گے۔"

"کبھی نہیں راجدہ۔"

"سچ میں اس وقت مر جاؤں گی۔"

"او۔۔۔ کبھی نہیں، کبھی نہیں راجدہ۔۔۔" اور میں نے شام کے ستارے کو چوم لیا اور پھر راجدہ کے نرم بالوں سے کھیلتے کھیلتے، راجدہ سے بے خبر میں اپنی تنہائی اور خاموشیوں کے ڈونگے سمندروں کی نچلی تہوں میں اتر گیا اور وہاں میں نے سیدھا پتھروں کی درزوں میں ایسے انمول موتیوں کی ڈھیریاں دیکھیں جو دنیا کی کسی کان میں نہ تھے اور لچکیلی بیلوں پر جھومتے ہوئے ایسے پھول دیکھے جو دنیا کے کسی باغ میں نہ تھے۔

ہم پلاٹ سے نکل کر سڑک پر آئے تو ہال و دروازے والی گھڑی نے رات کے گیارہ کا گجر بجایا۔ اب ٹھنڈی ہوا سارے باغ میں چل رہی تھی اور چاند کافی اوپر آ گیا تھا۔ ہمارے سامنے سڑکوں پر دور تک درختوں کے جھومتے ہوئے سایوں کے سوا اور کچھ بھی نہ تھا۔ ہمارے کپڑے اوس میں نم آلود تھے۔ راجدہ کا سیاہ نقاب ہوا میں لہرا رہا تھا اور وہ خود یوں چل رہی تھی جیسے ابھی ابھی ہلکی شراب کا ایک پیگ لگا کر اٹھی ہو۔

جس وقت ہم اپنی گلی میں پہنچے تو قوالی ہو رہی تھی۔ راجدہ کو بڑی آپا اور امی کے پاس پہنچانے کے بعد سگریٹ سلگایا۔ اور اپنے دوستوں کی ٹولی میں جا بیٹھا۔ ابھی میں پہلا ہی کش لگا رہا تھا کہ خوبصورت قوال نے مجھے نیم وا نگاہوں سے دیکھ کر مصرعہ اٹھایا۔

سہانی رات تھی اور پر سکوں زمانہ تھا

معاً مجھے محسوس ہوا کہ وہ میری اور راجدہ کی ملاقات کا حال بیان کرنے لگا ہے۔ جیسے وہ ابھی کہے گا۔

سہانی رات تھی اور پر سکوں زمانہ تھا۔۔۔ اور راجدہ اپنا سر اپنے محبوب کے زانو پر

رکھے کمپنی باغ کے پلاٹ پر لیٹی ہوئی تھی۔ وہ دونوں ابھی ابھی کمپنی باغ سے واپس آئے ہیں۔ راجدہ اوپر چلی گئی ہے اور اس کا محبوب وہ سامنے بیٹھا سگریٹ پی رہا ہے۔ میں گھبرا سا گیا مگر خیریت گزری کہ دوسرا مصرعہ کچھ اور تھا۔

صبح نہایت روشن اور شاندار تھی۔ نیلے اور پر نور آسمان پر سپید سپید کبوتروں کی ٹولیاں چکر لگا رہی ہیں۔ راجدہ دیر تک سوتی رہی۔ اس دوران میں میں صبح کی سیر سے واپس آ چکا تھا اور میرے ہاتھ میں اصلی گلاب کے شبنم آلود سرخ پھول تھے جن سے بڑی فرحت بخش شیریں خوشبو اٹھ رہی تھی۔ میں دبے پاؤں راجدہ کی طرف گیا۔ وہ گرم چادر میں منہ سر لپیٹے بے سدھ پڑی تھی۔ میں نے آہستہ سے چادر کھسکائی۔ اور پھول اس کے منہ پر ڈال دیے اور تیزی سے باہر آ گیا۔ تھوڑی دیر بعد وہ پھولوں کا گلدستہ پکڑے نیند میں شرابور نیم وا آنکھیں لیے رومال سے منہ پر پڑی شبنم پونچھتی باورچی خانے میں داخل ہوئی جیسے وہ بہار کی دیوی ہو اور اپنے عہد محبت کی نشانی لیے خیابانوں سے رخصت ہو رہی ہو۔

"پھولوں کی شہزادی" چھوٹے بھائی نے کہا۔ وہ پچھلے روز اسی نام کی ایک کتاب اسکول سے لایا تھا۔ امی، بڑی آپا اور چھوٹی بہنیں ہنس پڑیں۔ اور چھوٹا بھائی اور راجدہ شرما گیے۔ باورچی خانہ چونکہ کافی کھلا اور روشن تھا اور موسم سرما کی بھی آمد آمد تھی۔ چنانچہ صبح کی چائے یہیں اڑا کرتی تھی۔

"بھئی خواہ کچھ ہو، میں تو راجدہ کو اپنے پاس ہی لے آؤں گی۔" امی نے راجدہ کے پیالے میں ملائی ڈالتے ہوئے کہا۔ راجدہ نے سر جھکا لیا۔ آپا بولیں، "کیوں نہیں اور اس سے زیادہ اچھی بھابی ہمیں کہاں ملے گی۔" اور راجدہ نے شرما کر دونوں ہاتھوں سے منہ ڈھانپ لیا۔ اس کی خوب صورت مخروطی انگلیوں میں سنہری انگوٹھیوں کے سفید نگینے

آگ کی روشنی میں دمک اٹھے اور پھر باورچی خانہ حجلۂ عروسی میں بدل گیا۔ اور ایک نیم روشن خوشبوؤں بھرے کمرے میں سیج پر چنبیلی اور موتیا کے بے شمار پھول بکھر گیے۔ دلہن کا عروسی جوڑا پہنے، سنہری جھومر پیشانی پر لگائے، سولہ سنگار سے آراستہ ہوکر سیج پر چھوئی موئی بنے بیٹھ گئی اور میں سیج کے قریب آیا۔ اور راجدہ نے جلدی سے اپنا چہرہ ہاتھوں سے ڈھانپ لیا اور اس کی حنائی بھگوئی مخروطی انگلیوں میں انگوٹھیوں کے نگینے ستاروں کی مانند دمکنے لگے اور امی نے کہا،

"پر یہ کہیں ٹک کر بھی کام کرے۔" امی کا یہ جملہ ساکن جھیل میں پھینکا ہوا پتھر تھا۔ جو میرے سنہری خواب کی لہروں کو مجھ سے دور لے گیا۔ اور میں خود باورچی خانے میں تھا۔ امی میری پیالی میں چائے ڈال رہی تھیں۔ دوپہر کے کھانے کے بعد میں راجدہ اور بڑی آپا دیوان خانے میں بیٹھے تھے۔ آپا گلی والی چق کے قریب بیٹھی سوئٹر بن رہی تھیں اور راجدہ میری میز کے قریب آرام کرسی پر نیم دراز نغمۂ حرم پڑھ رہی تھی۔ میں سگریٹ سلگائے کبھی کچھ لکھ رہا تھا اور کبھی راجدہ کے چہرے کو تکنے لگتا تھا۔ جہاں اختر شیرانی کی نظموں کا مطالعہ ایک دل فریب حسن پیدا کر رہا تھا۔ بڑی آپا بولیں، "چلو راجدہ۔ فہمیدہ سے مل آئیں۔"

فہمیدہ بڑی آپا کی گہری سہیلی تھی۔ ان کا مکان گلی ہی میں تھا اور اس نے راجدہ کو آکر مل جانے کا پیغام بھی بھیجا تھا۔ راجدہ تیار ہوگئی اور میں نے قلم میز پر رکھ دیا۔

"جلدی لوٹ آؤں گی۔" راجدہ نے برقعہ پہنتے ہوئے کہا۔ میں نے دراز میں سے موم بتی نکالی اور اسے روشن کر کے میز پر لٹکا دیا۔

"اسے بجھنے مت دینا۔" راجدہ ہنس پڑی۔

"یہ تو آدھی بھی ختم نہ ہوگی کہ میں آجاؤں گی۔" اور وہ روشن موم بتی کو دیکھ کر

جس تیزی سے آپا کے ہم راہ چق اٹھا باہر نکلی، مجھے یوں محسوس ہوا گویا وہ فہمیدہ کے مکان کو ہاتھ لگا کر واپس آجائے گی۔ اور مجھے اپنے بچپن کا زمانہ یاد آگیا۔ جب بڑی آپا مجھے بازار سے کوئی چیز خرید کر لانے کے لیے بھیجنے لگتیں تو وہ زمین پر تھوک کر کہتیں، "دیکھتی ہوں کہ یہ پہلے سوکھتی ہے کہ تم پہلے آتے ہو۔" اور میں لپک کر دوکان دار کے پاس پہنچتا۔ جلدی جلدی سودا خریدتا اور گھر میں داخل ہو کر سب سے پہلے تھوک کو دیکھتا کہ کہیں سوکھ تو نہیں گیا۔ حالانکہ بڑی آپا تھوک کر بھول گئی ہوتی تھیں۔

میز کے کنارے پر ٹکی ہوئی موم بتی لحہ بہ لحہ پگھل رہی تھی۔ گرم موم کے ننھے منے شفاف قطرے دلہن کے آنسوؤں کی مانند بہہ رہے تھے۔ سگریٹ سلگائے میں بڑے اشتیاق سے انھیں دیکھ رہا تھا۔ میرا سگریٹ بھی موم بتی کے ساتھ ہی سلگ رہا تھا۔ سگریٹ میں سے نیلے دھوئیں کی پتلی دبلی لکیر اٹھ رہی تھی اور موم بتی میں سے ننھا سا شعلہ۔ ایک کے پاس دھواں اور راکھ تھی اور دوسرے کے پاس روشنی اور آنسو۔ موم بتی قریب الختم تھی۔ میں یوں مضطرب اور پریشان تھا جیسے اگر موم بتی بجھ گئی تو پھر راجدہ کبھی میرے پاس نہ آئے گی۔ اور میں اس کے رخساروں کے محرابی خم کبھی نہ دیکھ سکوں گا۔

موم بتی کا زرد شعلہ بھڑکا اور ڈوب سا گیا۔ جس طرح میدان جنگ میں ڈھلتی دھوپ کی سرخی میں کسی سپاہی کے بلند ہوتے ہوئے نیزے کی انی ایک دفعہ چمک کر بجھ جائے اور موم بتی بجھ گئی اور راجدہ نہ آئی۔ میں نے سگریٹ کی گردن راکھ دان میں مسل کر پرانی موم بتی کی لاش پر نئی موم بتی روشن کی اور سگریٹ سلگا کر بیٹھا رہا۔ تھوڑی دیر بعد گلی والے دروازے کی چق اٹھی اور راجدہ جلدی سے اندر داخل ہوئی۔ اس کا سانس تیز تیز چل رہا تھا۔ جیسے وہ بھاگتی ہوئی آرہی ہو۔

"ابھی نہیں بجھی؟ دیکھا میں کتنی جلدی آگئی۔"

میں نے راجدہ کو ایک لمحہ کے لیے دیکھا اور چپکے سے سر جھکالیا۔ وہ برقعے کے بٹن کھولتی ہوئی میری طرف بڑھی۔

"چپ کیوں ہو گئے؟"

"کچھ نہیں۔۔۔ یہ دوسری موم بتی ہے۔ پہلی بجھ گئی تھی۔"

"تو اپنی موم بتی کے پیسے لے لو۔"

یہ اس نے کچھ ایسے پیارے انداز میں کہا کہ ہم اپنی اپنی ہنسی ضبط نہ کر سکے۔

"سچ بڑے اچھے لوگ ہیں وہ۔۔۔ مجھے اٹھنے ہی نہ دیتے تھے۔ بڑی مشکل سے بھاگ کر آئی ہوں۔"

"آپا کہنے لگیں۔ میں ذرا دیر بعد آؤں گی۔ میں نے کہا بھئی میں تو چلتی ہوں۔" اس دوران میں راجدہ نقاب ایک طرف رکھ کر کرسی پر بیٹھ گئی تھی۔ موم بتی کی نرم روشنی میں اس کے چہرے کے نقوش بڑی خوبصورتی سے اجاگر ہو رہے تھے۔ اس کا چہرہ سنہری جلد والی ایک کتاب تھا۔ جو محبت بھرے روشن اور مقدس اشعار سے لبریز ہو۔ موم بتی کی دھیمی روشنی میں ہم دیر تک باتیں کرتے رہے۔ ہماری آوازیں ایک دوسرے سے ہم آہنگ تھیں۔ ان لہروں کی مانند جو پراسرار چاندنی میں بڑی خاموشی سے پرسکون ساحلوں کی طرف سمٹ رہی ہوں۔ ایک ہی چشمے سے نکلتی ہوئی دو ندیاں، جو پہاڑی کی مرطوب نچان میں جا کر آپس میں مل کر بہنے لگی ہوں۔ ایک ہی ڈالی کے دو شگوفے جو ایک ساتھ کھلیں اور جنہیں ایک ساتھ مرجھا کر جھڑ جانا ہو۔

ہم الفاظ کی موسیقی سے کھیل رہے تھے۔ جس طرح موسم بہار میں کم سن بچے پھولوں سے کھیلتے ہیں۔ راجدہ کے چہرے کے گرد روشنی کا پرنور ہالہ تھا۔ اور مجھے یوں

معلوم ہو رہا تھا جیسے راجدہ آگ کا ایک زریں شعلہ ہے۔ جو شام کے وقت کسی کھلے میدان کے وسط میں روشن ہو۔ جب ہم خاموش ہو جاتے تو اس میں اپنے کہے سنے الفاظ دیوان خانے کی نیم روشن فضا میں جگنوؤں کی مانند رہ رہ کر چمکتے دکھائی دیتے پھر ہماری گفتگو خاموش اور بے زبان گفتگو میں بدل جاتی۔ ہم ایک دوسرے سے درختوں، پھولوں، ستاروں اور آبشاروں کی زبان میں باتیں کرتے۔ یہ گھنے جنگلات اور تاریک راتوں کی گفتگو تھی، جو دن نکلنے پر اپنے پیچھے روشنی اور شبنم کے آنسو چھوڑ جاتی ہے۔ پھر دن نکل آیا اور راجدہ لاہور چلی گئی۔

لاہور پہنچنے کے بعد راجدہ مجھے برابر خط لکھتی رہی۔ جنوری کا آخر تھا کہ راجدہ کا ایک خط آیا، "میرے پردیسی۔۔۔ مجھے معاف کرنا کہ میں تمہارے خط کا جواب دیر سے لکھ رہی ہوں۔ میرا چچازاد بھائی سعید برما سے اچانک واپس آگیا ہے اور گھر میں چونکہ رشتہ داروں کی آمد و رفت رہی اس لیے اتنی فرصت نہ مل سکی کہ تمہیں اطمینان سے بیٹھ کر خط لکھتی۔ سچ مجھے بڑا افسوس ہے، پتہ نہیں تم کیا خیال کرتے ہوگے۔"

راجدہ کا اندازہ درست تھا۔ سعید کے بارے میں مجھے طرح طرح کے غیر خوشگوار خیالات نے گھیر رکھا تھا۔ اگرچہ میں اس کے متعلق اتنا ہی جانتا تھا کہ وہ راجدہ کا چچازاد بھائی ہے اور تین سال سے برما میں ہے۔ پھر بھی میرے اتنی بھنک ضرور پڑ چکی تھی کہ سعید کی مرحوم ماں راجدہ کو اپنے بیٹے کے لیے مانگ چکی ہے۔ اب مجھے بار بار سعید کا خیال آتا اور ہر بار مجھے یہی محسوس ہوتا جیسے کوئی ان دیکھا ہاتھ بڑی خاموشی سے میرے دل کی طرف بڑھ رہا تھا۔ میں نے خیال ہی خیال میں کئی دفعہ راجدہ کو سعید کے پاس بیٹھے ہنس ہنس کر باتیں کرتے دیکھا۔

اور ایک ہفتہ بعد جب میں راجدہ کے ہاں گیا تو راجدہ تولیہ اور صابن دانی پکڑے

سعید کا منہ دھلا رہی تھی۔ مجھے اچانک اپنے بالمقابل دیکھ کر راجدہ کا چہرہ ایک دفعہ زرد ہو کر جیسے ڈوب سا گیا۔ راجدہ کے بھائی وہیں بیٹھے تھے۔ بعد ازاں میرا تعارف کرایا گیا۔ سعید خندہ پیشانی سے مجھے ملا۔ راجدہ اوپر جا چکی تھی۔ سعید ایک کتاب پڑھ رہا تھا۔ راجدہ کے بھائی کیرم بورڈ کھیل رہے تھے اور میں آرام کرسی میں دھنسا خاموشی سے سگریٹ پی رہا تھا۔ عظمی اور اختر وغیرہ باورچی خانے میں تھیں۔ کبھی کبھی عظمی کی دبی دبی ہنسی اور اختر کی گفتگو کی مدھم آواز آجاتی تھی۔ راجدہ اوپر تھی اور میں کمرے میں خاموش اور اداس اداس بیٹھا سگریٹ پی رہا تھا۔ میں وہاں کتنی دیر بیٹھا رہا مگر راجدہ ایک بار بھی پھر میرے سامنے نہ آئی۔

اس گھر میں سالوں کی گرویدگی اور محبت کے بعد یہ پہلا موقع تھا کہ مجھے وہاں کی ہر شے بے رخی سے منہ پھیرتی محسوس ہو رہی تھی۔ جیسے میں اجنبی ہوں۔ اور ان کی منشا کے خلاف وہاں آن بیٹھا ہوں۔ مجھے اپنا جسم خود اپنے آپ پر ایک ناقابل برداشت بوجھ معلوم ہونے لگا۔ میں اٹھا اور چپکے سے راجدہ کے گھر سے باہر نکل آیا۔ باہر لوگ آرہے تھے اور جارہے تھے۔ کئی ایک نے میری طرف حیرانگی اور دلچسپی سے دیکھا۔ جیسے میں کوئی بہروپیا ہوں اور بھیس بدل کر ان کے درمیان آگیا ہوں۔ جیسے وہ مجھے پہچان بھی چکے ہیں اور میرے بہروپ پر حیران ہو رہے ہیں۔ بازار میں چلتے چلتے کئی بار میرے قدم لڑکھڑائے اور میں گرتے گرتے سنبھلا۔ ایک ہوٹل کے قریب پہنچ کر میں اندر گھس گیا لیکن چائے کا آڈر دے کر بغیر چائے پیے باہر نکل آیا۔ میری حالت کسی ایسے گویے کی سی تھی جو بھری محفل میں گاتے ہوئے اچانک بے سرا ہو گیا ہو۔

میں امرتسر چلا آیا۔ اپنے دیوان خانے میں پہنچ کر مجھے یوں محسوس ہوا جیسے میں بیچ بازار میں ننگا ہو گیا تھا اور میرے اوپر کسی نے چادر ڈال دی ہے۔ میز پر پڑی ہوئی کتابوں

کے پاس پھول دان میں گلاب کے پھول مرجھا رہے تھے۔ کونے میں میرے چھوٹے بھائی کے ہاتھ سے بنی ہوئی آئل پینٹ تصویر پر گرد سی جم رہی تھی۔ اس تصویر میں سوکھے ہوئے درختوں کی بے برگ ٹہنیوں کے عقب میں بھورے رنگ کے جل تھل کرنے والے بادل دکھائے گیے تھے۔ اور نیچے لکھا تھا، "ذرا عمر رفتہ کو آواز دینا۔"

میں نے اس تصویر کو لے کر رومال سے اس پر جمی ہوئی گرد صاف کی اور میرا دل بھر آیا اور میری آنکھوں سے ٹپ ٹپ آنسو گرنے لگے۔۔۔ ذرا عمر رفتہ کو آواز دینا۔۔۔ اور میں نے تصویر کو سینے سے لگالیا۔ کتنی ہی دیر تک راجدہ کا غم آنسو بن کر میری آنکھوں سے بہتا رہا اور جب میں نے تصویر کو دوبارہ میز پر رکھا اور مجھے اپنا آپ اس بچے کی مانند مسرور اور ہلکا ہلکا محسوس ہو رہا تھا، جسے اسکول کے دروازے پر پہنچ کر خبر ملے کہ آج چھٹی ہے۔

دوسرے مہینے کے وسط میں راجدہ کا خط آیا کہ اس کے والدین اس کی شادی سعید سے کرنا چاہتے ہیں اور اس نے زہر منگوا کر اپنے پاس رکھ لیا ہے۔ میں نے کوئی جواب نہ دیا۔ راجدہ کا ایک اور خط آیا، "خدا کے لیے مجھے بتاؤ میں مر جاؤں گی پردیسی۔"

میں کیا کرتا۔۔۔ میں نوکری چھوڑ بیٹھا تھا۔ کس برتے پر راجدہ کو بچاتا۔ میں نے امی سے بات کی کہ اگر راجدہ مجھے مل جائے تو میں نوکری بھی کبھی نہیں چھوڑوں گا۔ وہ مان گئیں۔ مگر ابا نے کہا کہ وہ لڑکی والوں سے صاف صاف کہہ دے گا کہ لڑکا نکما ہے۔ راجدہ مجھے برابر لکھتی کہ نوکری کرلو۔ پھر ہم شادی کرلیں گے۔ پھر ہمیں دنیا کی کوئی طاقت جدا نہ کرسکے گی۔ میں نے سر توڑ کوشش کی کچھ ہاتھ نہ آیا۔ جب راجدہ کے بچھڑ جانے کے بعد مجھے ایک کالج کی لائبریری میں پچاس روپیوں کی جگہ مل گئی، اس رات میں خوشی سے بالکل نہ سو سکا۔ تمام رات بستر میں لیٹا بیداری کے خواب دیکھتا رہا۔ راجدہ بھاری کا مدار

ریشمی لباس میں ملبوس پھولوں میں بسی دلہن بنی میرے ساتھ سمٹی ہوئی بیٹھی ہے۔ باریک ریشمی گھونگھٹ میں سے مجھے اس کے ریشمی رخسار دمکتے ہوئے معلوم ہو رہے ہیں۔ ہمیں راجدہ کی شریر اور چنچل سہیلیوں نے گھیر رکھا ہے۔ کوئی پان پیش کر رہی ہے اور کوئی دودھ کا گلاس پلانے پر تلی کھڑی ہے مگر میں انکار کر رہا ہوں کیونکہ مجھے پتا ہے کہ پان میں سپاریوں کی جگہ روڑے اور دودھ میں چینی کی جگہ نمک کا ڈبہ انڈیل دیا گیا ہے۔

پھر میں نیچے جانے کے لیے اٹھا ہوں اور میرے ساتھ تکیہ بھی اٹھ آیا ہے کیونکہ اسے میرے کوٹ کے ساتھ چپکے سے چمٹا دیا گیا ہے۔ میرا مذاق اڑایا جا رہا ہے اور میں شرمندہ ہو رہا ہوں۔ میں جوتا ڈھونڈ رہا ہوں اور جوتا نہیں مل رہا۔۔۔ پھر جیسے کمپنی باغ میں پھولوں بھری بیلوں اور گنجان درختوں کی پرسکون چھاؤں میں راجدہ میرے قریب بیٹھی اون اور سلائیاں لیے کچھ بن رہی ہے۔ میں گھاس پر نیم دراز ہوں۔ ہمارے پاس ہی ایک بڑی ہی پیاری بچی پھولوں اور گھاس پر گرے پڑے پتوں سے کھیل رہی ہے۔ میں کبھی راجدہ اور کبھی بچی کو دیکھ رہا ہوں اور آسمان پر موسم بہار کی شام کی سنہری چمک پھیل رہی ہے۔

اور پھر دن نکل آیا۔ اور اسی دن میں امیدوں اور ارادوں سے بھرپور دل لیے راجدہ سے ملنے گیا۔ ایک بازار کا موڑ گھومتے ہی مجھے سامنے راجدہ کا بھائی آتا نظر آیا۔ مجھے یوں معلوم ہوا جیسے راجدہ خود چلی آ رہی ہے۔ میرا جی چاہا کہ میں اسے گلے سے لگا لوں۔ قریب پہنچ کر وہ ٹھہر گیا۔

"بھئی کل شام دفتر سے نکل کر گھر ضرور پہنچ جانا۔"

"کوئی محفل سرگرم ہو رہی ہے کیا؟" میں نے اپنے جسم میں مسرتوں کے غبارے سے ابھرتے محسوس کیے۔

"یہی سمجھ لو۔" اس نے حسب عادت مسکراتے ہوئے کہا، "سعید کا نکاح ہو رہا ہے۔"

"کہاں؟" میرے منہ سے خود بخود نکل گیا۔ لیکن مجھے اب تک یاد نہیں کہ میں نے ایسا کہا ہو۔

"گھر ہی میں۔۔۔ ویسے تم ضرور پہنچ جانا۔"

"ضرور" اور وہ چلا گیا اور مسرتوں کے غبارے یکے بعد دیگرے پھٹتے چلے گیے اور میں نہ راجدہ کے گھر کی سمت بڑھ سکا اور نہ وہاں کھڑا ہو سکا۔

بازار میں ہر شے سے بے خبر میں سر جھکائے، ہاتھ لٹکائے یوں چلا جا رہا تھا۔ جیسے اپنے جوان بھائی کو قبرستان میں دفنا کر آ رہا ہوں۔

راجدہ سعید سے بیاہی جا رہی تھی۔ وحشی اور ظالم لوگوں سے بھری ہوئی ریل گاڑی سے نکل کر میں نے نرم دل گارڈ کے ڈبے میں پناہ لی تھی اور نرم گارڈ نے مجھے بڑی محبت سے سگریٹ پیش کرنے کے بعد ڈبے سے باہر نکال دیا تھا اور میں پھر انہی لوگوں کے اژدحام میں تھا۔ تنہا اور بے یار و مددگار۔

گھر پہنچ کر میں تمام رات سگریٹ پیتا اور بڑے تحمل سے راجدہ کے بغیر بسر ہونے والی اپنی زندگی کے نشیب و فراز گنتا رہا۔ راجدہ کے بغیر میں اپنی زندگی کا کوئی آخری نقشہ قائم کرنے سے بالکل قاصر تھا۔ کسی وقت مجھے محسوس ہوتا کہ میں کسی اجنبی اور ناواقف شہر کے ان دیکھے بازاروں میں یوں ہی آوارہ اور بے مقصد گھوم رہا ہوں اور لوگ اپنی اپنی دوکانیں اور کاروبار بند کر کے گھروں کو جا رہے ہیں۔ اور کبھی مجھے اپنی دونوں طرف ویران اور اجاڑ کھنڈرات کا مہیب سلسلہ حد نگاہ تک پھیلا معلوم ہوتا۔ اور میں چلا جا رہا ہوں۔۔۔ کہاں؟ کدھر؟ کوئی خبر نہیں۔۔۔

راجدہ میرے لیے روشنی کا مینار تھی جسے دیکھ کر بھولے بھٹکے جہاز ران رستے کی درست سمت اور خطرے سے آگاہ ہوتے ہیں۔ مگر اب اس مینار کی روشنی دھند کے دبیز غلاف میں لپٹی ہوئی تھی۔ اور مجھے ہر قدم پر خطرے اور گمرہی کا احساس ہو رہا تھا۔ راجدہ کو اپنے قریب پا کر مجھے اپنے تیئں ایسے پہاڑ کا احساس ہوتا جس کی چوٹی پر سورج طلوع ہو رہا ہو۔ لیکن اب یہ سورج غروب ہو رہا تھا اور میرے دامن کی بستیوں میں شام کے تاریک سایے پھیل رہے تھے۔

راجدہ کا خیال مجھے ہر شے سے الگ تھلگ ہونے پر اکساتا تھا اور سب سے الگ ہو کر میں کئی بار۔۔۔ راجدہ کے خیال سے بھی آگے نکل گیا تھا۔ مگر آج ناامیدی اور خاموشی کے اس پل پر میں اکیلا کھڑا اپنے نیچے بہنے والی تنہائی اور درد کی تاریک خلیج کو تک رہا تھا۔ جہاں راجدہ کی کانپتی ہوئی مدھم سی شبیہ سرمئی دھندلکوں میں آہستہ آہستہ تحلیل ہو رہی تھی۔

شام کے وقت میں گھر سے نکلا اور کمپنی باغ کی طرف چل پڑا۔ باغ میں دھوپ ماند پڑ رہی تھی۔ کہیں کہیں ڈھلتے سورج کی سرخی درختوں کے تنوں پر چمک رہی تھی۔ ہلکی سرد ہوا میں درختوں پر سے سوکھے پتے جھڑ جھڑ کر گر رہے تھے۔ سڑک پر گرتے ہی وہ کچھ دور تک لڑھکتے اور پھر جیسے بے جان سے ہو کر رہ جاتے۔

پردہ کلب کے پاس سے گزرتے ہوئے مجھے راجدہ، عظمی اور بھانجی اور بچوں کی آوازیں سنائی دیں۔ جیسے وہ اندر ایک دوسرے کے پیچھے بھاگ رہے ہوں۔ میں نے اندر جھانک کر دیکھا وہاں کوئی نہ تھا۔ پلاٹ کے وسط والا آم کا گنجان درخت خاموش محافظ کی مانند کھڑا تھا۔ اور زرد زرد گھاس پر خالی ڈبیاں اور چوسی ہوئی گنڈیریوں کے چھلکے بکھرے ہوئے تھے۔ سڑک پر گرے ہوئے سوکھے پتوں کو روندتا میں اس پلاٹ میں داخل ہوا

جہاں ہماری محبت نے پہلی بار رنگ برنگ پھولوں اور پتوں میں اپنی آنکھیں کھولی تھیں۔ یہاں مرجھائے ہوئے پودوں کی قطاریں سر جھکائے تھیں۔ چھت والے گلاب کی بیلیں سوکھ رہی تھیں۔

"راجدہ دیکھ کر چلنا کہیں کانٹانہ چبھ جائے۔" یہ بھانجی کی آواز تھی۔

"اوئی پانی بڑا ٹھنڈا ہے تم بھی آجاؤ۔۔۔" یہ راجدہ کی آواز تھی۔۔۔ وہ دونوں ہاتھوں سے ساٹن کی شلوار کے پائنچے اٹھائے پلاٹ کے پانی میں چل رہی تھی۔ اب وہ میرے قریب کھڑی سینڈل کے تسمے باندھ رہی تھی اور فضا میں اس کے خوشگوار پسینے اور حنا کی خوشبو پھیل رہی ہے اور وہ بھانجی سے کہہ رہی ہے، "سچ میں تو ایسی راتیں باغوں میں گزارنا چاہتی ہوں۔ بس پائنچے اٹھائے پانی میں گھومتی پھرتی رہوں۔ اور جب تھک جاؤں تو۔۔۔"

ہم کرسٹل میں آگیے ہیں اور راجدہ کیبن کے شیشوں میں سے مجھے پہلی بار محبت کی پاک اور بے لوث نظروں سے تک رہی ہے۔۔۔ اور راجدہ نے نقاب اٹھالیا ہے۔۔۔ کالے نقاب میں اس کا سپید چہرہ۔۔۔ جیسے تاریک رات میں کسی خانقاہ کا کھلا ہوا روشن طاق۔۔۔ راجدہ کہہ رہی ہے، "میں ڈرتی ہوں کہیں تم مجھ سے محبت کرنا چھوڑ تو نہ دو گے؟ سچ میں مر جاؤں گی۔"

"او۔۔۔ کبھی نہیں، کبھی نہیں راجدہ۔"

اور میں غم سے نڈھال ہو کر سنگین بنچ پر بیٹھ گیا۔ میرے اوپر گلاب کی پژمردہ بیل کے جھاڑ تھے۔ میں نے اپنا چہرہ اپنے ہاتھوں میں چھپالیا اور راجدہ۔۔۔ کبھی نہیں کبھی نہیں اور پھر رم جھم رم جھم۔۔۔ مدھم بارش کی غمگین موسیقی اور سیاہ پتھروں پر سے رک رک کر ٹھہر ٹھہر کر پھسلتے ہوئے پتھروں کے آنسو۔۔۔

روندے پتھر پہاڑاں دے

میں پلاٹ سے باہر نکلا تو سرد اور نیلے آسمان پر تارے ٹمٹما رہے تھے۔ ہوا تھم گئی تھی اور باغ کے گنجان درخت یوں خاموش اور متفکر کھڑے تھے جیسے وہ بے زبان فرشتے ہوں اور راہ میں کھڑے کسی بزرگ کے جنازے کا انتظار کر رہے ہوں۔

وقت کا نہ رکنے والا چکر گھومتا گیا۔ میں نے راجدہ کے ہاں آنا جانا چھوڑ دیا۔ کچھ عرصے تک راجدہ کے دکھ بھرے خط مجھے ملتے رہے لیکن میری طرف سے کوئی جواب نہ ملنے پر اس نے بھی خط لکھنے بند کر دیے۔ میرا زیادہ وقت لائبریری میں گزرتا تھا۔ دنیا کے بہترین مصنفوں کی کتابوں نے میرے دل و دماغ کو روشنی اور سکون عطا کیا۔

قسم قسم کی تصانیف سے بھری ہوئی لمبی لمبی الماریوں کے پاس فاؤسٹ جین ایر، سلامبو اور پیام مشرق پڑھتے پڑھتے جب کبھی مجھے راجدہ کا خیال آتا تو میں آپ سے شرمسار سا ہو جاتا۔ جیسے وہ کوئی لڑائی، مار کٹائی والی فلم ہو، جسے میں نے کبھی بڑے شوق سے دیکھا ہو۔۔۔ پھر بھی کسی وقت جب بارش موسلا دھار ہو رہی ہوتی تو میں لائبریری کی بالکونی میں کھڑا نیچے کالج کے پلاٹ میں ننگے بنچوں، سرسبز گھاس اور عشق پیچاں کے کالسی پھولوں کو دیکھتے دیکھتے محسوس کرتا جیسے راجدہ مجھ سے جدا نہیں ہوئی۔ وہ اب بھی میرے قریب اس بالکونی میں کھڑی گرتی بارش میں پلاٹ کا نظارہ کر رہی ہے اور پھر میرا دل راجدہ کی محبت کی غیر فانی جذبات سے مالا مال ہو جاتا۔

انہی لمحات میں مجھے اپنے اردگرد ننھی اور کم سن پریوں کے نازک پروں کی نرم پھڑ پھڑاہٹ سنائی دیتی اور میرے دل کے بھی جیسے پر نکل آتے، اور وہ بھی ان معصوم آسمانی روحوں کے جھرمٹ میں مل کر مصروف پرواز ہو جاتا۔ جنوری کی ایک ابر آلود شام کو۔۔۔ جب کہ سردی اپنے جوبن پر تھی، میں لائبریری سے باہر نکل رہا تھا کہ راجدہ

کا بھائی مل گیا۔ گرم سوٹ میں ملبوس سگریٹ سلگائے، اس نے گرم جوشی سے میری طرف محبت کا ہاتھ بڑھایا۔

"کہاں رہتے ہیں آپ؟ کبھی ملتے ہی نہیں بھئی کوئی غلطی ہو۔۔۔"

میں نے اس کے منہ پر ہاتھ رکھ دیا اور وہ قہقہہ لگا کر ہنس پڑا۔ اس کے قہقہے کا انداز راجدہ سے کس قدر ملتا تھا۔۔۔ ایک پل کے لیے میں کائنات کی ہر شے سے الگ ہو کر راجدہ کے خیال میں کھو گیا۔

ہم ایک قریبی چائے خانے میں داخل ہو گیے۔ یہاں کی فضا ہم قسم کے لوگوں اور سگرٹوں کے دھوئیں سے بھری ہوئی تھی۔ ہم نے چائے منگوائی اور کافی دیر تک ادھر ادھر کی باتیں کرتے رہے۔ جب ہم ہوٹل سے باہر نکلے تو مدھم لیمپوں کی بھیگی ہوئی روشنی میں گیلی سڑک پر جابجا پانی کے گڑھے چمک رہے تھے۔ اور لوگ لمبے کوٹوں اور گرم چادروں میں منہ چھپائے جلدی جلدی گزر رہے تھے۔ معلوم ہوا کہ بارش ایک دفعہ ہو کر ہٹی ہے۔ ہم خاموشی سے چلے جا رہے تھے۔ ابھی بمشکل ایک بازار ہی طے کیا ہو گا کہ پھر بوندا باندی شروع ہو گئی اور جب راجدہ کے گھر والی گلی قریب آئی تو بارش یک لخت تیز ہو گئی۔

ہم لپک کر گلی میں گھسے اور ایک مکان کی ڈیوڑھی میں کھڑے ہو گیے۔ بارش کی چھیڑ چھاڑ شروع ہو گئی تھی۔ ہم رومالوں سے اپنے اپنے کوٹوں سے بارش کا پانی پونچھ رہے تھے اور ادھر ادھر بارش کے پرنالوں میں سے بارش کا پانی ایک مسلسل شور کے ساتھ گر رہا تھا۔ ہوا سرد ہو گئی تھی۔ گلی کے لیمپوں کی روشنی گرتی بارش کے دھندلے نقاب میں ماند سی پڑ گئی تھی، اور گلی میں اس سرے سے دوسرے سرے تک دھواں سا اٹھنے لگا تھا۔ راجدہ کا مکان یہاں سے تیسرا یا چوتھا تھا۔ اس کے بھائی نے کوٹ کے کالر اٹھا کر کہا،

"میرا خیال ہے گھر چلتے ہیں۔ یہاں کتنی دیر تک کھڑے رہیں گے۔"

اس ابر آلود رات کو بارش کی لگاتار گونج میں کافی مدت کے بعد راجدہ کو پہلی بار دیکھنے کا خیال مجھے بڑا تسکین دہ محسوس ہوا۔ چنانچہ تیزی سے بھاگ کر ہم راجدہ کے گھر میں داخل ہو گیے۔ دیوان خانے کی بتی روشن تھی۔ اس نے مجھے نیچے بیٹھنے کو کہا اور خود کپڑے بدلنے اوپر چلا گیا۔ میں نے دیوان خانے کا دروازہ کھولا اور اندر داخل ہو گیا۔

کمرے کی فضا گرم اور بیحد مہربان تھی اور وہاں سگریٹ کی خوشبو پھیلی ہوئی تھی۔ کرسیاں آتش دان کے قریب کھسکی ہوئی تھیں اور آتش دان میں لکڑیوں کے جل جانے پر دہکتے ہوئے کوئلوں کی سرخ لو جگمگا رہی تھی۔ تپائی پر ریڈیو خاموش پڑا تھا۔ قریب ہی راکھ دان میں تازہ بجھے ہوئے سگریٹ میں سے دھوئیں کی پتلی لکیر اٹھ رہی تھی۔ معلوم ہوتا تھا ابھی کوئی وہاں سے اٹھ کر گیا ہے۔ کمرے کا حلیہ آج سے کچھ عرصہ پہلے کی نسبت بالکل تبدیل ہو چکا تھا۔ فرش پر دری کے بجائے کافی بڑا ایرانی قالین بچھا ہوا تھا۔ ایک طرف پلنگ کے قریب نئی طرز کا سنگھار میز پر پڑا تھا جس پر ہر قسم کا سنگھار کا سامان چمک رہا تھا۔ سنگھار میز کے کونے میں سعید کی تصویر چاندی کے فریم میں مسکرا رہی تھی۔ پلنگ کے پاس ہی سرہانے کی طرف ایک چھوٹی سی میز پر کچھ کتابیں، پیڈ اور قلم دوات اور ٹیبل لیمپ رکھا ہوا تھا۔ کارنس کی پٹی ہلکے سبز رنگ کی ریشمی چادر سے ڈھکی ہوئی تھی اور دونوں کناروں پر گلدانوں میں کاغذی رنگین پھول اصلی پھولوں کا مقابلہ کر رہے تھے۔ کارنس کے اوپر وہی شیراز کے پرانے دروازوں، لمبے لمبے پر اسرار جالی دار جھروکوں اور مسجد کے دودھیا میناروں والی تصویر لٹک رہی تھی۔ یہ تصویر اور ریڈیو پہلے اوپر ہوا کرتے تھے۔

مجھے یہ سوچنے میں بالکل دیر نہ لگی کہ یہ کمرہ راجدہ بیگم کا تھا۔ میں نے راکھ دان میں

سگریٹ مسلا اور ریڈیو کی بتی روشن کر دی۔ لاہور، دہلی۔۔۔ بمبئی۔۔۔ ریڈیو کی سوئی ڈائیل کا نصف سے زیادہ حصہ طے کر چکی تھی۔ معاً ایک جگہ میرا ہاتھ خود بخود رک گیا۔ یہ قاہرہ تھا اور وہاں سے عربی موسیقی کا پروگرام شروع تھا۔ دف بج رہی تھی۔ اور لڑکے اور لڑکیاں مل کر گا رہے تھے۔ گیت کے بول میری سمجھ سے باہر تھے۔ مگر ان کی گہری لمبی سوگوار کانپتی ہوئی تانیں دل پر برابر اثر انداز ہو رہی تھی۔ یہ تانیں لرز لرز کر دل کی گہرائیوں سے اٹھتیں اور شعلے کی مانند لپک کر پھیل جاتی تھیں۔ ان میں سادگی، سچائی اور تڑپ تھی۔

جب لڑکوں یا لڑکیوں کی ٹولی اپنے بول ختم کرتی تو دیر تک دف بجتی رہتی جیسے کوئی بدوی کھجور کے درخت کو ہلا رہا ہو۔ اور پکی ہوئی موٹی موٹی کھجوریں زمین پر گر رہی ہوں۔ پھر لڑکیوں کی باریک آوازیں تنی ہوئی کمانوں سے نکلے ہوئے سہری تیروں کی مانند اوپر کو اٹھتیں۔ یہ عرب کی صحرا زادیوں کے گیت تھے۔ جنہیں وہ خاص خاص موقعوں پر گاتی ہیں۔ کبھی چاندنی رات میں کھجوروں تلے ٹھنڈی ریت پر محفلیں جما کر، کبھی میدان جنگ سے لوٹتے ہوئے اپنے خاوندوں اور بھائیوں کی آمد پر، کبھی قاہرہ ریڈیو اسٹیشن پر آکر۔۔۔

دروازہ کھلا اور راجدہ کا بھائی اور سعید اندر داخل ہوئے۔ میں نے ریڈیو بند کر دیا۔

سعید بھورے اوور کوٹ میں ملبوس تھا اور راجدہ کا بھائی گرم چادر اوڑھے ہوئے تھا۔

"بڑے دنوں بعد نظر آئے۔ کہیں گیے ہوئے تھے؟" سعید نے میری طرف ہاتھ بڑھا کر پوچھا۔

"جی نہیں۔ یہیں تھا۔ دراصل کام کی زیادتی کے باعث۔۔۔"

"بہت خوب۔۔۔ آدمی کام کرتا ہی اچھا لگتا ہے"، سعید نے بوڑھوں کی مانند مجھے

نصیحت کی۔ راجدہ کا بھائی سنگھار میز کی دراز دیکھ کر بولا، "بھئی سگریٹ ختم ہو گیے میاں!"

اور میں نے جیب سے دو ماریٹر کا ڈبہ نکال کر میز پر رکھ دیا اور وہ قہقہہ لگا کر ہنس پڑا اور مجھے راجدہ کا خیال آ گیا۔۔۔ راجدہ کہاں ہے؟ شاید اوپر سو رہی ہو گی۔ اس نے تو کہا تھا میں زہر کھالوں گی۔ کیا اسے میرے آنے کی خبر نہیں ہوئی۔۔۔؟

دروازہ پھر کھلا اور عظمی اور اختر اندر داخل ہوئیں۔ اختر اپنی بچی اٹھائے ہوئے تھی اور عظمی کے ہاتھ میں سلائیاں اور نصف بنے ہوئے موزے تھے۔

"کہیں باہر گئے ہوئے تھے کیا؟" عظمی نے کرسی آتش دان کے قریب لاتے ہوئے پوچھا۔

"جی نہیں۔۔۔ یہیں تھا۔"

"اچھا۔"

یہ ذرا سی، اچھا کہہ کر وہ بڑے اطمینان سے موزے بننے لگی۔ جس طرح کوئی بچہ قلم چھڑک کر لکھنے میں مشغول ہو جائے۔ یہ 'اچھا' سیاہی کا ایک دھبہ تھا جو میرے کپڑوں پر چھڑکا گیا تھا۔ اختر اور سعید تیز تیز باتیں کر رہے تھے۔ راجدہ کا بھائی اختر کی بچی سے کھیل رہا تھا۔ گلی میں روشن دان کے چھجوں پر گرتی بارش کا شور اندر سنائی دے رہا تھا۔ آتش دان میں آگ تیز کر دی گئی۔ عظمی خاموشی سے اپنے کام میں لگی ہوئی تھی اور میں کرسی میں دھنسا خاموشی سے سگریٹ پیتے ہوئے اس کے سنہری بالوں اور سپید چہرہ کے باریک خطوط کو آگ کی روشنی میں چمکتے ہوئے دیکھ رہا تھا۔

دفعتاً کالے کمبل میں منہ سر لپیٹے کوئی دروازے میں نمودار ہوا۔ کمبل پر بارش کے قطرے جابجا چمک رہے تھے۔ سب پلٹ کر اسے دیکھنے لگے۔ اس آدمی نے کمبل سے ایک ہاتھ نکال کر اسے منہ پر سے کھسکایا اور یہ "چچا" صاحب تھے۔ چچا اپنی کرنجی آنکھوں

سے ادھر ادھر دیکھ کر بولا، "باہر بارش نے تو برا حال کر دیا ہے۔ اندر کیا خفیہ میٹنگ ہو رہی ہے۔" میں ہنس پڑا اور کوئی نہ بولا۔ ویسے زیر لب سبھی مسکرا رہے تھے۔ چچا اتنا کہہ سنگار میز کی طرف بڑھا اور اس کے درازوں میں دیر تک کچھ تلاش کرتا رہا اور کسی نے اس سے کچھ نہ پوچھا۔ آخر وہ خود ہی عظمی کی جانب مڑا۔

"بھئی لڑکی۔۔۔ میں موم بتیوں کا ایک سالم بنڈل لایا تھا اور اسی دراز میں رکھا تھا، غائب کیوں ہو گیا؟"

"آپ ہی لائے تھے آپ ہی نے رکھا تھا اور آپ ہی جانیں۔" عظمی نے موزے بنتے ہوئے جواب دیا اور چچا زیر لب نہ معلوم کیا کیا بڑبڑاتا ہوا پھر ادھر ادھر ہاتھ مارنے لگا۔ سعید بولا، "چچا موم بتیوں کی کیا ضرورت ہے؟" چچا خاموش رہا۔ آخر اسے ایک جگہ موم بتیوں کا سالم بنڈل مل گیا اور وہ کمبل سے منہ سر لپیٹ کر باہر نکلتے ہوئے بولا، "ضرورت کیا ہے بھئی، بازی لگائی ہوئی ہے اور تیل ختم ہو گیا۔" وہ باہر نکل گیا اور سب ہنسنے لگے۔

دروازہ کھلا اور ایک دبلی پتلی سی لڑکی جس کا قد انار کا بوٹا اور ہونٹ باریک اور رخسار ریشمی تھے۔ دونوں ہاتھوں میں چائے کا ٹرے لیے سنبھل کر قدم اٹھاتی اندر داخل ہوئی۔۔۔ یہ راجدہ تھی۔

راجدہ۔۔۔ میری موم بتی، میری مری انگرڈ برجمین اور میری جین ایرا اور میرے میدان کی آگ اور میرے پہاڑ کا سورج، راجدہ نے جھک کر ٹرے میز پر رکھا اور پھلوں سے لدی ہوئی شاخ نے لچک کر زمین کو اپنے شیریں میوے پیش کرنا شروع کر دیے اور ایران کی زہرہ جمال دوشیزاؤں نے اپنے سوڈانی دف اٹھائے اور قہوہ خانے کی پراسرار فضا میں رقص کرنا شروع کر دیا۔ پرانے قالینوں پر، مومی شمعوں کی دھیمی دھیمی روشنی میں

ان کے نیم عریاں ادھ پکے سنہری جسم بے قرار شعلوں میں تبدیل ہو گیے۔ اور کم عمر خوبصورت بچے ترکی میخانوں میں گرم گرم قہوہ لیے ادھر اُدھر گھومنے لگے۔ شیراز کے باغات میں چاندی کے فوارے ابل رہے تھے اور مسجدوں کے دودھیا گنبدوں کے اوپر نیلے آسمان پر سپید و براق کبوتروں کی ٹولیاں محو پرواز تھیں اور لمبارڈی کے خیابانوں میں پتھریلی شاہراہوں کے دونوں جانب جھکی ہوئی نرم بیلوں پر کانسی رنگ کے انگوروں کے خوشے پک گیے تھے اور ان پر سفیدی سی جم رہی تھی۔

گلمرگ کی رنگین وادیوں میں چناروں کی ٹہنیوں پر سرخ سرخ شگوفوں کی شمعیں روشن ہو گئی تھیں۔ باغات کے گھنے ذخیروں میں کشمیر کی شوخ و شنگ سیب کے درختوں پر سے سیب اتار اتار کر اپنے ٹوکروں میں رکھ رہی تھیں اور راجدہ نے ٹرے میز پر رکھ دیا۔ راجدہ خاموشی سے باہر نکل گئی۔ اس نے کسی سے بات نہ کی۔ اس نے کسی کی طرف آنکھ نہ اٹھائی۔ راجدہ نے لکھا تھا میں زہر کھالوں گی اور راجدہ نے زہر کھالیا تھا۔ چائے کا گرم گھونٹ حلق میں اتارتے ہوئے، میں نے راجدہ کی آواز سنی۔ وہ اپنی امی کو بلا رہی تھی اور مجھے یوں محسوس ہوا جیسے وہ خواب کے جزیروں سے مجھے آوازیں دے رہی ہے۔ میرے دل میں ایک اجنبی اور مقدس خیال بجلی کی مانند چمکا اور میرا ذہن چکا چوند ہو کر رہ گیا۔

ایک قسم کی بزرگی، عظمت اور برتری کا خیال۔ جو بھرتری ہری کو گھنے جنگلوں میں اور موسٰی کو آگ کی طرف کھینچتا ہوا لے گیا اور جس نے کالی داس کو میگھ دوت اور دانتے کو ڈیوائن کامیڈی لکھنے پر اکسایا۔ میں نے سگریٹ آتش دان میں پھینکا اور اس خیال کی تعظیم میں میرا سر خود بخود جھک گیا۔ جب میں گلی سے نکل رہا تھا تو مجھے یوں محسوس ہو رہا تھا جیسے میں صد بہار در آغوش، اقلیم محبت کی سنہری خیابانوں میں داخل ہو رہا ہوں۔ مجھے اپنے آپ پر ایک ایسے بجرے کا گمان ہو رہا تھا جس کے ریشمی بادبان تنے ہوئے ہوں اور

جیسے مشرقی ہواؤں کے مہربان جھونکے آہستہ آہستہ دور۔۔۔ پر سکون جھیلوں، روشن پہاڑوں اور پھولوں کے ڈھکے ہوئے گم نام جزیروں کی طرف لیے جا رہے ہوں۔۔۔

آج راجدہ کی شادی کو تیسرا سال ہو رہا ہے۔ مگر میری راجدہ اس وقت بھی میرے پاس ہے۔ وہ ازل سے میرے پاس تھی اور ابد تک رہے گی اور اس کا سعید کی راجدہ سے کوئی تعلق نہیں۔ جس طرح کسی قد آور درخت سے چمٹی ہوئی لچکیلی بیل رات کی خاموشی میں اپنی غذا حاصل کرتی ہے، اسی طرح میں راجدہ کی محبت سے اپنی غذا حاصل کر رہا ہوں۔

میں اس کی محبت کو ہضم کر گیا ہوں اور اس کے اجزا میرے روح و بدن میں سرایت کر گیے ہیں۔ سعید کی راجدہ کے تین بچے ہیں اور اب وہ سعید کی راجدہ کم اور اپنے بچوں کی زیادہ ہے لیکن میری راجدہ صرف میرے لیے ہے اور میں ہی اس کی بے لوث محبت کی تمام جائداد کا واحد مالک ہوں۔ وہ ایک سدا بہار درخت ہے جو مجھے اپنی ایک ٹھنڈی چھاؤں عطا کرتا ہے۔ ایک چشمہ ہے جس کا شفاف پانی محض میری خاطر زمین سے پھوٹتا ہے اور ایک گم نام وادی جس کے نشیب و فراز صرف میرے قدموں کی چاپ سے آشنا ہیں۔

جب مشرق میں صبح ہوتی ہے تو میں اسے اپنے ساتھ کرنوں کا تاج پہنے زریں تخت پر بیٹھے اوپر کو اٹھتے دیکھتا ہوں۔ شام کے وقت جب وادیوں پر اندھیرا چھانے لگتا ہے تو ہم پہاڑ پر چڑھ کر ان کی رخصتی کا گیت ہم آواز ہو کر گاتے ہیں اور جب رات کا جادو پھیل جاتا ہے تو ستاروں کے دریچے کھول کر نورانی راستوں پر سے گزرتی ہوئی میرے پاس آجاتی ہے اور ہم تمام رات گلاب کے پیالوں میں شبنم کی شراب پیتے ہیں اور ازلی و ابدی محبت کے غیر فانی گیت گاتے رہتے ہیں۔

ہر جگہ اور ہر مقام پر ہمارے قدم ایک ساتھ اور ہم آہنگ ہو کر اٹھتے ہیں۔ اس کا خیال مجھے اپنے تئیں اس بادل کا احساس دلاتا ہے جو خشک اور بنجر زمینوں پر بارش کے موتی لٹانے کے لیے پہاڑوں کی چوٹیوں پر سے بلند ہوا ہو۔

وہ بوڑھی ہے نہ جوان، کنواری ہے نہ شادی شدہ۔۔۔ اسے وقت کا بوڑھا ہاتھ کبھی نہیں چھو سکتا۔ وہ اس کی دسترس سے باہر، لازوال اٹل اور غیر فانی ہے۔ وہ ہر لحظہ، ہر گھڑی، ہر پل میرے ساتھ ہے۔ وہ اس وقت بھی میرے دل پر اپنی محبت کے نازک پروں کا سایہ کیے ہوئے ہے جب کہ میں اس کی داستان قلم بند کر رہا ہوں۔

"سعید کی راجدہ سے میرا کوئی تعلق نہیں ہے اور میں اس کے بارے میں کبھی کوئی افسانہ نہیں لکھوں گا۔۔۔"

***

۳

مشین گردی

آغا گل

پوسٹل کالونی میں کریم کا ڈھابہ لٹ خانہ کہلاتا تھا۔ دنیا جہاں کے بے کار، ملازمت کے متلاشی درختوں کی چھاؤں میں پاؤں پسارے اونگھنے والے غرضیکہ سب ہی چلے آتے۔ لاٹھی ٹیکتے پینشنر بھی جوانی کی یادیں تازہ کرنے مہینے میں ایک بار ضرور زیارت کے لیے آتے۔ یہاں کڑک چائے سے لطف اندوز ہوتے ہوئے وہ اپنے ساتھیوں کے ساتھ ہنستے کھیلتے اور چند گھنٹوں کے لیے دوبارہ جوان ہو جایا کرتے۔ پینشن کی رقم لے کر بے رنگ کانپتی ٹانگوں والی میز کرسیاں اور کھری چارپائیوں پہ چائے پینے کا عجب سرور تھا۔ کچھ لوگ لڈ ڈو سے جی بہلاتے تو بعض ایک تاش پھینٹنے لگتے۔ کریم کا لٹ خانہ افواہوں کا مرکز اور جاسوسی کا اڈا بھی تھا۔ ڈاک خانے کی ساری خبریں یہیں سے مل جایا کرتیں۔ محکمہ ڈاک کی عظمت گذشتہ کے قصے بھی دہرائے جاتے جب موسمیات کے علاوہ کونین کی فروخت اور محکمہ تار و ٹیلی فون بھی انہیں کے پاس ہوا کرتا تھا۔ کیا بھلا دور تھا کہ ہر ایک تار پہ جو دفتری اوقات کے بعد آیا کرتی ایک روپیہ لیٹ فیس ملا کرتی۔ تنخواہ سے کہیں زیادہ تو لیٹ فیس ہوا کرتی جس کے باعث پوسٹ ماسٹر دو تین شادیاں رچا لیا کرتے۔ پوسٹ ماسٹر Morse پہ گٹ گٹ تاریں بھجوایا کرتے۔ موسم کا حال بھجوانے کا الگ سے

معاوضہ ملا کرتا۔ بڑی ہی خوش حالی کا دور تھا۔ محکمہ ڈاک کی اہمیت کا یہ عالم تھا کہ ایک بار مہاراجہ برودا کی بگھی ریلوے اسٹیشن پہ ذرا تاخیر سے پہنچی۔ اس کے افسروں نے لپک کر گارڈ کو ٹرین روانہ کرنے سے منع کیا تاکہ مہاراجہ سوار ہو سکے۔ یہ ایک میل ٹرین تھی۔ سرکار کو علم ہوا چند منٹ تاخیر کی تو مہاراجہ سے جواب طلبی ہوئی کہ اس نے سرکار انگلشیہ کی ڈاک کیوں روکی مہاراجہ نے لاکھ جواز پیش کیے مگر سرکار نہ مانی اور اسے تخت سے معذول کر کے اس کے بیٹے کو تخت نشین کر دیا کہ جو شخص ڈاک کی ترسیل میں مزاحم ہو وہ ریاست چلانے کے قابل نہیں۔ ایسی کہانیاں سن کر سامعین کو اپنی عظمت گذشتہ کا اندازہ تو ہوتا مگر وہ ماضی کو یوں دیکھتے جیسے افیون چاٹنے والے بیاسی (۸۲) سالہ بہادر شاہ کو سترہ سالہ جواں بخت کا کٹا ہوا سر دکھایا گیا تھا۔ ایک ناقابل برداشت تکلیف اور اذیت ہوتی۔ ڈاک خانے والوں کے پیش نظر ماضی ہی تھا۔ حال نہ تھا نہ مستقبل۔ ایک گھمبیر سی فضا میں وہ جی رہے تھے۔ وہیں پہ ایک روز خبر ملی کہ عنقریب ایک نئی مشین بڑے ڈاک خانوں میں لگ جائے گی۔ جو ڈاک کی تقسیم کا تمام کام خود ہی کرے گی۔ پوسٹ مینوں میں کھلبلی سی مچ گئی۔ وہ تو اپنے بیٹوں کی پیکر، کینڈی ڈیٹ پورٹر اور پوسٹ مین لگوانے کے چکر میں تھے۔ یوں تو ان کی اپنی ہی نوکری خطرے میں پڑ جاتی۔ مشینوں کی چونکہ زبان نہیں ہوتی وہ کسی بھی لسانی گروہ کا حصہ نہیں بن پاتیں۔ لہذا وہ ڈومی سائیل سرٹیفکیٹ کے چکر سے بھی آزاد ہی رہتی ہیں۔ لٹ خانے میں کھلبلی مچی تو پوسٹ مین یونین کے صدر علم دین کو سب نے آڑے ہاتھوں لیا جو نہایت انہماک سے رفیقوں کے ہمراہ چائے کی شرط کے بدلے لڈو کھیل رہا تھا۔ اس ڈاک بانٹنے والی مشین کے بارے میں جان کر تو اسے بھی کوفت ہوئی۔ یوں تو چھانٹی بھی ہو سکتی ہے تاہم اس کی تسلی سے پوسٹ مینوں کا حوصلہ بظاہر تو بڑھا ہی مگر دل کو ایک دھڑکا سا لگا تھا۔ اگلے ہی روز انہوں نے چیف پوسٹ

ماسٹر سے میٹنگ مانگی جو فوراً ہی مل گئی۔ کیونکہ شورش کا اندیشہ تھا انتظامیہ معاملہ خوش اسلوبی سے طے کرنے کے حق میں تھی۔ یوں بھی انتظامیہ یونین کی یورش میں پسپائی اختیار کرتی، کہنے کو تو محکمہ فوج اور پولیس کی طرح Essential Services Department کے زمرے میں آتا۔ مگر حکومت نے ووٹ بینک بڑھانے کے لیے انہیں مزدور یونین بنانے کی اجازت دے رکھی تھی۔ اسٹاف کسی کارخانے کا مزدور نہ تھا سرکاری ملازم تھا اور نہ ہی چیف پوسٹ ماسٹر Collective Bargfaining Agent سے اوقات کار اور مشاہرہ میں کمی بیشی کی اجازت دے سکتا تھا۔ عجب سا تماشا تھا۔ سبھی اس مزاحیہ ڈرامے میں برابر کے کردار تھے۔ یونین کی رسائی اوپر تک تھی۔ سیاست دان بھی ڈاک خانے والوں کو ووٹ بینک کے طور پہ استعمال کیا کرتے۔ حاضر سروس، ریٹائرڈ، ماں باپ، جوان اولاد غرضیکہ سبھی کے ووٹ تھے۔ ڈاک خانے تو ووٹوں کی دکان ہوا کرتے ہیں۔ جلسوں کی رونق بڑھانے کے لیے بینرز کے علاوہ ان کی بھی ضرورت ہوا کرتی ہے۔ چیف پوسٹ ماسٹر یوسف نے یونین کو خوش آمدید کہا۔ ان کے تیور قابو میں بھی رکھنے کے پیش نظر سب ہی کے لیے سبز چائے بھی منگوا ڈالی تا کہ فضا دوستانہ ہی رہے۔ علی دین کا لہجہ میٹھی چائے پیتے ہوئے بھی درشت رہا۔

"چیف صاحب! آپ ایسی مشین لگا رہے ہیں جو پوسٹ مینوں کا کام کرے گی۔ ہمارا کیا بنے گا؟ ہم ہڑتال کر دیں گے"۔ یوسف جانتا تھا کہ "ہم ہڑتال کر دیں گے"۔ بطور ردیف استعمال ہوتا ہے ایسی گفتگو میں۔ اس نے تسلی دی۔

"یہ مشین صرف ڈاک وصول کرے گی اور ٹرانسمیشن کرے گی۔ باقی کام تو پوسٹ مین ہی کریں گے۔ آپ صاحبان دیکھ ہی لیں کہ مشین کی ٹانگیں ہی نہیں ہیں"۔ انہیں مشین دکھلائی گئی وہ ایک ڈبہ نما مشین تھی۔

"کہتے ہیں کہ ائیر کنڈیشن میں بھی کام کرے گی"۔

یوسف نے اقرار کیا"ہاں بھئی فرسٹ جنریشن ہے گرمی میں یہ کام نہیں کر سکتی"۔

یونین ایک بار پھر مضطرب ہوگئی "اور ہم جو ڈاک تقسیم کرتے ہیں۔ تربت میں اور سیوی میں باون ڈگری میں جبکہ لو چلنے کے باعث جہاز بھی نہیں اتر پاتے۔ زمین انگارہ بھی ہوتی ہے گرمیوں میں۔ سردیوں میں زیارت اور کان مہتر زئی میں جبکہ درجہ حرارت منفی پندرہ ڈگری سے نیچے گر جاتا ہے، ہم تب بھی ڈاک تقسیم کرتے ہیں۔ یہ کون سا انصاف ہے بھلا؟"

یوسف بدستور معنی خیز انداز میں مسکراتا رہا"اے بھئی آپ تو اشرف المخلوقات ہیں۔ آپ کی کیا بات ہے"۔

علم دین نے اپنے خستہ حال ساتھیوں پہ نگاہ دوڑائی محنت مشقت اور غربت نے انہیں وقت سے پہلے ہی بوڑھا بنا دیا تھا، زندگی نچوڑ لی تھی ان کے جسموں سے ان کی آنکھوں سے۔ مگر وہ بھنا گئے "اشرف المخلوقی اپنے پاس ہی رکھیں۔ ہمیں اور ہمارے بچوں کو پیٹ بھر کھانا تو دیں"۔

پوسٹ ماسٹر سے صبر نہ ہو سکا"آپ صاحبان کفر نہ بکیں۔ انسان اشرف المخلوقات ہی ہے۔ یہی ہمارا عقیدہ ہے اور نہ لگیں پوسٹ مین۔ جائیں فیکٹری لگالیں"۔

اسٹاف کی مخالفت کے باوجود دیکھتے ہی دیکھتے چند ہی دنوں میں بکنگ ہال کے اندر شیشے کا ایک ائیر کنڈیشن کیبن بن گیا یوں اس فیکس مشین نے کام شروع کر دیا۔ شہر کے چار نئے ڈلیوری زونز بنے۔ چار پوسٹ مینوں کو نئے موٹر سائیکل دے کر فیکس مشین کی ڈیوٹی پر لگا دیا۔ جبکہ دیگر پوسٹ مین اپنی Beats پر عمر رسیدہ کھڑ کھڑاتی سائیکلوں پہ ہی نکلا کرتے۔ ایک ناقابل برداشت تضاد تھا۔ فیکس مشین نے ایک نئی کلاس ایک وی آئی پی

کلچر متعارف کرا دیا تھا۔ جس کے باعث سبھی کا دل جلتا رہتا۔ بخشو ماما کی سانولی سی لونڈیا بانو کو اس ٹھنڈے کیبن میں فیکس مشین کے ساتھ بٹھا دیا گیا تھا۔ دن بھر وہ اس شاہانہ اور بہت ہی آرام دہ کیبن میں ٹھاٹھ سے کام کرتی عشوہ طرازیاں کرتی جبکہ پوسٹ مین لو میں جھلسی ہوئی آگ اگلتی سڑکوں پہ مرزا کی بائیسکل پہ ڈاک تقسیم کرتے پھرتے۔ سرد کمرے میں سجی دودھیا مشین اور سانولی بانو کو طنزیہ نظروں سے دیکھتے ہوئے پوسٹ مین گزرا کرتے تو ان کے دل پہ گھونسا پڑتا۔ ان کا بس چلتا تو فیکس باہر پھینک آتے اور شیشہ توڑ کے پورے کاونٹر ہال کے لیے آسودگی کے مواقع پیدا کرتے۔ بانو کے بارے میں نازیبا باتیں بھی کرتے۔ ایک رات لڈو کی گیم پہ رقم ہار کے علم دین بھاری قدموں سے گھر آیا اور بستر پہ ڈھیر ہوا تو بیوی نے توجہ دلائی کہ پنکھا خراب ہو گیا ہے۔ پنکھا دم سادھے پر پھیلائے خاندان سے لاتعلق رہا۔ نہ تو اسے بچوں پہ ترس آیا نہ ہی میاں بیوی پہ جو من کی آگ میں بھی جھلسے ہی جا رہے تھے۔ گزر بسر بمشکل ہو رہی تھی، بازار میں قیمتیں بھی بڑھی جا رہی تھیں۔ علم دین پہ انکشاف ہوا کہ مشینوں کا دل نہیں ہوا کرتا۔ ورنہ اتنے برس ساتھ رہنے پہ کچھ تو اس کمبخت میں مروت ہوتی۔ جب نئی نئی شادی ہوئی تھی تو یہی پنکھا سائیکلوپس والی آنکھ سے انہیں تاڑ تا رہتا۔ اس چمکتی ہوئی آنکھ میں اپنی شبیہہ دیکھ کر دلہن شرما جایا کرتی۔ مگر پنکھا افسروں کی مانند کٹھور اور بے مروت تھا۔ اگر یہ محکمہ ڈاک کا افسر ہوتا اگلے ہی روز اس کے خلاف اخباری بیان جاری کر دیتا۔ جس سے اس کی سٹی گم ہو جاتی اور وہ سہم کر خود ہی گھومنے لگتا۔ مگر مشینوں کو بلیک میل نہیں کیا جا سکتا۔ اور پھر علم دین جلا بھنا گھر آیا تو اس نے صحن سے ڈنڈا اٹھایا اور پنکھے کو غصے میں پیٹ ہی ڈالا وہ اس قدر گرجا کہ پڑوسی دوڑ پڑے انہوں نے بمشکل پنکھے کو علم دین سے چھڑایا جو فوجیوں کی دیکھا دیکھی پنکھے کو کوڑے ہی مارے جا رہا تھا۔ پڑوسیوں کو علم دین کی ذہنی حالت پہ شبہ ہونے

لگا وہ اسے لٹ خانہ لے گئے۔ کڑک چائے پی کر علم دین کے حواس درست ہوئے وہ پشیمان بھی ہوا کہ اسٹاف میں بات پھیلی کہ وہ پاگل اور جنونی ہے تو ہاتھ سے صدارت بھی جائے گی۔ اگلے روز ڈاک بانٹتے وہ پروفیسر جلیل کے ہاں پہنچا۔ اگرچہ پروفیسر جلیل یونیورسٹی کے ڈین تھے۔ اکیس (۲۱) گریڈ میں تھے پھر بھی ایک درویشی ان کی طبیعت کا خاصہ تھی۔ علم دین نے خط اور بجلی کا بل ان کے حوالے کیا اور موقع غنیمت جانتے ہوئے دل میں ابلتے سوال اگل دیئے۔

"ساب لوگ کہتے ہیں انسان اشرف المخلوقات ہے۔ مشینیں ان کی غلام ہیں۔ جبکہ مجھے یوں لگتا ہے کہ ہم مشینوں کے غلام ہیں۔ فیکس مشین ائیر کنڈیشن میں کام کرتی ہے۔ جبکہ میں ان توے جیسی گرم سڑکوں پہ ڈاک بانٹتا ہوں۔ ہم میں سے کون افضل ہے؟ میں یا مشین؟"

پروفیسر نے علم دین کے لیے شربت منگوایا "اتنا نہ سوچا کرو خالق مخلوق سے بڑا ہوتا ہے۔ انسان نے مشین تخلیق کی ہے وہ ان سے یقیناً برتر ہے"۔

علم دین کراہا "میں کام سے انکار نہیں کر سکتا جبکہ فیکس کر سکتی ہے۔ اس کے بیوی بچے بھی نہیں۔ افسوس کہ اس کا پیٹ بھی نہیں جیسے دن میں تین بار بھرنا پڑتا ہو"۔

پروفیسر نے پیار بھرے انداز میں ڈانٹا "ہوش کے ناخن لو علم دین! اور اصل صنعتی انقلاب میں زیادہ مشینیں ایجاد ہوئی مقصد تھا بہتر سہولتیں مہیا کرنا۔ نوع انسانی کی خدمت کرنا رات دن مگر رفتہ رفتہ سرمایہ دارانہ نظام میں انسان خود ایک پروڈکٹ بن گیا انسان بھی قابل فروخت ہو گیا۔ وہ خود بھی مشینوں کا غلام بنتا چلا گیا۔ مشینیں مہنگی ہو گئیں او انسان سستے"۔

علم دین مایوس ہو گیا "ہم مشینوں کے خلاف بغاوت بھی تو کر سکتے ہیں۔ ہم آزاد بھی

تو ہو سکتے ہیں"۔ پروفیسر کو محسوس ہوا کہ علم دین میں بغاوت جنم لے رہی ہے۔ مفت میں چٹان پہ ماتھا مار رہا ہے۔ کیا عجب کہ مارا ہی جائے۔

"دیکھو علم دین مشینوں کے ساتھ رہ کے ہم بھی مشینیں بن چکے ہیں۔ ہمارے انسانی جذبات کب کے ختم ہو چکے ہیں۔ مشین انرجی پر چلتی ہے۔ قدرت اور عقیدے سے بھی اس کا تعلق نہیں۔ ہم بھی لالچ اور خوف کے فیول سے چلتے ہیں"۔

علم دین تھکا ماندہ گھر آیا تو دیکھا کہ بیوی نے پنکھا ٹھیک کروا لیا تھا۔ جو اب گھوں گھوں کر کے چل رہا تھا۔ اس کی گردش سے راحت سی محسوس ہو رہی تھی۔ منہ ہاتھ دھو کر وہ لٹ خانہ میں چلا آیا۔ جہاں حسب معمول رونق تھی۔ غربت و افلاس کے مارے ہوئے انسان تاش اور لڈو میں پانچ دس روپے جیت کر یوں چہکنے لگتے جیسے گول کنڈہ کا خزانہ ہاتھ لگا ہو۔ دور لیاقت ڈرائیور، صاحب کی گاڑی دھونے کے بعد پالش لگا رہا تھا۔ علم دین کو خیال آیا کہ وہ خود بھی تو ہر ہفتے اپنی سائیکل کی صفائی کرتا ہے۔ تیل دیتا ہے۔ ساری دنیا مشینوں کی غلام ہو کر رہ گئی ہے۔ لٹ خانے کی چارپائی پہ لیٹ کر وہ آنکھیں موندے سوچتا چلا گیا کہ اسی کمینہ صفت فیکس مشین کو جیب نالے میں کیوں نہ پھینک آئے۔ جہاں ہیرونچیوں کا بسیرا ہے۔ وہ خود ہی مشین کو ٹھکانے لگا دیں گے۔ اس احساس طمانیت اور فتح مندی سے وہ سرشار ہو گیا۔ اس کو لگا وہ واقعی اشرف المخلوقات ہے۔

اور پھر رات گئے ڈاک کا تھیلا بغل میں دابے وہ چپکے سے کاؤنٹر میں داخل ہوا۔ دیوار پھاندنے اور لات مار کے بوسیدہ کھڑکی کا پٹ کھولنے میں اسے کوئی دشواری پیش نہ آئی تھی۔ ائیر کنڈیشن بند تھا۔ مشین بھی سوئی یا مری پڑی تھی۔ اس نے ایک جھٹکے سے دونوں تاریں کھینچ نکالیں اور مشین کو ڈاک کے تھیلے میں ڈال لیا۔ جی تو چاہتا تھا کہ پیروں میں فٹ بال بنا لے۔ ٹھوکروں پر رکھ لے۔ مگر لوڈشیڈنگ کا فائدہ اٹھاتے گھر آ کے ہی دم

لیا۔ ڈاک کا تھیلا اس نے چارپائی کے نیچے چھپا دیا۔ خود بھی اپنی اسی چارپائی پہ جا لیٹا۔ وہ دل ہی دل میں کھلا جا رہا تھا۔ موقع پاتے ہی فیکس مشین کو حبیب نالے میں پھینک آئے گا۔ بیوی سے نہ رہا گیا۔ "بہت دنوں بعد تم خوش دکھائی دے رہے ہو کوئی اوور ٹائم ملا ہے"۔

علم دین ہنس دیا "نہیں میں نے اپنے دشمن کا سر اتار دیا ہے"۔

اس فتح مندی سے وہ مغلوب ہو رہا تھا۔ ٹھاٹھ سے فیکس کی لاش کے اوپر سویا رہا۔ مگر منہ اندھیرے پہلو میں کچوکے دے کے بیوی نے زبردستی جگایا۔

"دیکھو باہر کوئی مسلسل دروازہ پیٹے ہی چلا جا رہا ہے"۔ علم دین کے ہاتھوں کے طوطے اڑ گئے۔ "چھاپہ پڑ گیا"۔ ذہن میں ایک گونج ہوئی۔ مگر چارو ناچار باہر تو نکلنا ہی تھا۔ رمضان اور جمعہ چوکیدار کو دیکھ کر اس کے حواس بجا ہوئے۔

"کسی نے فیکس مشین چوری کر لی ہے، اب ہمارا کیا بنے گا"۔ دونوں روہانسے ہو رہے تھے۔ فرط خوف سے لرزاں تھے۔

"تو میں کیا کروں" خوف دور ہوتے ہی وہ اکھڑ ہو گیا۔ "میرا کیا تعلق ہے چوکیدار تو تم ہو"۔

"تمہارا تعلق تو ہے"۔ جمعہ نے فریاد کی تو علم دین کے ہاتھ پاؤں بے جان سے ہونے لگے۔ چہرے کا رنگ فق ہو گیا جو اندھیرے کے باعث دونوں چوکیداروں کو دکھائی نہ دیا۔ "تم ہمارے صدر ہو۔ یونین ساتھ نہ دے تو ہم کہاں جائیں گے"۔

"وہ بڑی ہی نخرے باز مشین تھی، ایئر کنڈیشن کے بغیر کام ہی نہیں کرتی تھی۔ چلو جان چھوٹی"۔

رمضان مشین کی وکالت کرنے لگا "ہمارے سارے حاکم بھی تو ائیر کنڈیشن گھروں میں رہتے ہیں۔ ان کے دفتر بھی ائیر کنڈیشن ہیں اور پھر یہ مشین جھوٹ بھی نہیں بولتی

رشوت بھی نہیں لیتی انسانوں کو غائب بھی نہیں کرتی بھتہ بھی نہیں لیتی"۔

علم دین پہ ایک نیا سورج طلوع ہوا۔ اس نے تو کبھی بھی اس پہلو پہ غور نہیں کیا تھا۔ وہ ہانپ سا گیا۔ انہیں لیے لٹ خانہ پہ چلا آیا کیونکہ دو کمرے کے کوارٹر میں جگہ کہاں تھی بٹھانے کی۔ بیوی کی متوحش آنکھوں نے مجبور کر دیا تھا کہ جاتے جاتے تسلی دیتا جائے۔ "کچھ نہیں بس ان دونوں کا ذاتی مسئلہ ہے یونین کا صدر جو ہوں۔ مدد مانگنے آئے ہیں" علم دین نے سینہ پھلا لیا۔ پوسٹل کالونی کے گیٹ پہ بھی ایک چوکیدار کہنے کو تو موجود ہی رہتا۔ حالانکہ وہ اخبار کے دفتر میں بطور چپراسی کام کرتا تھا۔ لیکن چوری کبھی نہیں ہوئی۔ لہٰذا لٹ خانہ کا سالخوردہ فرنیچر بھی کوئی ظریف یا چور یا اٹھائی گیرہ غائب نہ کرتا۔ وہ تینوں بھی مدقوق کرسیوں پہ آ بیٹھے۔ "کچھ کرو علم دین بھائی، دفتر کھلنے سے پہلے"۔

علم دین ٹھسک دکھانے لگا "کیا کروں، میرے پاس الٰہ دین کا چراغ تو نہیں۔ سوچتا ہوں کچھ"۔

جمعہ نے بھی فریاد کی "علم دین اب تو قمر دین کاریز اور آواران سے خط فوراً پہنچ جاتا ہے۔ تفتان سے پانچ دنوں میں ڈاک آتی تھی۔ اب یوں چٹکی بجاتے آ جاتی ہے۔ کوئی کمبخت پیچ کھانا چاہتا ہے، ہماری روزی رسان کو"۔

علم دین نے آنکھیں دکھائیں "ابے عقل کے اندھے مالک روزی رسان ہے"۔

رمضان نے گھبرا کے مداخلت کی مبادا علم دین بدک کر ساتھ دینے سے انکار ہی نہ کر دے "بھیا! دیکھنے میں تو مشین ہی ملازمت کرتی ہے، کار پہ ڈرائیور فیکس پر بانو، ہر مشین ایک آدمی کو نوکری دیتی ہے"۔

صورت حال خاصی گھمبیر تھی۔ نائب صدر اور جنرل سیکرٹری کالونی سے باہر رہتے تھے۔ ورنہ دونوں ان کے دروازے پہ ہوتے کالونی میں رہنے کے اپنے فوائد ہیں۔ چوری

کی بجلی مفت کا پانی، مگر ایسے مسائل بھی تو ہیں۔

علم دین نے سگریٹ سلگائی تو رمضان پھٹ پڑا "ہماری نوکری چلی جائے گی۔ کوارٹر بھی ہم سے خالی کروالیں گے۔ ہماری جوان بیٹیاں ہیں۔ کہاں جائیں گے۔ سر چھپانے کا ٹھکانہ بھی تو نہیں"۔

علم دین کا دل پسیجا "ارے چپ رہ سوچنے تو دے"۔ ایک فیکس کی موت سے دو گھر اجڑ جائیں گے۔ یہ تو بڑا ظلم ہو گا۔ مگر فیکس کا ظلم بھی تو نا قابل برداشت ہی ہے۔ علم دین کو سوچتے دیکھ کر دونوں پریشان حال قدرے مطمئن ہوئے۔ پر امید نظریں اس کے چہرے پر جمائے رہے جو اندھیرے کے باعث غیر واضح تھا۔ ہیولی سا ہی دکھائی دے رہا تھا۔ "تم دونوں یہیں بیٹھو اور دعا کرو۔ میں اپنے مرشد کا وظیفہ جا کے پڑھتا ہوں۔ آدھ گھنٹے بعد لوٹوں گا۔ پھر چلیں گے۔ دیکھنا کہ جنات مشین وہیں رکھ جائیں گے"۔

ان پہ ایک ایک لمحہ بھاری تھا۔ آدھ گھنٹہ سے قبل ہی علم دین لوٹ آیا سانس چڑھا ہوا تھا۔ دائیں ہاتھ میں تسبیح تھی جس کے دانے گردش کر رہے تھے، بائیں ہاتھ کی انگشت ہونٹوں پر رکھ کر خاموش رہنے کا اشارہ کیا، ساتھ ہی ہاتھ سے ڈاک خانے کی راہ دکھائی۔

چوکیداروں نے یکے بعد دیگرے دروازے کھولے اور کاؤنٹر ہال میں داخل ہوئے باہر گھپ اندھیرا تھا۔ اندر لوڈ شیڈنگ کا دورانیہ تھا۔ رمضان نے دیا سلائی جلائی اور اس کے ساتھ ہی وہ تینوں فرط مسرت سے سجدہ ریز ہو گئے۔ فیکس مشین حسب سابق بکنگ کاؤنٹر کی رونق بڑھا رہی تھی۔

***

۴

بار دگر

اے خیام

اس ہوٹل کی بیٹھک بازی پر ہم میں سے ہر ایک کی اپنے والدین کے ہاتھوں گوشمالی ہو چکی تھی۔ میری باری سب سے آخر میں آئی۔ پاپا نے گزرتے ہوئے اس ہوٹل کے سامنے میری گاڑی دیکھ لی تھی۔

"تمہیں شرم نہیں آتی۔ وہ کوئی بیٹھنے کی جگہ ہے۔ تم کسی اچھے ریستوران میں، اچھے ہوٹل میں اپنے دوستوں کے ساتھ جاسکتے ہو۔ بھلا یہ کوئی ہوٹل ہے کوئٹہ جدہ ہوٹل!"

"پاپا۔۔۔ وہ کچھ دوست۔۔۔۔" میں نے کہنے کی کوشش کی تھی۔

"کہیں اور بھی جمع ہو سکتے ہو، پی سی چلے جاؤ، شیرٹن ہے، میریٹ ہے، یا اتنے اچھے اچھے ریستوران ہیں آس پاس۔ کہیں بھی بیٹھک بازی کر سکتے ہو۔ تمہیں وہاں دیکھ کر میں شرمندہ ہو رہا ہوں"۔

میں نے دوستوں کو پاپی روداد سنائی تو صابر بھائی کہنے لگے، "تو آج سے 'کوئٹہ جدہ ہوٹل' نہیں، 'پی سی' ہے"۔

سب نے زوردار قہقہہ لگایا۔

"ہاں بھی۔ آج سے یہ پی سی ہے"۔

صابر بھائی ہم لوگوں میں سب سے سنئیر تھے، تقریباً پینتیس چالیس سال عمر رہی ہو گی لیکن چھڑے چھانٹ تھے۔ ایک پرائیویٹ فرم میں ملازمت کرتے تھے اور شام کے بعد دیر تک ہمارے ساتھ ہی وقت گزارتے تھے، ہمارے 'فلاحی کاموں' میں ہاتھ بٹاتے تھے اور بہت صائب مشورے بھی دیتے تھے جنہیں ہم اکثر رد کر دیا کرتے تھے۔

گل خان نے اسٹیل کے گلاس اور دھلے ہوئے پلاسٹک کے جگ میں پانی لا کر ہمارے سامنے رکھ دیا۔ پھر ایک اخبار لا کر چارپائی پر بچھا دیا۔ ہم حسب معمول چائے پراٹھے کا انتظار کرنے لگے۔

صابر بھائی اس روز دیر سے آئے۔

"یار میں کھانا کھا کر آ رہا ہوں۔۔۔ لیکن خیر، چائے پراٹھا تو چل ہی جائے گا"۔

چائے پراٹھے کے تیئں ہمارا بھی یہی رویہ تھا، چاہے کسی دعوت سے ہی کیوں نہ آ رہے ہوں، چائے پراٹھا تو چل ہی جاتا تھا۔

"یار صابر بھائی، لالہ کو پٹاؤ نا، گل خان کو پڑھنے لکھنے پر لگا دے۔ ہم میں سے ہر ایک اسے وقت دینے کے لیے تیار ہے، چاہے تو ہم اسے سکول میں بھی داخل کرا سکتے ہیں"۔

"ہر دو چار دن کے بعد تمہاری فلاحی رگ پھڑک اٹھتی ہے۔ تمہیں معلوم ہے لالہ راضی نہیں ہو گا۔ وقت ضائع کرنے سے کیا فائدہ۔ اس کی جگہ کسی اور لڑکے کو رکھے گا تو اسے تنخواہ دینی پڑے گی، کھانا پینا دینا پڑے گا۔ یہ تو اس کا بیٹا ہے، خود کام کرنے کے لائق نہیں رہے گا تو یہ گل خان اس کی جگہ لے لے گا اور اس کی جگہ گل خان کا چھوٹا گل خان کام کے قابل ہو چکا ہو گا۔ یہ سائیکل اسی طرح چلتا رہے گا بھائی، تم اپنی فلاحی رگ کو قابو میں رکھو"۔

"کوشش کر لینے میں کیا حرج ہے صابر بھائی۔ لالہ سے بات تو کرو"۔

"تم سب کوشش کر چکے ہونا۔۔۔لالہ نے ہنسنے کے علاوہ کبھی کوئی جواب دیا؟"

"یار آپ بات کرو صابر بھائی، آپ بڑے ڈھنگ سے بات کرتے ہو"۔

صابر بھائی کوئی جواب دینے ہی والے تھے کہ ایک شخص آکر کھڑا ہو گیا۔

"لو بھئی تمہاری فلاحی رگ کو تسکین دینے والا آگیا"۔

وہ شخص اچھا خاصا صحت مند تھا، کپڑے بھی صاف ستھرے تھے لیکن چہرے سے نقاہت کا اظہار ہو رہا تھا۔

"صاحب، دو دن سے کچھ نہیں کھایا، بیوی بچے بھی بھوکے ہیں، کچھ مدد کر دیجئے"۔

میں نے صابر بھائی کی طرف دیکھا۔۔۔وہ معنی خیز انداز میں مسکرا دیئے۔

"کوئی بات نہیں۔ آپ سامنے والی کرسی پر بیٹھ جایئے، چائے پراٹھا کھایئے اور گھر والوں کے لیے بھی لے جایئے، ٹھیک ہے؟"

صابر بھائی انگریزی میں بولے، "اسے تمہار آفر قبول نہیں ہو گی"۔

"کیوں؟" میں نے حیرت سے پوچھا۔

"دیکھ لینا"۔

وہ شخص وہیں کھڑا رہا۔

"صاحب، آپ کی مہربانی۔ مگر پیسے ہی دے دو صاحب"۔

"یار تم دو دن سے بھوکے ہونا؟ پہلے کھانا کھاؤ، پھر آگے کی بات کریں گے"۔

"نہیں صاحب، آپ پیسے ہی دے دو، کچھ راشن گھر لے جاؤں گا۔ اللہ آپ کو بہت دے گا"۔

صابر بھائی مسکراتے رہے۔

صابر بھائی ہماری طلبا برادری کے نہیں تھے۔ یونیورسٹی سے واپسی پر میں نے انہیں

لفٹ دی تھی اور راستے بھر بڑی پر لطف باتیں ہوئی تھیں۔وہ اسی کوئٹہ جدہ ہوٹل کے پاس اتر گئے تھے اور بڑے اصرار کے ساتھ مجھے بھی ہوٹل میں لے گئے تھے۔انہوں نے چائے پراٹھے کا آرڈر دیا تھااور بڑے معنی خیز انداز میں مسکرائے تھے۔

"ایک باریہاں کا چائے پراٹھا کھالو تو یہیں کے ہو کے رہ جاؤ گے"۔

میں گاڑی سے ٹشو پیپر کا ڈبہ لے آیا تھااور تیل یا گھی سے چپڑے ہوئے پراٹھے کو کئی ٹشو پیپر سے خشک کیا تھا۔چائے پراٹھاواقعی مزادے گیا تھا۔

صابر بھائی نے وعدہ کیا تھا کہ وہ یہیں ملا کریں گے۔ میں نے راشد اور عرفان کو بھی یہاں کا راستہ دکھادیااور اب ہم چار افراد کی بیٹھک ہمارا معمول بن گیا تھا۔

ایک دن صابر نے کہا، "یار اس لالہ کو ہمارا۔۔۔ بلکہ تم لوگوں کا احسان مند ہونا چاہیے اور ہماراچائے پراٹھافری ہوناچاہیے"۔

"کیوں صابر بھائی۔۔۔ فری کیوں؟"راشد نے پوچھا۔

"تم نے غور نہیں کیا، جب سے تم لوگوں کی چمکتی ہوئی کاریں اس ہوٹل کے سامنے کھڑی ہونے لگی ہیں،اس کے کسٹمرز کی تعداد میں بہت اضافہ ہو گیاہے"۔

"یہ کیاوجہ ہوئی، کسٹمرز کی تعداد بڑھنے کی"۔ عرفان نے کہا۔

"اتنی سی بات نہیں سمجھتے تم لوگ۔لوگ اتنی چمکتی کاریں یہاں کھڑی دیکھتے ہیں، پھر اس کوئٹہ جدہ ہوٹل کو دیکھتے ہیں، سوچتے ہوں گے ضرور کوئی خاص بات ہو گی اس ہوٹل میں۔ تجربے کی خاطر ہی سہی وہ ایک بار ضرور یہاں کا چائے پراٹھا کھاتے ہوں گے۔ اب تو کچھ اور کاریں بھی یہاں کھڑی ہونے لگی ہیں، خواتین بھی کار میں بیٹھ کر چائے پراٹھے کے آرڈر دینے لگی ہیں۔ میں یہاں کا بہت پرانا گاہک ہوں، آٹھ دس افراد سے زیادہ کبھی ایک وقت میں یہاں نہیں ہوتے تھے، اب کرسیاں اور چارپائیاں کم پڑ

جاتی ہیں"۔

"خبر، لیکن ہمیں فری چائے پراٹھا نہیں کھانا"۔

"یار ایک بات بتاؤ۔ تم لوگ بڑے گھرانے کے افراد ہو، یونیورسٹی میں پڑھتے ہو، یہاں اتنا وقت ضائع کرتے ہو تو تمہارے والدین تمہیں کچھ نہیں کہتے؟"

"ہمارے والدین کو اس پر کوئی اعتراض نہیں کہ ہم اپنا وقت یوں برباد کرتے ہیں کیونکہ ہمارے رزلٹ بہت اچھے آتے ہیں۔ ہم نے کبھی انہیں مایوس نہیں کیا۔ انہیں یہ بھی یقین ہے کہ ہم بری عادتوں میں نہیں ہیں۔ بس انہیں اعتراض ہے تو اس بات پر کہ ہم اس کوئٹہ جدہ ہوٹل میں کیوں بیٹھتے ہیں؟" عرفان نے کہا

"ایک بار انہیں بھی اس کوئٹہ جدہ ہوٹل کا چائے پراٹھا کھلا دو"۔ صابر بھائی نے کہا تو سب نے ایک ساتھ قہقہہ لگایا۔ لیکن اچانک ہمارے قہقہے میں بریک لگ گیا۔

ایک مجہول سا شخص، شیو بڑھی ہوئی، سر کے بال میل سے اٹے ہوئے، کپڑے کچھ پھٹے ہوئے اور میلے چکٹ۔۔۔ ہمارے سامنے کھڑا تھا۔

"صاحب فقیر نہیں ہوں۔۔۔ میں بھیک نہیں مانگتا۔۔ آج کل کوئی کام نہیں ہے میرے پاس، میں ہر طرح کا کام کرنے کے لیے تیار ہوں، کوئی کام کرا لیجئے، پھر جو مرضی ہو دے دیجئے گا"۔

"کیا کام کر سکتے ہو تم۔ ہم تمہیں کام دلوا دیں گے"۔ راشد نے کہا۔

"سیدھے سیدھے بتاؤ میاں تمہیں کیا چاہیے"۔ صابر بھائی بول پڑے۔

"ارے صابر بھائی غریب۔۔۔" میں نے کہنا چاہا تو انہوں نے ہونٹوں پر انگلی رکھ کر مجھے خاموش کر دیا۔

"بولو کیا چاہیے۔ کسی تقریر کی ضرورت نہیں"۔ صابر بھائی نے اس سے کہا۔

اس نے ادھر ادھر دیکھا، ایک نظر ہم سبھوں پر ڈالی، پھر صابر بھائی سے مخاطب ہوا۔

"صاحب، میں گھربار والا آدمی ہوں، میرے بیوی بچے ہیں۔ آپ راشن دلا دیجئے"۔

عرفان کھڑا ہوگیا۔

"آؤ میرے ساتھ"۔

قبل اس کے ہم کچھ کہتے عرفان اس کا بازو پکڑ کر قریب کے ایک راشن شاپ میں گھس گیا۔ تھوڑی دیر بعد وہ نکلا تو اس شخص کے سر پر ایک کارٹن تھا جو خاصا بھاری لگ رہا تھا۔ اسے رخصت کر کے وہ ہماری طرف آگیا۔

"اسے مہینے بھر کا راشن دلا دیا ہے"۔ عرفان نے کہا۔

"اس نیکی میں ہمارا کتنا حصہ ہے؟" میں نے پوچھا۔

"ارے کچھ نہیں یار۔۔۔ بس ایک بات سمجھ میں نہیں آرہی ہے"۔

"کون سی بات عرفان؟" راشد نے پوچھا۔

"میں نے اسے دکاندار کے سامنے لے جا کر کھڑا کر دیا اور کہا کہ یہ شخص جو بھی مانگے اسے دے دیں۔ دکاندار نے مسکرا کر اس کی طرف دیکھا اور ایک کارٹن اس کی طرف بڑھا دیا۔ مجھ سے کہا کہ چار پانچ افراد کے خاندان کے لیے یہ ایک مہینے کا راشن ہے۔ میں نے بھی سوچا کہ چلو مجھے زیادہ دیر وہاں نہیں کھڑے رہنا پڑا۔ لیکن یار دکاندار کی معنی خیز مسکراہٹ اور بنے بنائے کارٹن کی بات مجھے الجھا رہی ہے"۔

صابر بھائی مسکرائے۔۔۔ وہی معنی خیز مسکراہٹ۔

"کیا ہوا صابر بھائی۔۔۔ ہم سے پھر کوئی غلطی ہوگئی؟"

"اگر فلاحی کام کرنے کا ایسا ہی شوق ہے تو کوئی ڈھنگ کا کام کرو، سلیقے سے کرو"۔

"صابر بھائی۔ ہمارے والدین ضرور دولت مند ہیں، لیکن یہ چھوٹا موٹا کام تو ہم لوگ اپنے جیب خرچ سے کرتے ہیں۔ ہمارے پاس کوئی بڑا فنڈ نہیں ہے"۔ میں نے کہا۔

"میں جانتا ہوں۔ لیکن جن لوگوں پر تم اپنی مہربانیاں نچھاور کر رہے ہو یہ اس کے حقدار نہیں ہیں۔ تمہاری ان کمزوریوں سے یہ حوصلہ پاتے ہیں اور تم لوگ ہی سبب ہو ان کی تعداد میں اضافے کے"۔ صابر بھائی بولے۔

"صابر بھائی آپ تو ہم پر فرد جرم عائد کر رہے ہیں"۔ میں نے کہا۔

"بالکل فرد جرم عائد کر رہا ہوں۔ دراصل تم لوگ جس طبقے سے تعلق رکھتے ہو وہاں اس طرح کے مناظر سامنے نہیں آتے ہوں گے۔ یہ جو مڈل کلاس یا متوسط طبقہ ہے نا، اس میں اتنی صلاحیت نہیں کہ وہ کوئی فلاحی کام کر سکے۔ اس طبقے کے فرد کسی کو ایک وقت کھانا کھلا کر یا دس بیس روپے دے کر سمجھتے ہیں کہ انہوں نے کوئی فلاحی کام کر دکھایا، کسی نیکی کے کام میں ہاتھ بٹایا۔ اور اس طرح یہ ان لوگوں کی حوصلہ افزائی کرتے ہیں جو کچھ نہیں کرنا چاہتے، رونی صورت بنا کر کے لوگوں کے دلوں میں نرم گوشہ پیدا کرتے ہیں اور اپنا الو سیدھا کرتے ہیں"۔

"یار صابر بھائی۔ اتنے سخت دل تو نہ بنو"۔ میں نے ان کے ہاتھ پر ہاتھ رکھ کر کہا۔

"تم لوگ ایسی باتوں کو نہیں سمجھ سکتے۔ ایسے لوگوں کی پہنچ تم لوگوں تک نہیں ہے۔ تم نے زیادہ سے زیادہ ٹریفک سگنل پر بھیک مانگنے والوں کو دیکھا ہو گا، دس بیس روپے بھی انہیں دے دیئے ہوں گے، لیکن ایسے لوگوں کی تعداد دن بہ دن بڑھتی ہی جا رہی ہے اور اس کے ذمہ دار یہ متوسط طبقے والے لوگ ہیں"۔

"لیکن ہم لوگوں کا شمار تو ان میں نہیں ہوتا"۔ راشد نے کہا۔

"اس پی سی میں بیٹھنے سے پہلے تم لوگوں کا سابقہ اس طرح کے لوگوں سے پڑا تھا؟"

صابر بھائی نے ہم تینوں کی طرف باری باری دیکھا۔ پھر ہم نے بھی ایک دوسرے کی طرف دیکھا۔

"یار صابر بھائی، آپ کی یہ بات تو ٹھیک ہے۔ یہی اس طرح کے تجربے ہوئے ہیں"۔ عرفان نے کہا۔

"چلو تم بتاؤ، تم دکاندار کے رویئے کے بارے میں کچھ کہہ رہے تھے"۔

"میں تو پہلی بار اس دکان میں گیا تھا صابر بھائی۔ اس شخص کے ساتھ دیکھ کر وہ بڑے عجیب انداز سے مسکرایا تھا"۔

"اور اس نے ایک کارٹن میں ایک مہینے کا راشن رکھ کر تمہارے حوالے کر دیا"۔ صابر بھائی نے پوچھا۔

"نہیں، ایسا نہیں ہوا۔ میں نے اس شخص سے کہا کہ اپنی ضرورت کے مطابق دکاندار کو سامان لکھوادے۔ اس نے دکاندار سے کہا کہ مہینے بھر کا راشن دے دو اور دکاندار نے ایک بنابنایا کارٹن اسے کے حوالے کر دیا"۔

"تم نے یا اس شخص نے کارٹن کھول کر دیکھا کہ اس میں کیا ہے؟"

"نہیں، میں نے تو نہیں دیکھا۔۔۔ بلکہ اس نے بھی نہیں دیکھا"۔

ہم سب تجسس بھری نظروں سے صابر بھائی کو دیکھ رہے تھے۔ صابر بھائی نے کچھ دیر سوچا، پھر اٹھ کھڑے ہوئے۔

"آؤ۔۔۔ اس دکاندار سے ملتے ہیں"۔

"اب چھوڑو نا صابر بھائی۔۔۔ اس سے مل کر کیا کریں گے"۔

"تم آؤ تو سہی"۔ وہ پی سی سے باہر نکل چکے تھے۔

مجبوراً ہم ان کے ساتھ ہو لیے۔

دکاندار نے ہم سب کی طرف دیکھا، پھر مجھے دیکھ کر مسکرایا۔

"کیا ہوا صاحب۔۔۔ خیر تو ہے؟ ابھی تو آپ گئے تھے اس بندے کو سامان دلا کر"۔

صابر بھائی نے ہم تینوں کو ایک طرف کر دیا اور دکاندار کے سامنے تن کر کھڑے ہو گئے۔

"سچ بتاؤ سیٹھ معاملہ کیا ہے۔ کون تھا وہ شخص اور تم کیوں اس کے لیے کارٹن تیار رکھتے ہو؟"

اس وقت دکان میں کوئی گاہک نہیں تھا۔ اس کا ایک کارندہ وزن کرکے سامان کے پیکٹ تیار کرتا جا رہا تھا۔ وہ بھی دکاندار کے قریب آکر کھڑا ہو گیا۔

دکاندار نے عرفان کی طرف دیکھ کر کہا، "میں تو ان صاحب کے ساتھ اسے دیکھ کر پہلے ہی کھٹک گیا تھا۔ اس طرح کے نوجوان لوگ تو اس جیسوں کے جھانسے میں کبھی نہیں آتے۔ یہ پتہ نہیں کس طرح پھنس گئے"۔

"تو وہ کوئی ضرورت مند نہیں تھا؟" عرفان نے پوچھا۔

"ارے صاحب، اس کا پیشہ ہی یہی ہے۔ ہر دو چار دن کے بعد وہ کسی کو پھانس لیتا ہے اور میں یہ کارٹن اس کے حوالے کر دیتا ہوں"۔

"دوسرے دن وہ یہ کارٹن واپس لے آتا ہوگا؟" صابر بھائی نے پوچھا۔

"جی ہاں"۔

"اور وہ تم سے اس کے نقد پیسے لے جاتا ہوگا؟"

"ہاں جی۔ ایسا ہی ہوتا ہے"۔

"عرفان تم نے کتنے پیسے دیئے تھے سامان کے؟" صابر بھائی نے عرفان سے پوچھا۔

"چار ہزار روپے دیئے تھے"۔ عرفان بولا۔

"تو سیٹھ صاحب جب وہ سامان واپس کرتا ہے تو آپ اسے کتنے پیسے نقد دیتے ہیں؟"

ارے چھوڑیئے ناجناب، میری تو دکانداری ہے، اسے رہنے دیجئے"۔

اب ہم تینوں آگے بڑھے اور سیٹھ کی طرف جھک گئے۔ وہ کچھ گھبرا گیا۔

"بتادو سیٹھ، کتنے پیسے تم اسے دیتے ہو؟" صابر بھائی نے پوچھا۔

"جی۔۔۔ تین ہزار"۔ وہ سر جھکا کر بولا۔

"بات سمجھ میں آگئی تم لوگوں کے یا ابھی کچھ اور پوچھنا ہے؟" صابر بھائی نے ہم سبھوں کی طرف دیکھ کر کہا۔

"یار اس نے چیٹنگ کی ہمارے ساتھ"۔ عرفان منمنایا۔

"تو ٹھیک ہے، ایسا کرتے ہیں، کل اسے پکڑتے ہیں اور اچھی طرح دھلائی کرتے ہیں"۔ راشد نے اپنی رائے دی۔

صابر بھائی مسکرائے، "اس سے کیا ہو گا؟"

"اتنی سادگی سے ہم دھوکا نہیں کھا سکتے صابر بھائی"۔ میں نے کہا۔

ہم لوگ پی سی واپس آگئے۔

اگلے روز کچھ جلدی ہی ہم لوگ وہاں جمع ہو گئے اور چارپائی پر بیٹھنے کی بجائے کرسی سنبھال کر ایسے رخ کر کے بیٹھ گئے کہ دکان پر نظر رہے۔

ہمیں زیادہ انتظار نہیں کرنا پڑا۔ کارٹن اٹھائے وہ شخص دکان میں داخل ہو رہا تھا۔ ہم سب تیزی سے اس کی طرف بڑھے۔ عرفان نے آگے بڑھ کر اسے گریبان سے پکڑ لیا

اور کھینچتا ہوا باہر لے آیا۔ ہم سب اس پر لات اور گھونسے برساتے رہے۔ اس نے اپنا بچاؤ کرتے ہوئے پوچھا۔

"کیا ہوا، کیوں آپ غریب پر ظلم کر رہے ہیں؟"

"غریب؟ کمینے، ہمیں دھوکا دیتا ہے، گھر کے لیے راشن لے کر اسے بیچ دیتا ہے، تجھے تو ہم پولیس کے حوالے کریں گے"۔

"ہاں جی ٹھیک ہے، پولیس کے حوالے کر دو"۔ وہ کھڑا ہو گیا۔

"ابے تجھے ڈر نہیں لگتا جیل جانے سے؟ پولیس تیرا کچومر نکال دے گی"۔

"کیوں نکال دے گی کچومر؟ بھیک ہی تو مانگتا ہوں۔ بھیک مانگنا کوئی جرم ہے کیا!"

ہم تینوں ہاتھ جھاڑ کر ایک دوسرے کی طرف دیکھنے لگے۔

صابر بھائی مسکرائے، "چلو۔ اس نے بتا دیا نا کہ بھیک مانگنا کوئی جرم نہیں ہے!"

کسی سے کچھ بولا نہیں جا رہا تھا۔ ہم صابر بھائی کے پیچھے پی سی لوٹ آئے۔

ہمارا آخری سمسٹر تھا اور امتحانات کے دن قریب آ رہے تھے۔ پی سی کی بیٹھک تو رہتی تھی لیکن بس تھوڑی دیر کے لیے وہاں بھی ہم اپنی تیاریوں کی ہی زیر بحث لاتے۔ صابر بھائی سے ملاقات ہو جاتی، وہ اپنے دفتر سے سیدھے یہیں آ جاتے تھے، چائے پراٹھا کھاتے اور ہماری گفتگو کو بڑے انہماک سے سنتے۔ پھر ایک دن ایسا ہی واقعہ ہو گیا جس پر صابر بھائی معنی خیز انداز میں مسکرایا کرتے تھے۔

وہ نوجوان صاف ستھرے لباس میں تھا، بڑے مہذب انداز میں ہم سے پانچ منٹ بات کرنے کی اجازت مانگی۔ صابر بھائی مسکرا دیئے۔

"میرا نام عبدالوحید ہے۔ میں آئل ریفائنری میں کام کرتا تھا، والد بیمار پڑے اور بستر سے جا لگے۔ سرکاری اسپتال میں داخل کرایا لیکن انہوں نے بھی کچھ دنوں کے بعد

اسپتال سے ریلیز کر دیا۔ کہنے لگے گھر پر ہی دیکھ بھال کیجئے۔ اور دواؤں کے اتنی بڑی لسٹ پکڑا دی کہ پابندی سے اسے استعمال کیجئے۔ ایک بوڑھی والدہ ہیں گھر میں جنہیں پوری طرح دکھائی نہیں دیتا۔ مجھے ہی تیمار داری بھی کرنی پڑتی ہے۔ ملازمت سے غیر حاضر رہنے کی وجہ سے چارج شیٹ ہوئی اور پھر نکال دیا گیا۔ ایک ہفتے کی دوائیں چھ ہزار روپے کی آتی ہیں۔ یہ نسخہ ہے۔ آپ لوگ میری کچھ مدد کر سکتے ہیں؟"

ہم سب نے ایک دوسرے کی طرف دیکھا۔ صابر بھائی نے نسخہ لے کر دیکھا، ہم سب نے بھی دیکھا۔

ہم سب نے ایک دوسرے کی طرف دیکھا۔ صابر بھائی نے نسخہ لے کر دیکھا، ہم سب نے بھی دیکھا۔

عبد الحمید۔۔۔ عمر ۸۷ سال اور پھر صفحے کے دونوں طرف دواؤں کے نام اور طریقہ استعمال۔

ہم نے صابر بھائی کی طرف دیکھا، وہ خلاف معمول مسکرائے نہیں۔ عبد الوحید کا جائزہ لیتے رہے۔

"کہاں رہتے ہو عبد الوحید؟" انہوں نے نوجوان سے پوچھا۔

"موسیٰ کالونی میں، پتہ نہیں آپ لوگوں نے اس کالونی کا نام بھی سنا ہے یا نہیں"۔

صابر بھائی کی پیشانی پر شکنیں پڑ گئیں۔

"یار اتنی دور سے یہاں آئے ہو مدد مانگنے!" انہوں نے استفسار کیا۔

"جی ہاں۔ آپ جانتے ہیں قریب ہی بڑے لوگوں کی ہاؤسنگ سوسائٹی ہے، یہاں آپ لوگوں کی گاڑیاں کھڑی تھیں تو خیال آیا آپ لوگ اسی ہاؤسنگ سوسائٹی کے رہنے والے ہوں گے۔ اس لیے میں نے سوچا کہ آپ لوگوں سے۔۔۔" اس کی آواز گلے میں

چھننے لگی اور آنکھیں نمناک ہو گئیں۔

"یار حوصلہ رکھو۔۔۔ دیکھو ایک ہفتے کی دواؤں کا انتظام تو میں کر دوں گا لیکن۔۔۔"

صابر بھائی نے ہاتھ اٹھا کر اسے خاموش رہنے کا اشارہ کیا۔

"تم لوگوں کے پاس کچھ وقت ہے؟"

"کیوں؟ کیا کرنا ہے صابر بھائی"۔

"چلو بھائی عبد الوحید۔ تمہارے والد صاحب کو دیکھنے چلتے ہیں"۔

صابر بھائی اب بھی عبد الوحید کو غور سے دیکھ رہے تھے لیکن اس کا چہرہ ویسا ہی غمناک تھا۔ ہم سب ایک ہی گاڑی میں بیٹھ گئے۔ عبد الوحید راستہ بتا رہا تھا۔ تقریباً چالیس پینتالیس منٹ کی ڈرائیو کے بعد اس نے ایک جگہ گاڑی روکنے کے لیے کہا۔

"گاڑی اندر نہیں جا سکے گی۔ پیدل چلنا ہو گا"۔

پتلی پتلی دو تین گلیوں سے گزر کر وہ ایک دروازے کے سامنے کھڑا ہو گیا جس پر تالہ لگا ہوا تھا۔ گلی میں پتلی پتلی نالیاں تھیں جن میں غلاظت ابل رہی تھی۔

وہ ہمیں رکنے کا اشارہ کر کے اندر چلا گیا۔ چند لمحوں بعد وہ باہر آیا۔

"والدہ پردہ کرتی ہیں، اس لیے۔۔۔"

"ولداہ اندر تھیں تو تالا کیوں لگایا ہوا تھا تم نے"۔ صابر بھائی نے پوچھا۔

"انہیں چلنے پھرنے میں تکلیف ہوتی ہے، تالا دیکھ کر کوئی آتا نہیں۔ آیئے"۔

گھر نیم روشن تھا۔ چھوٹے چھوٹے شاید دو کمرے تھے۔ ایک کمرے کا دروازہ کھول کر وہ کھڑا ہو گیا۔

"ابا سو رہے ہیں یا شاید غنودگی میں ہیں۔ آپ کہیں تو انہیں اٹھانے کی کوشش

کروں"۔

کمرہ تاریک تھا لیکن ایک چارپائی پر کوئی لیٹا ہوا دیکھا جا سکتا تھا۔

"اتنا اندھیرا کیوں کیا ہوا ہے عبدالوحید میاں۔ کس طرح دیکھ بھال کرتے ہو"۔ صابر بھائی نے کہا۔

مجھے بڑی گھٹن کا احساس ہوا۔ عرفان اور راشد بھی اسی کیفیت سے دوچار تھے۔

"روشنی میں ابا زیادہ ہی بے چین ہو جاتے ہیں"۔ عبدالوحید نے کہا۔

"چلیے صابر بھائی۔ باہر چلتے ہیں"۔

"نسخہ دینا عبدالوحید۔ ہم دوائیں لے آتے ہیں"۔

"چھوڑیئے صابر بھائی۔ عبدالوحید خود ہی دوائیں لے آئے گا"۔ راشد نے جیب سے پیسے نکال کر اس کی طرف بڑھاتے ہوئے کہا۔

میں نے اور عرفان نے بھی اپنی جیبیں خالی کر دیں۔

عبدالوحید ہمیں گاڑی تک چھوڑنے کے لیے آنے لگا تو ہم نے اسے منع کر دیا۔

"کیا خیال ہے صابر بھائی، اس بار تو ہم بے وقوف نہیں بن رہے ہیں نا؟"

"یار کچھ کھٹک سی تو اب بھی دماغ میں ہے"۔ وہ آہستہ سے بولے۔

تین چار دنوں کے بعد صابر بھائی پھر بولے "یار مریض کی عیادت کے لیے وقت نکالو، دیکھ آتے ہیں"۔

ہم سب تیار ہو گئے۔ اس گھر میں اب بھی تالا لگا ہوا تھا۔ ہم نے ادھر ادھر نظر دوڑائی، تقریباً سناٹا ہی تھا۔ صابر بھائی نے پھر بھی دروازے پر دستک دے دی۔ کئی بار دستک دینے پر بھی کسی نے اندر سے کوئی آواز نہیں دی۔ کچھ دور پر چار پانچ افراد ایک چبوترے پر بیٹھے تاش کھیل رہے تھے۔ صابر بھائی ان کی طرف بڑھ گئے۔

"بھائی۔ یہ لوگ کہاں چلے گئے، دروازے پر تالا پڑا ہوا ہے"۔

"ہاں جی۔ وہاں زیادہ تر تالا ہی پڑا ہوا ہوتا ہے"۔ ایک صاحب پتوں پر سے نظریں ہٹائے بغیر بولے۔ "ابھی تین چار دن پہلے تو ہم لوگ آئے تھے۔ عبدالوحید کے ساتھ"۔ وہ سب ایک ساتھ ہنس پڑے۔

"کون عبدالوحید جناب؟"

"وہی لڑکا جو اس گھر میں رہتا ہے اپنی والدہ اور بیمار والد کے ساتھ"۔

"بیمار والد؟" ایک نے کہا اور پھر سب ہنس دیئے۔

"ارے صاحب، تین دن پہلے ایک فلاحی ادارے کی میت گاڑی اس مردے کو لے گئی اور اس کے بعد وہ لڑکا بھی چلا گیا۔ کچھ دنوں بعد پھر کسی مردے کو لے کر آئے گا۔ ایک رات رکھے گا اور پھر میت گاڑی اسے لے کر چلی جائے گی۔ پتہ نہیں کہاں سے یہ لڑکا آن مرا ہے اس محلے میں۔۔۔۔"

"اور اس کی والدہ؟" صابر بھائی نے پوچھا۔

"کیسی والدہ بڑے صاحب۔ ہم نے تو آج تک کسی عورت کو اس گھر میں آتے جاتے نہیں دیکھا۔ وہ اکیلا ہی آتا جاتا ہے۔ کبھی کبھی کسی مردے کو اٹھا لاتا ہے اور دوسرے دن تدفین کے لیے لے جاتا ہے۔ یہاں کسی سے اس کا ملنا جلنا نہیں ہے۔ کسی سے بات نہیں کرتا"۔

صابر بھائی کی پیشانی پر شکنیں تھیں۔ اس طرح کے معاملے میں پہلی بار ان کے ہونٹوں پر معنی خیز مسکراہٹ نہیں ابھری۔

***

۵

آنگن کی دھوپ

انور عظیم

میگھارانی تمہارے دانت کتنے پیارے ہیں، گلہری کے دانت۔ تمہارے بال کب کٹے۔ کس نے کٹوائے، مجھے اچھے لگتے تھے تمہاری گردن پر دوڑتی گلہری کی طرح سنہرے بال۔ ہاں گلابی فیتہ بھی خوب بھپتا ہے، لگتا ہے بڑی سی تتلی تمہارے سر پر بسیرا کرنے کے لئے اتر آئی ہے۔ بھاگ کیوں رہی ہو؟ آؤ آؤ میں تم کو اپنے بازوؤں میں چھپالوں۔ سمجھا، یہ نٹ کھٹ ساشا تمہاری چاکلٹ اڑانا چاہتا ہوگا۔ اور جوتے کہاں گئے۔ اوہو ٹھنڈے ٹھنڈے پاؤں، ریشم جیسے نرم پاؤں، گلابی گلابی، آؤ میں ان کو اپنی مٹھیوں میں چھپالوں۔ گرم ہو جائیں گے۔ نہ جانے یہ لوگ اس کو موزے کیوں نہیں پہناتے؟

وہ اپنی ننھی ہتھلیاں میری آنکھوں پر رکھ دیتی ہے اور چلاتی ہے، "ڈھونڈو! میں کھوگئی ہوں۔ مجھے ڈھونڈو!" اور میں اس کو ڈھونڈتا ہوں۔ پلنگ کے نیچے، پردے کے پیچھے، اپنی جیب میں۔ اور ہر بار اس کی گھنٹیوں جیسی بجتی آواز میرے دل میں دور تک گونجتی چلی جاتی ہے۔ اور ساشا اتنے میں دبے پاؤں آتا ہے اور مجھ پر ٹوٹ پڑتا ہے۔ میں شکاری ہوں۔ بہت دور سے آیا ہوں۔ جنگل سے۔ جنگل سے؟ بھئی جنگل کیوں گئے تھے۔ شیر کو مارنے۔ شیر کو؟ شیر تو بہت اچھا ہوتا ہے۔ نہیں نہیں میں تو دوسرے شیر کو مارنے

گیا تھا۔ دوسرا شیر کون؟ وہ جو روز رات کو آتا تھا، جانوروں کو اٹھالے جاتا تھا۔ وہ میرا بے چارا خرگوش۔ کیوں کیا ہوا خرگوش کو؟ (شیر اٹھا کر لے گیا اور اس خرگوش کی نرم کھال کے دستانے بنوا لیے۔ دستانے؟ ہاں، تا کہ جب باہر نکلے تو کوئی اس کے پنجے نہ دیکھے۔ ان ہی پنجوں سے تو اس نے خرگوش کو دبوچ لیا تھا۔ اوہو۔ ساٹ میں تو دوڑ رہا ہوں۔ کہیں تمہارا شیر یہاں آنکلا تو میرا اور میگھا کا کیا ہو گا۔ کیوں میگھا ہمارا کیا ہو گا؟ اوہو ہو ہو! بتاؤ نا ہمارا کیا ہو گا؟ ہم چوہا بن جائیں گے۔ پھر؟ پھر ہم بل میں چھپ جائیں گے۔ کیوں ہم چھپ کیوں جائیں گے۔ بلی آئے گی اور ہم کو کھا جائے گی۔ اور ہم چوہا نہ بنے تو؟ ساشا کا منھ کھلتا ہے اور آنکھوں سے دھوپ چھلنے لگتی ہے (اوہو نانا۔ تم بالکل ہاف وٹ ہو۔ تو پھر شیر آئے گا اور تم کو کھا جائے گا۔ اور چوہا بن گیا تو؟ تو بلی آئے گی اور تم کو کھا جائے گی۔ میگھا کی آنکھوں سے دھوپ چھلکی اور میں کھسیا کر ہنسنے لگا۔ مگر چھوٹی چڑیا چہکتی رہی اور ساشا چاکلیٹ لے اڑا۔ وہ آنگن میں دوڑ رہا ہے اور چاکلیٹ کھا رہا ہے اور اس کی آنکھوں کی دھوپ آنگن کے درخت سے چھنتی دھوپ میں گھل گئی ہے۔ اور وہ ایک رنگ بن گیا ہے، جس میں سو رنگ ہیں، ایک چہکار، اور رفتار، زندگی یہاں سے شروع ہوتی ہے اور میگھا میری آستین کھینچتی ہے۔ ساشا میری چاکلیٹ لے گیا۔ مجھے اور چاکلیٹ دو۔ اور میں دیتا ہوں۔ زندگی یہاں سے بھی شروع ہوتی ہے۔ اور اب دونوں خوش ہیں۔ رنگوں کی طرح جن کی لہروں میں ان کے قہقہے اور ناچ بہہ رہے ہیں۔

میں بھی کبھی اسی طرح آنگن میں کھیلتا ہوں گا اور کوئی مجھے شعلے کی طرح لپکتا دیکھتا ہو گا اور دیکھنے والے کا دل امیدوں کی دھوپ سے بھر جاتا ہو گا۔ لیکن اب مجھے ایسا لگ رہا ہے کہ یہ دھوپ کبھی بھی بجھ سکتی ہے۔ کبھی بھی ایک طوفان اٹھ سکتا ہے، ایسا جیسا پہلے کبھی نہیں اٹھا۔ اور وہ سب کچھ اپنے شعلوں میں بہا کر سورج کے اندھیرے غار

میں ڈبو سکتا ہے۔ کبھی بھی۔ شاید یہ طوفان اس لئے آئے گا کہ میں چپ ہوں۔ چپ سے پیدا ہونے والا طوفان بہت بھیانک ہوتا ہے۔

جانے میں کیا کیا بکتا رہتا ہوں۔ لگتا ہے میں کوئی اور ہوں، میں نہیں۔ اور، کوئی اور میرے دل کے کھنڈر میں چمگادڑ کی طرح اڑتا رہتا ہے۔ ڈھیتی دیواروں سے اس کے ٹکرانے کی آواز میں سنتا رہتا ہوں۔ مٹی سرسراتی ہے اور ہوا مٹی کو لے اڑتی ہے۔ اور میں صبح سے شام تک اندھی آنکھوں سے سب کچھ دیکھتا رہتا ہوں اور مجھے کچھ دکھائی نہیں دیتا۔

دونوں اب تک آنگن میں کھیل رہے ہیں۔ نہ جانے ان کو گیلی مٹی کہاں سے مل گئی ہے، امرود کے پیڑ کے نیچے۔ ان کو پتہ ہی نہیں کہ میں ہوں اور ان کو دیکھ رہا ہوں۔ بچوں کی اپنی دنیا ہے، اپنے ہاتھ، اپنی مٹی، اپنا چاک، چاک گھوم رہا ہے اور وہ برتن بنا رہے ہیں۔ کوئی صراحی، کوئی گلاس، کوئی پیالہ۔ لیکن وہ ایک دوسرے سے مٹی چھین رہے ہیں۔ اور چلا رہے ہیں، "یہ میری مٹی ہے۔ یہ میری مٹی ہے۔"

اور میری مٹی؟ میں چپ چاپ ہنستا ہوں۔ اور میرا سورج؟ میں پھر چپ چاپ ہنستا ہوں۔ دھوپ اب پورے آنگن میں بھر گئی ہے اور دونوں بچے پھر دوڑ رہے ہیں۔ ساشا بچی سے پوچھتا ہے، "ماگن تم کیا کر رہی ہو؟" جواب ملتا ہے، "گھونسلہ بنا رہی ہوں۔" پھر ساشا کی آواز گونتیا ہے، "گھونسلے کا کیا کرو گی؟" میگا، کے ہونٹ چونچ کی طرح نکیلے ہو جاتے ہیں۔ "رہوں گی گھونسلے میں!" ساشا باز کی طرح جھپٹتا ہے اور میگھا کے گرد چکر کاٹتا ہے۔ "گھونسلے میں تو چڑیا رہتی ہے۔" "میں بھی تو چڑیا ہوں، دیکو ک چونچ!" دونوں ہاتھ پکڑ کر درخت کے گرد چکر لگاتے ہیں اور دھوپ ان کے چکراتے سایوں سے کھیلتی ہے۔

زندگی یوں بھی تو شروع ہوتی ہے۔ کیا ان کی باتوں سے کسی اور چھور کا پتہ چلتا ہے۔

ننھے ننھے مشاہدوں سے یہ باتیں پانی کے دھار کی طرح پھوٹتی ہیں۔ اور وہ صبح سے شام اور شام سے صبح کبھی سایوں کے پیچھے بھاگنے میں اور کبھی روشنی میں چھپنے میں کر دیتے ہیں۔ میں جہاں ہوں وہاں نہ دھوپ ہے، نہ سائے، بس ایک جھٹپٹا سا ہے۔ کچھ یادوں کا، کچھ خوابوں کا۔

ہاں بیٹا ساشا اگر میں تم کو اپنے کندھوں پر بٹھالوں تو تم کہاں تک دیکھ سکتے ہو۔ پہلے بٹھاؤ۔ اب بیٹھ گئے، اب بتاؤ۔ میں بھی بیٹھوں گی گردن پر۔ میگھارانی، اچھالو تم بھی بیٹھ گئیں۔ اب تم دونوں باری باری سے بتاؤ۔ بتائیں؟ دیوار ہے دیوار۔ تالیاں، اچھا۔ اب نکلتے ہیں اس آنگن سے۔ باہر۔ اب بتاؤ۔ کیا دیکھتے ہو؟ پیڑ، اور آگے؟ اور آگے کھڑکیاں، کھڑکیوں میں روشنی روشنی میں سایہ، سائے میں روشنی، اور آگے؟ اور آگے اور آگے، اندھیرا اور اندھیرے میں؟ اندھیرے میں چاند، اور چاند میں؟ چاند میں، چاند میں، اندھیرا! ارے بھئی گردن ٹوٹی میری تو، اترو۔ اترو۔

رات گہری ہوگئی ہے اور باہر درختوں پر گہرا اتر رہا ہے۔ آہستہ آہستہ۔ کہرے پر نون لائٹ بھاپ کی طرح تیر رہی ہے۔ اور دونوں لحاف میں لیٹے ہوئے ہیں مگر ان کی آنکھیں بھونروں کی طرح چمک رہی ہیں۔ پپوٹوں پر نیند کا کہرا ہے لیکن کہرے میں آنکھوں کی لویں لپک رہی ہیں۔ میں التجا کرتا ہوں۔ بھئی سو جاؤ۔ مگر ساشا اور میگھا دونوں کی ضد جاری ہے۔ نہیں ہر رات کی طرح ان کو کہانی کا انتظار ہے۔ اچھا سنو۔ کون سی سناؤں۔ شیر والی کہانی جو روز رات کو آکر جانوروں کو اٹھالے جاتا تھا۔ نہیں، دوستو، آج میں تم کو شیر کی کہانی سناؤں گا جو خرگوش کو اٹھالے گیا اور جس نے اس کے سمور کے دستانے بنالیے تاکہ اس کے پنجے دکھائی نہ دیں۔ نہیں آج میں تم کو ایک بوڑھے کی کہانی سناتا ہوں۔

سناؤ۔

سنو۔

ایک تھا بوڑھا۔ لکڑ ھارا۔ وہ روز جنگل سے لکڑیاں کاٹ کر لاتا تھا۔ وہ لکڑیاں لا کر بیچتا تھا۔ اور جو پیسہ اس کے ہاتھ میں آتا تھا وہ اس سے کام کی چیزیں خرید تا تھا۔ تب اس کی بیوی چولھا جلاتی تھی۔ لکڑی کچی ہو تو دھواں بہت اٹھتا ہے۔ سو دھواں بہت اٹھتا تھا۔ ایک دن عورت نے جھریوں میں پھیلتے آنسوؤں کو پونچھتے ہوئے بوڑھے لکڑ ہارے سے پوچھا۔ کچے درختوں کو کاٹتے ہوئے کیا تم کو ان درختوں سے ان کی عمر چھینتے اچھا لگتا ہے؟ ابھی تو ان کے دھوپ کھانے اور ہوا میں جھولنے کے دن تھے۔ ایسے میں تو ایک دن سارا جنگل کٹ جائے گا۔ پھر تم کیا کرو گے؟ لکڑ ہارا سوچ میں پڑ گیا۔ پھر بولا تب تو ہم بھی نہیں ہوں گے۔ نہ جنگل، ہم نہیں ہوں گے پر اور تو ہوں گے۔ عقل کے دشمن۔ عورت نے سر پر ہاتھ مارتے ہوئے پھر چولھے میں پھونکان شروع کر دیا۔ آگ تیز ہو گئی۔ عورت کا چہرہ روشنی اور گرمی سے دہک اٹھا۔ لکڑ ہارا اداس ہو گیا۔ وہ اپنے دل کے ساتھ بہنے لگا۔ وہ بہتے بہتے جنگل پہنچ گیا۔ سارا جنگل اندھیرے میں چھپ گیا تھا اور ہوائیں رو رہی تھیں۔ ہواؤں کے ساتھ جانور بھی رو رہے تھے۔ جانوروں کے ساتھ بوڑھا لکڑ ہارا بھی رونے لگا۔ اندھیرے میں چھوٹے چھوٹے پودوں کی آوازوں نے اس کے کندھے پر ہاتھ رکھا اور پوچھا تم کویں روتے ہو لکڑ ہارے؟ میں تو یوں روتا ہوں کہ تم روتے ہو۔ ہم تو یوں روتے ہیں کہ ہم کٹ گئے۔ اور تم؟ اور میں یوں روتا ہوں کہ میں زندگی بھر تم کو کاٹتا رہا۔ اور اب رات ہوتی ہے تو رات کا جنگل تو ہے، پر وہ ہنستے کھیلتے درخت دکھائی نہیں دیتے۔ میں بہت اکیلا ہو گیا ہوں۔ سارا جنگل ہنسنے لگا۔ سارے چاند، سارے سورج ہوا میں تیرنے لگے۔ لکڑ ہارے کا سر چکرایا اور وہ دلدل میں گر گیا۔ اب وہ جتنا ہاتھ پاؤں مارتا تھا اندر

دھنستا جاتا تھا۔ یکایک دھماکا ہوا اور۔۔۔

میں آنکھیں ملتا ہوں اور دیکھتا ہوں کہ دھوپ دیوار پر چڑھ آئی ہے۔ اور ساشا ابھی تک آنگن کے درختوں کے پاس مٹی سے صراحی بنا رہا ہے اور میگھا تنکوں سے گھونسلہ۔ ویسے بڑا سناٹا ہے۔

***

٦

چاند کی دوسری طرف

ہاجرہ مسرور

تاج محل ہوٹل کے سامنے سے پہلے بھی کبھی کبھار گزرا ہوں۔ لکڑی کے بھدے سے کیبن اور سیمنٹ کے ٹھڑے والی چائے کی دکان پر "تاج محل ہوٹل" کا بورڈ دیکھ کر مسکرایا بھی ہوں۔ لیکن پچھلے دو مہینے ل سے یہ ہوٹل میری زندگی کے نئے راستے کا ایک اہم موڑ بن گیا ہے۔ جہاں میں اپنی پرانی سائیکل کو ہر روز بریک لگاتا ہوں اور ایک پاؤں فٹ پاتھ پر ٹکا کر بے فکروں کی طرح بوڑھے دکاندار سے کہتا ہوں۔ "دو پیالی اسپیشل چائے ادھر بھجوادو۔"

"ابھی لیجئے حضور۔ بس آپ کے پہنچنے کی دیر ہے۔" وہ بڑی مستعدی سے جواب دیتا ہے اور پنکھے سے کوئلے دھونکتا ہوا گلگتی چھوکرا مجھے دیکھ کر مسکراتا ہے اور واقعی ابھی میں اپنی سائیکل کو برآمدے کے پاس روک کر تالا لگاتا ہوں۔ "شہہ کے مصاحب" والے سلام قبول کرتا، جبار کے کمرے میں قدم رکھتا ہوں کہ گلگتی چھوکرا تیر کی طرح وہاں پہنچ جاتا ہے۔ دودھ شکر ملی چائے کی کیتلی اور دو ثابت پیالیوں سے سجی ٹرے جبار کے سامنے رکھ دیتا ہے اسے سلام کرتا ہے اور کمرے سے ہوا ہو جاتا ہے۔

اچھے میز بانوں کی طرح آج بھی جبار نے خود ہی پیالیوں میں چائے انڈیلی، پہلی

میری طرف بڑھائی اور دوسری پیالی سے ایسے زور دار گھونٹ لئے جیسے حقے کے پینڈے سے چائے کھینچ رہا ہو۔

میرے ساتھ چائے پیتے ہوئے جبار ہمیشہ شعر و ادب کی بات اس طرح چھیڑتا ہے جیسے مدارات کے طور پر کیک کے ٹکڑے مجھے پیش کر رہا ہو۔ یہ لمحے میرے لئے دوبھر ہوتے ہیں کیوں کہ میرے سامنے اپنے ڈیسک انچارج کا چہرہ ہوتا ہے۔ جس نے دفتر میں قدم رکھتے ہی پہلے دن جتا دیا تھا کہ، "دیکھئے صاحب خیال رہے۔ یہ افسانہ نویسی تو ہے نہیں کہ جب تک چاہے بیٹھ کر الفاظ کے موتی جڑتے رہے۔ یہاں تو گھڑی کی سوئیاں دیکھ کر کام کرنا ہوتا ہے۔ سمجھے آپ؟"

میں نے تو اپنے انچارج صاحب کی بات سمجھ لی تھی لیکن جبار کو نہیں سمجھا سکتا تھا۔ اس لئے حسب معمول آج بھی جبار برسوں پہلے پڑھی ہوئی ایک کہانی کا ذکر کر رہا تھا تو مجھے محسوس ہوا کہ میرا سر پتھر کا ہو گیا ہے۔ اور میرا جی چاہنے لگا کہ یہ پتھر اپنے ہاتھوں سے اٹھا کر جبار کے منہ پر دے ماروں لیکن جبار جوں ہی چائے کا آخری گھونٹ لے کر اپنی مونچھیں پونچھتا ہے اور میز کا دراز کھولتا ہے تو میرے دل میں جبار کے لئے اسکول اور کالج کے زمانے والا پیار ہلکورے لینے لگتا ہے۔

"اچھا یار اب تم اپنے راشن کا کوٹہ سنبھالو۔" جبار بڑی وضع دار سے یہی فقرہ روز کہتا ہے۔ اس کے باوجود یہ فقرہ سن کر میری مسلسل بے معنی سی مسکراہٹ بے ساختہ قہقہے میں تبدیل ہو جاتی ہے۔ جبار کا یہ فقرہ دلچسپ ہو یا نہ ہو۔ اس میں سچائی ضرور تھی۔

"مجید دیکھو، اندر کسی کو نہ آنے دینا میں کام کر رہا ہوں۔" جبار نے دروازے والے سپاہی کو روز کی طرح حکم دیا اور تھانے کا روزنامچہ یوں کھولا جیسے کسی امیر مرنے والے کا وصیت نامہ، اور میری نظریں اس پر بھگی مکھیوں کی طرح رینگنے لگیں۔ اس روزنامچے میں

درج ہونے والے جرائم ہم دونوں کی روزی کا جواز ہیں۔ جبار چھ سات سال پرانا پولیس افسر ہے اور میں ایک نئے اخبار کا دو ماہ پرانا کرائم رپورٹر ہوں۔ جبار کے ابا پولیس سے ریٹائر ہوئے تو پولیٹیکل برانچ میں ان کی خدمات کے پیش نظر جبار کو ملازمت بی اے کے امتحان کا نتیجہ نکلتے ہی مل گئی۔

میرے ابا سکول ماسٹر تھے اس لئے وہ مجھے اعلی تعلیم کے بعد کم از کم یونیورسٹی لیکچرر تو دیکھنا ہی چاہتے تھے۔ اس لئے میں پڑھتا رہا لیکن مشکل یہ تھی کہ اسکول ماسٹر کی خدمات کے اندراج کا کوئی خانہ تو ہوتا نہیں۔ اس لئے مجھے یونیورسٹی کیا اسکول میں بھی ملازمت نہ ملی۔ اس زمانے میں جبار کبھی ملتا تو کہتا، "یار گھر بسانے چلوگے تو رسالوں میں تمہارا نام چھپنے سے کام نہیں بنے گا۔ اس لئے کوئی نوکری ڈھونڈو کوئی نوکری۔" اور اب بالکل اتفاقا مجھے یہ نوکری مل گئی۔ جسے پکی کرنے میں جبار ایک اچھے دوست کی طرح میری مدد کر رہا تھا۔ وہ نہ صرف اپنے تھانے میں رپورٹ ہونے والے جرائم کی تفصیل مجھے لکھواتا بلکہ دوسرے تھانوں سے بھی میرا کام نکلوا دیتا، ورنہ ایک نئے اخبار کے اناڑی رپورٹر کو دفتر میں اچھی کارکردگی دکھانے میں خاصی پریشانی ہوتی۔

میں نے اپنی نوٹ بک اور پنسل سنبھالی تو جبار نے کل شام سے آج تک ہونے والے جرائم کی تعداد اور پھر سب سے پہلے رپورٹ میں قتل کے کیس کی تفصیلات مجھے بتائیں۔ میں نے ایم اے نفسیات کو بھلا کر خالص اخباری انداز سے محبت کی مجرم اٹھارہ سالہ خوبصورت مقتولہ کو بدکردار اور ساٹھ سالہ قاتل کو غیرت دار شوہر کا لقب دے کر لکھنا شروع ہی کیا تھا کہ جبار کے کمرے کے باہر ایک ہنگامہ ہوا جس میں مجید اور دوسرے سپاہیوں کی گالیوں کے ساتھ کوئی پاگلوں کی طرح چلا رہا تھا، "مجھے اندر جانے دو۔ ابھی اندر جانے دو" اور پھر خاصی دھماچوکڑی ہوئی۔

"نہ جانے کون ماں کا۔۔۔ ہے۔" جبار نے اپنی حکم عدولی کے خواہش مند ان دیکھے آدمی کو گالی دی مگر گالی کا لفظ منہ میں گڑ گڑا کر نگل گیا۔ میری موجودگی میں وہ اب بھی ذرا جھجھکتا تھا۔

"آنے دو بھائی میں اپنا کام کرتا رہوں گا۔" میں نے جلدی جلدی پنسل گھسیٹتے ہوئے کہا۔ میں اپنا کام جاری نہ رکھ سکا۔ قتل اور خون کی خبریں بنانا اور بات ہے خون بہتے دیکھان اور بات۔۔۔ اندر آنے والے کے ماتھے سے بہتا ہوا خون اس کے چہرے کو عجیب بھیانک رنگ دیتا ہوا اس کے اوور کوٹ پر ٹپک رہا تھا۔ میں نے چکرا کر اپنے حلق میں ابکائی روکی۔

"جناب میں نے تو اس آدمی کو صرف اندر آنے سے روکا تھا۔ اس نے اپنا سر دیوار سے ٹکرا کر خود پھوڑا ہے۔ یہ اقدام خودکشی کا کیس ہے۔" اندر آتے ہوئے سپاہیوں میں سے ایک نے کیس کی نوعیت کا فیصلہ تیزی سے کر دیا اور جبار نے گھور کر اسے دیکھا۔ تھانے کے احاطے میں کسی کا یوں کھلے بندوں زخمی ہونا خاصی اہم بات ہو سکتی ہے۔

"اسے بٹھا دو۔ اس کا خون بند کرو۔ ٹھنڈے پانی کا کپڑا رکھ کر دباؤ، زخم کو۔۔۔" جبار نے ہدایات جاری کیں تو کمرے میں موجود ہر شخص نے پہل کرنا چاہی۔ کئی رومال کونے میں رکھی صراحی کے طفیل بھیگ گئے۔ جبار نے اپنا رومال اس کے ہاتھ پر رکھ کر ہتھیلی سے دبا لیا۔ میں نے اپنے رومال سے اس کا خون آلود چہرہ صاف کیا اور اس کا سر کرسی کی پشت پر ٹکا دیا۔ مجید کا بڑا سا رومال اس کے اوور کوٹ سے خون کے دھبے مٹانے کی بے سود کوشش میں کام آیا۔

"جی بڑی مہربانی آپ کی۔" اس نے انسانیت سے جبار کا ہاتھ اپنے ماتھے پر سے ہٹا کر اس جگہ اپنا ہاتھ رکھ لیا۔ ہم سب خاموش تھے اور اس کے دہشت زدہ چہرے کو دیکھ رہے

تھے۔

"رپٹ لکھوانا تھی جی۔۔۔" زخمی اجنبی نے ہانپتے ہوئے کہا۔

"کس بات کی؟" جبار نے کرسی پر بیٹھ کر پوچھا۔

"جی پہلے آپ شروع سے ساری بات سن لیں۔۔۔" اجنبی نے شرط پیش کی اور میں جبار کی طرف دیکھ کر مسکرایا، جیسے شرط ماننے کی سفارش کر رہا ہوں۔

"ہوں، اچھا ہر بات سچ سچ بتاؤ۔ کوئی جھوٹ نہ ہو۔ سمجھے؟"

"اسی لئے تو آپ کے پاس آیا ہوں صاحب۔ زبردستی آیا ہوں۔ جھوٹ کیوں بولوں گا؟" اس کے لٹکے ہوئے سیاہ ہونٹوں پر ایک حقارت آمیز مسکراہٹ پر مارتی گزر گئی اور ماتھے کے رومال پر رکھا ہوا ہاتھ کانپتا رہا۔

"صاحب آپ تو جانتے ہیں کہ اپنی اولاد سبھی کو خوبصورت لگتی ہے مگر میری لالی کو پاس پڑوس والے، برادری کنبے والے سبھی خوبصورت سمجھتے تھے۔ کوئی اسے پری کہہ کر پکارتا، کوئی شہزادی۔ کوئی سوہنی۔" وہ کہتے کہتے رکا۔

"پھر اس نے آنکھ لڑائی کسی سے۔" رپورٹ لکھوانے کے اس مریل طریقے سے جل کر کمرے میں موجود ایک سپاہی نے اسے کچوکا دیا۔ ویسے یہ بات ٹھیک ہے کہ تھانوں اور عدالتوں میں حسن کا ذکر عشق کے بغیر آتا ہی نہیں۔ ایسے سوال پر تھانے میں بیٹھے ہوئے کسی بھی باپ کا سر جھک سکتا تھا لیکن بیان دینے والا اچھل کر کرسی پر سیدھا بیٹھ گیا۔ ماتھے کا گیلا رومال اس کی گود میں گرا اور ماتھے کے زخم سے خون کے قطرے پھر اس کے چہرے پر پھسلنے لگے۔

"دیکھیں جی تھانے دار صاحب۔ آپ بے شک مجھے جوتے ماریں، ڈنڈے ماریں۔ گالی دیں، مگر میری لالی کو کسی نے ایسی بات کہی تو میں۔۔۔ تو میں۔۔۔" وہ غصے سے کانپتے

ہوئے ہونٹ کاٹنے لگا۔

جبار نے سپاہی سے آنکھوں ہی آنکھوں میں کچھ کہا اور پھر حکم دیا، "اس کے زخم پر ٹھنڈا پانی ڈالو اور دیکھو، پٹی باندھ دو تو اچھا ہے۔ ہاں کیا نام ہے تمہارا؟"

"تاج دین۔"

"دیکھو تاج دین اپنا سر کرسی سے لگائے رکھو۔ سمجھے؟ کرسی گندی نہ کرو۔" جبار کے احکام کی تعمیل فوراً ہو گئی۔

"جی ایسی بات زبان سے نکالی میری لالی کے لئے۔ ہنہ۔ صاحب۔ صاحب جی میری لالی کی نیکی کا حال جس سے مرضی ہو جا کر کٹڑے میں پوچھ لیں۔ وہ تو جناب جب سے بڑی ہوئی ہے گھر سے اکیلے قدم بھی نہیں نکالا۔ دروازے میں بھی کھڑی نہ ہوئی۔ وہ تو اپنی ماں پر چلی گئی۔ صورت میں بھی، طبیعت میں بھی۔"

"اچھا تو لالی کی ماں خوبصورت ہے؟"

"اب کہاں جی۔ ہاں جب اسے بیاہ کر لایا تو سب کنبے برادری کی عورتیں ط کہتیں تاج دین تیرے گھر تو چاند اتر آیا۔ میری ماں جب تک جیتی رہی اسے بہت تکلیف دیتی رہی، اور جی میں بھی ماں کے کہنے میں رہا۔ پھر بھی لالی کی ماں نے مجھ سے نہ کبھی زبان چلائی، نہ کبھی کچھ مانگا۔ بس میری خدمت کرتی رہی۔ کٹڑے میں جا کر جس سے چاہیں پوچھ لیں۔ کبھی کسی نے لالی کی ماں کی طرف انگلی اٹھائی؟"

"اچھا اچھا۔ ٹھیک ہے۔ آگے بیان کرو۔" جبار تیزی سے بولا۔

"جی وہ میرے بچوں کی ماں بنی۔ آٹھویں لالی ہوئی تو۔" وہ رک کر سوچنے لگا۔

"لالی پیدا ہوئی تو کیا ہوا؟" پوچھا گیا۔

"جی اس کی ماں نے لالی کو میری گود میں ڈال کر کہا، "لو تمہارے گھر نیا چاند اترا

ہے۔ جناب لالی کی ماں نے سات بچوں میں سے کوئی بچہ میری گود میں اس طرح نہ ڈالا تھا۔"

"پھر تم نے کیا کہا؟" میں بے ساختہ بول پڑا۔ میری موجودگی تھانے کی فضا کو یکسر بدل رہی تھی۔

"جی کہنا کیا تھا۔ بس لالی مجھے سب اولاد سے زیادہ پیاری ہو گئی۔ وہ بھی مجھے بہت چاہتی۔ کسی کی گود میں ہوتی تو مجھے دیکھ کر باہیں پھیلا دیتی۔ کبھی اس کی ماں اپنے پاس سلا لیتی تو رات کو جاگ کر روتی اور جبھی چپ ہوتی جب میری چھاتی پر لیٹ جاتی۔"

"ٹھیک ہے ٹھیک ہے۔ اس کے بعد کیا ہوا، وہ بتاؤ" جبار اب خاصا بے چین ہو رہا تھا۔

"جی میں نے پانچ بیٹیاں بیاہیں۔ دو بہویں گھر لایا۔ مگر لالی کی ماں نے میری پسند میں کوئی دخل نہ دیا۔ پھر لالی بڑی ہونے لگی تو ایک رات میرے پاؤں دباتے ہوئے بولی۔۔۔

"لالی کے بابا میں نے تم سے کبھی کچھ نہیں مانگا۔ اب لالی کے لئے تم سے اس کے جوڑ کا خوب صورت دولہا مانگتی ہوں۔ یاد رکھنا۔ اور جی میں نے اس کی بات گرہ میں باندھ لی۔"

اتنا کہہ کر تاج کی آواز بھرا گئی اور اس نے اپنے ہونٹ بھیچن لئے اور میں نے دیکھا کہ تھانے کے اس کمرے میں موجود سپاہی جھلائے ہوئے نظر آرہے تھے۔ ان کا بس چلتا تو وہ اپنی انگلیاں اس شخص کے حلق میں ڈال کر ایک ہی بار ساری بات کھینچ کر اپنے افسر کی میز پر رکھ دیتے۔ یہ کیا کہ کبھی لالی کا ذکر اور کبھی لالی کی ماں کے قصے۔ وہ بار بار جبار کی طرف دیکھ رہے تھے جو غالباً میری موجودگی کی وجہ سے بڑا گمبھیر بنا بیٹھا تھا۔ کیوں کہ میں اس بیان میں ضرورت سے زیادہ دلچسپی لے رہا تھا۔

"ہوں پھر تم کو لالی کے لئے مناسب رشتہ ملا؟" سوال ہوا۔

"رشتے تو بہت تھے۔ جا کب۔ لالی کے چچا کے بیٹے، رشتے ناتے اور برادری میں بھی لڑکے تھے۔ سبھی نے لالی کا ڈولا مانگا۔ مگر جی مجھے تو اچھی شکل والے رشتے کی تلاش تھی۔ اس لئے میری لالی سترہ سال کی ہو گئی۔"

میری اور جبار کی آنکھیں بے ارادہ ہی ایک دوسرے کی طرف اٹھ گئیں۔

"صاحب آپ عقل والے ہیں۔ بیٹی چاہے پنجرے میں بند لال جیسی ہلکی پھلکی ہو پھر بھی سب کہتے ہیں۔ ارے یہ پہاڑ سی بیٹی کا بوجھ کب تک اٹھاتے رہو گے۔ اس کی عمر اب سسرال جانے کی ہے۔" تاج دین کی غیر ضروری تفصیل سے جبار کے صبر کا پیمانہ چھلکنے لگا۔

"ہاں ہاں ایسا ہی کہتے ہیں لوگ۔"

"مگر جی لالی تو کہیں بھی نہیں جانا چاہتی تھی۔ وہ تو اپنے ماں باپ سے اتنا پیار کرتی کہ ایک دن کے لئے بھی اپنی بیاہی بہنوں کے گھر نہ گئی۔ میں بتاؤں صاحب ایک دفعہ اس کی ایک بہن کو ضد ہو گئی کہ رات لالی میرے پاس رہے گی۔ اس پر لالی بچوں کی طرح میرے سینے سے لگ کر رونے لگی اور میرے ساتھ ہی گھر لوٹ آئی۔"

وہ جیسے اپنے آپ سے باتیں کر رہا تھا۔ "تو پھر کوئی مناسب رشتہ نہیں ملا لالی کے لئے۔۔۔" میں نے مداخلت بے جا کی۔

"ہوں تو کوئی رشتہ نہیں ملا تمہاری بیٹی کے لئے۔" جبار نے فوراً اپنی ڈیوٹی سنبھال لی اور تاج دین چونک اٹھا۔

"رشتہ ملا جی۔ ایک دن وہ لوگ آپ ہی کی راشن شاپ والے سے پتہ پوچھتے میرے دروازے پر آ گئے۔ انہوں نے افضل حسین ولد محمد حسین کی بڑی تعریفیں کیں۔ اپنا

گھر۔ ہاتھ میں ہنر۔ سر پر کوئی ذمہ داری نہیں۔ مسقط میں اچھی نوکری پر جا رہا ہے۔ شادی جلدی چاہیئے۔ انہوں نے جی گھر اور محلے کا پتہ بھی دیا کہ جا کر تصدیق کر لو۔ میں نے کہا پہلے لڑکا دکھاؤ۔ پھر جی انہوں نے لڑکا بھی دکھایا۔" تاج دین نے ٹھہر کر پانی مانگا۔

"کیسا تھا لڑکا؟" جبار نے جلدی سے پوچھا۔

"لڑکا تو صاحب بڑا لمبا، مضبوط اور جنٹل مین تھا۔ پھولدار قمیض اور کالی پتلون میں ایسا لگتا جیسے پھولوں میں پھول گلاب ہوتا ہے۔" تاج دین کی آنکھیں یوں چھت کی طرف تک رہی تھیں جیسے وہاں مکڑی کے جالوں کے بجائے گلاب کے پھول کھل رہے ہوں۔

"پھر تم نے فوراً رشتہ طے کر لیا؟"

"نہیں جی۔ پہلے اس کے گھر بار کی تصدیق تو کرنا تھی۔ میں جی اس کے محلے پہنچا اور افل حسین ولد محمد حسین کے بارے میں پوچھا۔ کوئی بات بھی جھوٹ نہ تھی۔ میں اس کے گھر بھی گیا۔ اس کی چاچی موجود تھی۔ اس نے میری بڑی خاطر کی۔ میں نے بات پکی کر دی۔ اگر وہ پکے گھر کا مالک نہ ہوتا میری طرح کا مزدور ہوتا تب بھی میں بات پکی کر دیتا۔ لالی کی ماں کو تو اتنا خوش میں نے کبھی نہ دیکھا تھا۔

صاحب سچی بات تو یہ ہے کہ مجھے اس کے بعد ہی معلوم ہوا کہ خوش عورت کیسی ہوتی ہے؟"

"لالی بھی خوش ہوئی؟" میں پوچھ بیٹھا۔

"کہیں شریف نیک لڑکیاں اپنے بیاہ پر خوش ہوتی ہیں؟ میں نے تو بتایا صاحب وہ تو ایک دن کے لئے بھی گھر چھوڑنے کو راضی نہ ہوتی تھی۔ اب تو اس کی بارات دوسرے شہر سے آ رہی تھی اور اسے بیاہ کر سمندر پار بھی جانا تھا۔ اسے تو رونا ہی تھا جناب" یہ کہتے

کہتے تاج دین کا گلا بھر آیا۔

"مہندی والی رات سارا گھر سو گیا۔ مگر وہ سسکیاں لیتی رہی۔ میں جی برآمدے میں لیٹا جاگ رہا تھا۔ اٹھ کر اس کے پاس چلا گیا۔ پھر تو جی وہ مجھ سے لپٹ کر بہت روئی۔ اسے اپنے ہاتھوں کی مہندی کا ہوش بھی نہ رہا۔ وہ بار بار کہتی بابا میں کہیں نہ جاؤں گی تمہیں چھوڑ کر۔۔۔ پھر جی میں نے بے حیائی لاد کر اسے سمجھایا کہ لڑکا شہزادوں جیسا ہے۔ کھاتا پیتا ہے اور وہ اپنے گھر جا کر کتنی خوش رہے گی اور جب وہ خوش ہو گی تو میں بھی خوش ہوں گا۔ بس میری باتیں سن کر میری لالی آرام سے سو گئی۔"

"اچھا اچھا ٹھیک ہے۔ پھر بارات آئی؟" جبار بیان کی تہہ تک پہنچے کو بے قرار تھا۔

"ہاں جی بڑی شاندار بارات آئی۔ پھولوں سے سجی ہوئی۔ بس میں سے براتیوں کے ساتھ باجے والے بھی اترے۔ دولہا نے گلاب کے پھولوں کا سہرا باندھا تھا۔ گلے میں نوٹوں کا اتنا بڑا ہار تھا کہ گھوی ں کو چھو رہا تھا اور جی اس نے کشمیری دوشالہ بھی جسم سے لپیٹا تھا۔ سردی بھی تو بہت ہے آج۔ ہے نا سردی؟"

جبار نے انگریزی میں مجھ سے کہا، "یہ تو مجھے پاگل خانے سے بھاگا ہوا لگتا ہے۔"

"اس کے آگے کیا ہوا؟" مجید اپنے افسر کی بے بسی دیکھ کر بولا۔

"جی ہونا کیا تھا۔ برات آنے پر نکاح ہوتا ہے۔ میری لالی کا نکاح افضل حسن۔ ولد محمد حسنہ مرحوم سے پڑھا دیا گیا۔ تھانے دار صاحب ایک بات تو بتاؤ۔ سہرا کیوں باندھتے ہیں دولہا کے؟" تاج دین نے جبار کی آنکھوں میں آنکھیں ڈال کر ایک دم پوچھا۔

تھانے میں آنے والے سوال کا جواب دیتے ہیں۔ سوال نہیں کرتے۔

اس سے پہلے کہ جبار اس گستاخی پر گالی بکتا میں بول پڑا۔

"ارے تاج دین سر گا اس لئے باندھتے ہیں کہ سرے االٹا جائے اور مہمان دولہا کی

صورت دیکھیں۔"

"ہاں جی اور پھر دولہا کی شکل دیکھ کر لالی کے باپ پر ہنسیں، طعنیں ماریں کہ ارے تاج دین اپنی چاند جیسی بیٹی کے لئے یہی بھوت جیسا آدمی ملا تھا تجھے؟ کہتا تھا اپنی بیٹی کے لئے اس کے جوڑ کا دولہا لاؤں گا۔ تونے پیسہ دیکھا۔ تونے لالچ کی۔ جی میں تو شرم میں گڑ گیا۔" یہ سب کہتے ہوئے وہ بچوں کی طرح پھوٹ پھوٹ کر رو رہا تھا۔

"اچھا۔ ہوں۔ تمہارے ساتھ دھوکہ کیا گیا ہے۔ لڑکا کوئی اور دکھایا تھا۔ مجید اسے پانی پلاؤ۔"

دو گھونٹ پانی پی کر اس نے ہونٹ پونچھتے ہوئے پھر کہنا شروع کر دیا۔

"اللہ بھلا کرے آپ کا۔ آپ سمجھ گئے۔ یہی بات ہے۔ میں نے سب کے سامنے چلا چلا کر کہا۔ مگر کسی نے میری بات کا یقین نہیں کیا۔ یہ دیکھ کر براتی مجھ سے جھگڑنے لگے۔ میں نے کہا۔ میں تھانے میں رپٹ لکھوانے جا رہا ہوں۔"

"اچھا تو تم دھوکہ دہی کی رپورٹ درج کرانے آئے ہو؟" ایک کانسٹیبل بولا جیسے کھدے ہوئے پہاڑ سے چوہے کی دم کھینچ رہا ہو۔

"نہیں جی مجھے تو بزرگوں نے پکڑ لیا اور سمجھانے لگے کہ تاج دین تو غریب آدمی ہے کہاں تھانے کچہریوں میں پیشاھں بھگتے گا؟ وکیلوں کو کھلانے کے لئے کہاں سے لائے گا؟ اور پھر یہ پیسے والے لوگ ہیں جھوٹی گواہیاں پیش کر دیں گے۔" تاج دین بولتے بولتے رکا۔

"اس کے بعد کیا ہوا؟" جبار نے بے چینی سے پہلو بدلا۔

"جی میں نے کہا میں لالی کا ڈولا ان دھوکے بازوں کے حوالے نہیں کروں گا۔ چاہے جان چلی جائے۔" آخری فقرے پر زور سے رویا۔

"ہوں۔ اس کے بعد تم نے کیا کیا؟" جبار نے سختی سے پوچھا۔

"میں اپنی بات پر اڑا رہا۔ باراتی پہلے تو دھمکیاں دیتے رہے۔ پھر اپنی پگڑیاں اور ٹوپیاں میرے بھائیوں کے پیروں پر ڈالنے لگے۔ بزرگوں کے گھٹنوں کو ہاتھ لگائے اور میرے بیٹوں داماد کے سامنے ہاتھ جوڑنے لگے۔ کئی مہمانوں کو کونے میں لے جا کر جانیں کیا کیا باتیں کیں۔ پھر جی۔ وہ لوگ جو مجھ پر ہنس رہے تھے۔ طعنے دے رہے تھے۔ وہ سب دولہا کے حمایتی بن گئے۔ میرے بھائی مجھے اللہ رسول کا واسطہ دینے لگے اور میرے بیٹے داماد الگ ہو کر یوں بیٹھ گئے جیسے ساری غلطی میری اور پھر جی مولوی صاحب نے کھڑے ہو کر کہا تاج دین بندے کی قسمت میں جو لکھا ہوتا ہے اس کے اسباب پیدا ہوتے ہیں۔ لالی اب افضل حسین ولد محمد حسین مرحوم کی منکوحہ ہے جو ہوا سو ہوا۔ اٹھو اب دیگ ٹھنڈی ہو رہی ہے۔ مہمانوں کو کھانا کھلاؤ۔ اور جب میں مولوی صاحب کے کہنے سے بھی نہ اٹھا تو بھائیوں نے اور بیٹوں نے کام سنبھال لیا۔"

"ہوں۔ پھر تم نے کیا کیا یہ بتاؤ؟"

"جی میں کیا کرتا مجھے تو سب نے سڑک کے روڑے کی طرح ایک طرف پھینک دیا۔ آپ بتائیں جی میرا کیا قصور تھا جو سب نے میرا اختیار چھین لیا؟ پھر جی وہ سب میری لالی کو رخصت کرنے لگے۔" وہ پھر چپ ہو گیا۔ کمرے میں بھی سب چپ رہے۔

"جب لالی سسرال جانے کو نکلی تو عورتوں کے پیچھے لالی کی ماں بھی دوپٹے میں منھ چھپائے باہر آ گئی۔ اس نے مجھے کتے کی طرح ایک طرف ہانپتے پایا تو وہ بات کہی جو پہلے کبھی نہ کہی تھی۔ تاج دین کی سیاہ گردن کی نوکیلی ہڈی تھوک نگلنے کی کوشش میں بار بار حرکت کرنے لگی۔ "کیا کہا لالی کی ماں نے؟" جبار نے پوچھا۔

"کہنے لگی تاج دینے، تجھے کیا پتہ تیرے جیسے بدشکلوں کے ساتھ چاند جیسی لڑکیاں

کس آگ میں جلتی ہیں۔ میری کلی جیسی لالی کو اپنی آنکھوں کے سامنے بھاڑ میں جانے دے رہا ہے۔ تو نے مجھے زبان دی تھی۔ اب دوسروں کی بات مان گیا۔ اگر تو مرد ہے تو اسے نہ جانے دے۔"

"اس کے بعد تم نے کیا کیا۔ سچ بتاؤ۔" جبار کرسی پر سیدھا ہو گیا۔

"سچ کہتا ہوں مجھے نہیں پتہ کیسے خالی دیگ کے پاس پڑی باورچی کی چھری میرے ہاتھ میں آ گئی۔۔۔ اور۔۔۔ اور جی میں۔۔۔ بس میں سوار ہوتی برات کے پیچھے بھاگا۔ افضل حسین بس کے دروازے میں کھڑا تھا۔" اس نے کانپتے ہونٹوں سے پانی کا گلاس اٹھا کر ہونٹوں سے لگانا چاہا مگر سارا پانی اس کی اوور کوٹ پر گر گیا۔ کمرے میں موجود ہم میں سے کسی نے بھی کوئی سوال نہ کیا۔ جیسے ہم سب اپنی آنکھوں سے تاج دین کو افضل پر حملہ آور دیکھ رہے ہوں۔

"اس کے بعد۔ اس کے بعد جی وہ بانہیں پھیلا کر میرے سینے سے لپٹ گئی اور چپکے چپکے کہنے لگی۔ بابا مجھے جانے دیتے۔ یہ آدمی بھی تو تمہارے جیسا تھا۔ تم مجھے کتنا چاہتے ہو۔ یہ آدمی بھی مجھے۔۔۔ اللہ جانے افضل کے بارے میں کیا کہنا چاہتی تھی۔۔۔؟" تاج دین سوالیہ نظروں سے سب کی طرف دیکھا تو اس کے چوڑے اندھیرے غاروں جے کہ نتھے ع لوہار کی دھونکیہ کی طرح پھیلنے سمٹنے لگے اور وہ اپنے پرانے اوور کوٹ کے بٹن کھولتے ہوئے یوں کرسی سے کھڑا ہو گیا جیسے بیٹھا رہا تو اس کا دم گھٹ جائے گا۔

"اچھا تو تم نے افضل حسین کو۔۔۔" جبار بولا تو تاج دین نے تیزی سے جواب دیا۔

"نہیں جی۔ افضل کو لوگوں نے بچا لیا۔۔۔"

تاج دین نے کانپتے ہاتھوں سے اپنا اوور کوٹ اتارنے کی کوشش کی اور ہم سب نے دیکھا اس کی سفید قمیض پر خون کا بڑا سا دھبہ تھا۔ اتنا زندہ اتنا تازہ جیسے خون اس کے دل

سے رس رس کر کپڑے میں جذب ہو رہا ہو۔ اس نے اپنے خون آلود سینے کو اپنی بانہوں کے حلقے میں لپٹ لیا اور پاگلوں کی طرح چیخ چیخ کر رونے لگا۔

"میری لالی کو کسی نے نہیں بچایا، یہ میری لالی کا خون ہے۔"

"پاگل گدھے تو نے اپنی معصوم بیٹی کو قتل کر دیا۔ لے جاؤ حوالات میں۔ بند کر دو اس بیٹی کے قاتل کو۔" جبار دہاڑا تو تاج دین کی چیخیں یک لخت رک گئیں۔ اس نے معصوم حیرت سے جبار کی طرف دیکھا اور سادھیوں کے ساتھ باہر چلا گیا۔

جبار نے جھلا کر ڈبیہ پر دیا سلائی اس زور سے رگڑ کر جلائی کہ میرا دل پٹاخے کی طرح دھڑکا اور مجھے لگا کہ کمرے کا سناٹا شیشے کی مانند تڑخ گیا ہے۔

تب ہوٹل کا گلگتی چھوکرا خالی پیالیاں اٹھانے کمرے میں آ گیا۔ میں نے معمول کے مطابق پچاس پیسے چائے کے اور پانچ پیسے ٹپ کے اس کی ٹرے میں آہستہ سے رکھ دیئے۔ چھوکرا روز کی طرح میرے بجائے جبار کو سلام کرتا باہر چلا گیا۔

"یار تم نے آج پھر چائے کے پیسے دے دیئے۔ ہوٹل والا میرے حساب میں لکھ لیتا۔" جبار نے روز کی طرح شکایت آمیز لہجے میں کہا لیکن میں جو اس موقعے پر روزانہ بظاہر مسکراتا تھا اور دل میں "چل جھوٹے" کہتا تھا آج نہ مسکرا سکا نہ دل میں کچھ کہہ سکا۔ میں نے اپنی نوٹ بک کے ان بہت سے صفحات کو ایک ایک کر کے الٹا جن پر میں نے تاج دین کا بیان جوں کا توں لکھ لیا تھا۔ لیکن جنہیں میرے قلم سے چند سطروں کی خبر میں ڈھلنا تھا۔

***

۷

گناہ کی رات

حکیم احمد شجاع

(۱)

ممتاز اپنے دفتر کے خوبصورت اور آراستہ کمرے میں، ایک نرم نازک اور نیچے صوفے پر بیٹھا تھا، اس کا دایاں ہاتھ، جس میں ایک جلتا ہوا سگریٹ تھا، صوفے کے دائیں بازو کی بلندی پر سہارا لیے ہوئے تھا۔ اس کا بایاں ہاتھ جس کی درمیانی انگلی میں ایک ہیرے کی بیش قیمت انگوٹھی درخشاں تھی، بار بار اس کی پیشانی سے اوپر کی طرف حرکت کرتا اور رہ رہ کے اس کے لمبے اور گھنے بالوں میں چھپ جاتا تھا۔ اس کی آنکھیں سامنے کی دیوار میں گڑی ہوئی تھیں۔ ایسا معلوم ہوتا تھا کہ اس دیوار میں کوئی مقناطیسی کشش ہے جو اس کی نگاہ کو ہٹنے نہیں دیتی، اس کا جسم بظاہر آرام و اطمینان کے مزے لے رہا تھا مگر اس کا دماغ ایک مسلسل، ایک مرتعش، ایک متحرک خیال کے ساتھ ساتھ بے قرار تھا۔

وہ شریف تھا، ذہین تھا، عقل مند تھا مگر اس وقت وہ اس رات کی یاد میں محو تھا جس رات کو اس کی شرافت ایک مرگ ناگہاں کا شکار ہو گئی تھی۔ جس رات اس کا ذہن ایک خاص نقطۂ خیال کے ارد گرد گھومنے کے سوا، اور ہر ادراک سے قاصر ہو گیا تھا۔ جس رات اس کی عقل خلاف معمول اس بات کے حق میں رائے دے رہی تھی جس کو وہ اس رات

سے پہلے نامناسب، مکروہ اور ناجائز خیال کرتا تھا۔

آہ! وہ رات تھی یا دنیا بھر کے طلسموں کا ایک زندہ مظاہرہ، جس کی ایک ایک ساعت کے ایک ایک غیر ممکن التقسیم حصے کے ساتھ اس کی امید، اس کی حسرت، اس کی خوشی کی یاد وابستہ تھی۔ اس نے اس رات اپنی عمر بھر میں پہلی مرتبہ موسیقی کو ایک زندہ عورت کی شکل میں تبدیل ہوتے دیکھا تھا جس کے نغمے کی ہر اٹھتی ہوئی لے ہوا کے ذروں کو حسین بنا رہی تھی۔ اس نے اس رات ایک عورت کے پاؤں کی حرکت کو ایک شعر کی کیفیت اختیار کرتے دیکھا تھا جس سے بے جان زمین میں جان پیدا ہوگئی تھی۔

وہ رات ممتاز کے لیے ایک عجیب رات تھی۔ اس رات جو کچھ اس کی آنکھوں نے دیکھا تھا، اس کا ذہن نہ سمجھ سکتا تھا۔ جو کچھ اس کا ذہن محسوس کر رہا تھا اس کی آنکھیں نہ دیکھ سکتی تھیں۔ ایک عورت ایک بے باک کیفیت۔۔۔ میں انسانی جذبات سے کھیل رہی تھی۔ اس کی نگاہیں دلوں میں امیدیں پیدا کر کر کے ان کو ایک خشمگیں دلوی کی طرح پامال کر رہی تھیں۔ اسی رات کو اس نے دیکھا کہ پارساؤں کی پارسائی، عقل مندوں کی عقل، ایک عورت کے نازوانداز کی قربان گاہ پر مجروح ہوگئی۔ اسی رات کو اس نے مرد کی کمزوری، عورت کی طاقت، ضمیر کی بزدلی اور اخلاق کی شکست کا مشاہدہ کیا۔

رات گو دنیا کے لیے وقت کی غیر محدود مسافت میں اپنی معمولی منزل طے کر کے ختم ہوگئی مگر ممتاز کے لیے یہ ایک کبھی نہ ختم ہونے والی رات تھی۔ اس وقت بھی وہ اس رات کو اپنے دماغ میں، اپنی آنکھوں میں محسوس کر رہا تھا۔ اس کی زندگی کا۔۔۔ اسی رات تک چل کر رک جاتا تھا۔ اس کی یاد، اس کے سوا اور تمام واقعات کو فراموش کر سکتی تھی۔ اس رات کو گزرے ایک مہینہ ہو چکا تھا۔ اس ایک مہینے میں اس نے دن رات کی ان تھک کوششوں، دولت کے اندھا دھند صرف اور اپنے ہمدردوں کے دماغ کی لگاتار

کاوشوں سے اس خوبصورت رقاصہ کے گھر تک رسائی حاصل کی۔ آہ!جس گھر کے دروازے ہر دوسرے شخص کے لیے دن رات کھلے رہتے تھے۔ ایک پرفن دماغ کی عیاری سے ممتاز کے لیے بند ہوگئے تھے۔ حسن نے عشق کی چنگاری کو ایک روح سوز شعلے میں مشتعل کرنے کے لیے اپنا پرانا محرب اور کامیاب نسخہ استعمال کیا تھا۔

ہر کوشش کی ناکامیابی، ہر امید کی ناکامی نے ممتاز کو پہلے سے زیادہ شائق کر دیا۔ آخر کار اس وقت جب زندگی اور موت صرف ایک اقرار یا انکار پر منحصر تھی، عقل اور جنون صرف ایک ہاں اور نا کے درمیان پناہ ڈھونڈھ رہا تھا، اس کی فریاد سنی گئی۔ اس کی کوششیں بارور ہوئیں۔ ہاں اس نے اس وقت دولت کی طاقت کو محسوس کیا۔ اور خدا کا شکر ادا کیا کہ وہ اس قدر دولت مند تھا۔

اس کے بعد اس کی کھوئی ہوئی صحت دوبارہ عود کر آئی۔ اس کو دنیا پھر ہنستی ہوئی نظر آئی۔ اس کو زندگی پھر جینے کے قابل معلوم ہوئی۔ مگر آخر کار اس کا سارا کاروبار ایک مسلسل بے توجہی سے بگڑ گیا۔ اس کے بوڑھے باپ، اس کی پیار کرنے والی بیوی، اس کی معصوم بہن کے دل کا آرام اجڑ گیا۔ اب اس کا وقت زیادہ تر اپنے دفتر کے کمرے میں گزرتا تھا جو اس کے گھر سے دور ایک پرفضا مقام پر واقع تھا۔ وہ جب کبھی گھر جاتا تو اس طرح جیسے کوئی اجنبی زیادہ سے زیادہ ایک عارضی مہمان کی حیثیت سے کسی غیر کے مکان پر گھڑی دو گھڑی وقت گزارنے کے لیے جاتا ہے۔

اس کے ضعیف باپ پر فالج گرا۔ وہ ایک دفعہ اس کو دیکھنے کے لیے گیا۔ مگر جب اس نے ایک نقاہت، آزردگی اور افسردگی سے بھری ہوئی آواز کو اس رقاصہ کے خلاف نصیحت کرتے ہوئے سنا جو اب اس کی انتہائی حسرتوں کا آخری مقصد تھی تو وہ بیزار ہو گیا۔ جب ایک پرانے ملازم نے جس نے ممتاز کو گود میں کھلایا تھا، اس کے کانوں تک ڈرتے

ڈرتے یہ اطلاع پہنچائی کہ اس کی بیوی دن رات رورو کر اپنے حسن، اپنی جوانی، اپنی زندگی کو ایک قبل از وقت موت کی آغوش میں سپرد کر رہی ہے تو اس نے ایک فخر، ایک تمسخر سے قہقہہ لگایا اور اپنی آزادی کو ایسی کمزور زنجیروں میں یانہ پاکر بڑی مسرت، بڑی طمانیت کا اظہار کیا۔

ممتاز نے سگریٹ کو ایک آخری کش لے کر پھینک دیا اور بائیں ہاتھ سے ایک تپائی پر سے جو صوفے کے قریب بائیں طرف رکھی تھی، ایک گلاس اٹھایا۔ اس میں زعفرانی رنگ کی شراب برف اور سوڈے کے پرجوش بخارات سے دست وگریباں ہو رہی تھی۔ اس نے اس گلاس کو کسی مدت کے پیاسے کی نگاہوں سے دیکھا اور پھر بغیر رکے، بغیر سوچے سمجھے منھ میں الٹا اور حلق سے اتار دیا۔ گویا وہ اتنا بے صبر تھا کہ کام و دہان کی وساطت کو بھی برداشت نہ کر سکتا تھا۔ خدا جانے اس آب آتشیں نے اس کے اندرونی نظام پر کیا اثر کیا کہ اس کی پیاس بجھنے کی جگہ بھڑکی اور اس نے پے درپے گاس کو بھرنا اور اسی طرح خالی کرنا شروع کر دیا۔

اب میز پر ایک خالی بوتل نظر آ رہی تھی اور ایک بھرا ہوا گلاس جو اس بوتل کا آخری سرمایہ تھا، اس کے ہاتھ میں تھا۔ مگر اب اس کے ہاتھ کانپ رہے تھے۔ اس کا چہرہ سرخ تھا۔ اس کی آنکھ کے سرخ ڈورے آگ کی روشن تحریریں بن کر پتلیوں کی سطح سے ابھرے ابھرے دکھائی دیتے تھے۔ اس کی سانس میں ایک غیر معمولی گرمی محسوس ہو رہی تھی۔ بے شمار جلے ہوئے سگریٹوں کا ایک انبار اس کے خاکستر داں میں جمع ہو گیا تھا۔ وہ اٹھا اور بجلی کے پنکھے کی کارگزاری سے غیر مطمئن ہو کر اس کی رفتار میں اور زیادہ تیزی پیدا کرنے کے لیے دیوار پر لگے ہوئے میٹر کی طرف بڑھا۔ وہ اٹھنے کو تو اٹھ چکا تھا مگر اس کے پاؤں کی لغزش اس کی عصبی کمزوری کا پتہ دے رہی تھی۔ وہ ادھر ادھر رکھی ہوئی

کرسیوں، تپائیوں اور الماریوں کا سہارا لے کر اپنی نشست تک پہنچنے کے لیے چلا۔ مگر اس سے پیشتر کہ وہ اس جگہ تک پہنچے، اس کی آنکھ ایک قد آدم آئینہ پر رکی جو اس کمرے کے آتش دان کی دیوار کے ساتھ آویزاں تھا۔

اس نے ذرا بڑھ کر اپنے آپ کو اس آئینہ میں دیکھنا شروع کیا۔ اس نے اپنے آپ کو پہچاننے میں ضرورت سے زیادہ دیر لگائی۔ وہ سنبھل کر کھڑا ہونے کی کوشش کر رہا تھا۔ اس کی جدوجہد اپنی آنکھوں کو آئینہ کی شفاف سطح کے کسی ایک مرکز پر جمانے کی سعی میں سرگرم تھی۔ وہ اپنے دماغ کو آئینہ میں اپنے عکس کی موجودگی کا یقین دلانے پر اصرار کر رہا تھا۔ پھر جب اس نے اپنے آپ کو پہچان لیا تو اس کے چہرے پر ایک مغرور فاتح کی سی، ایک حسین عورت کی سی طمانیت بخش مسرت ظاہر ہوئی۔ آج اس نے اپنے لباس کے مختلف اجزا کو ایک پورا دن صرف کر کے منتخب کیا تھا۔ اور اس وقت اپنے جسم کے تناسب پر اس دن بھر کی محنت کو بارور ہوتے دیکھ کر وہ بہت مسرور ہوا۔ پھر کچھ سوچ کر اپنی گردن پھرائی اور شراب کی خالی بوتل کو دیکھا۔ پھر آئینہ کی طرف متوجہ ہوا۔ وہ اس چیز کو جس سے بوتل خالی ہو چکی تھی اپنی آنکھوں کے عکس کی گہرائی میں تلاش کر رہا تھا۔ اس گم گشتہ سیلاب آتشیں کو اپنی آنکھوں میں ایک زندہ کیفیت میں موجزن پا کر اس نے اطمینان، امید زندگی کی ایک سانس لی اور پھر اپنی حرکت کو اپنی نشست کی طرف جاری رکتے ہوئے معمول سے زیادہ زور سے اپنے ملازم کو آواز دی۔

ملازم بڑی تیزی سے کمرے میں داخل ہوا اور ابھی اس نے مشکل سے "جی سرکار" کہا ہی تھا کہ ممتاز نے اس کو موٹر تیار کرنے کے لیے حکم دیا۔ ابھی ملازم نے پیٹھ ہی پھرائی تھی کہ اس پر "جلدی بہت جلدی" کا تحکمانہ تازیانہ پڑا۔ جس کام کے لیے وہ آج صبح سے تیاریاں کر رہا تھا۔ اس کو تکمیل تک پہنچانے کا وقت آ پہنچا تھا۔ اس کے سامنے گوشدانی پر

رکھا ہوا کلاک آٹھ بجا رہا تھا۔ اور اب وہ ذرا سی دیر کا متحمل نہ ہو سکتا تھا۔ آہ یہ وقت، یہ رات اسے کتنی محنتوں، کتنی کاوشوں، کتنی حسرتوں کے بعد میسر آئی تھی۔ اس نے اس رات کو اپنے موعودہ وقت سے پہلے لانے کے لیے کتنی پر اضطراب، پر آرزو، اور پر آلام کوششیں کی تھیں۔ آج کے سورج کو اپنے ہی دوران حیات میں ڈوبتے ہوئے دیکھنے کا شوق اس کی زندگی کے کتنے دنوں کو تاریک سے تاریک رات سے زیادہ تاریک بنا چکا تھا۔

یہ وہی رات تھی جس کی آرزو کی خاکستر میں ہزاروں عشاق دفن ہو گیے۔ یہ وہی رات تھی جس کے حصول کی تمنا عشق کی تربیت کا موجب ہوتی ہے۔ یہ وہی رات تھی جس کا شوق کڑی سے کڑی منزل کو آن واحد میں طے اور مشکل سے مشکل مہم کو ایک اشارے میں سر کرا دیتا ہے۔ یہ وہی رات تھی جس کی امید زندگی کی تلخیوں کو شیریں، درد ہجر کی مصیبتوں کو خوبصورت، شوق کی ناکامیوں کو خوشگوار بنا دیتی ہے۔ یہ وہی رات تھی جو خداوندی قانون کی پابندیوں کے ساتھ قدرت کا بہترین تحفہ، ایک عورت اور مرد کی محبت کا خوشترین ثمر، ارتباط جسمانی کا اعلیٰ ترین معراج ہے۔ یہ وہی رات تھی جو حکم جوار کے بغیر شیطان کا سب سے مہیب آلہ، اخلاقی ذلت کی سب سے اسفل گہرائی، عورت اور مرد کی کمزوری کی سب سے بڑی دلیل ہے۔

آج ممتاز اسی محنت کے زندہ اور متحرک بت کو اپنے پہلو میں محسوس کرنے، اپنے شوق کے پیکر بے قرار کو اپنی آنکھوں سے دیکھنے اور اس جذبے کو تکمیل تک پہنچانے جا رہا تھا، جس نے اس کی نظر میں دنیا کے سب سے بڑے گناہ کو ثواب، سب سے بڑی برائی کو ایک نیکی، سب سے بڑی اخلاقی کمزوری کو ایک اخلاقی جرأت کر دکھایا تھا۔

(۲)

وہ موٹر کے انتظار میں اپنے مخملی دیوان پر جس کو اس نے ترکی وضع کی تقلید میں

اپنے کمرے کی سب سے حسین زینت بنا رکھا تھا، لیٹ گیا۔ اب وہ اس بڑی کشمکش کے بعد جس سے وہ تھک گیا تھا، ذرا آرام کرنا چاہتا تھا۔ یہ چند لمحوں کی فرصت غنیمت تھی۔ اس نے اپنے پاؤں سامنے کی کرسی پر رکھ کے اپنے سر کو ایک نرم اور روئیں دار مخمل کے گاؤ تکیے کا سہارا دیا۔ رونے کے بعد بچہ بہت جلد سو جاتا ہے۔ جسمانی درد کے بعد دماغ بہت جلد تسکین پاتا ہے۔ طوفان کے بعد سمندر کی سطح پر غیر معمولی سکون نظر آتا ہے۔ اس کا دماغ بہت سی تکلیفیوں سے تھک چکا تھا۔ اس کا جسم آج دن بھر کی محنت سے تنگ آ چکا تھا۔ اس کے اعصاب شراب کے جوش اور حدت سے اپنی انتہائی کشاکش کر چکے تھے۔ اس نے اس وقت یہ دیوان معمول سے زیادہ آرام دہ، گاؤ تکیہ ضرورت سے زیادہ نرم، یہ چند لمحے بہت سے دنوں سے زیادہ کارآمد محسوس کیے۔ وہ اپنی آنکھیں بند کر کے دل ہی دل میں دیوان، گاؤ تکیہ اور مخمل کے ایجاد کرنے والے دماغوں کی ذہانت کی تعریف کر رہا تھا۔ اس ملازم کی سستی کو جسے موٹر تیار کرنے کے لیے حکم دیا گیا تھا کچھ زیادہ معتوب، سمجھنے کے لیے بہانے سوچ رہا تھا۔

اتنے میں اس نے ملازم کو دروازے سے داخل ہوتے ہوئے دیکھا اور اس کے کانوں نے "سرکار موٹر تیار ہے" کی آواز سنی۔ وہ جلدی سے اٹھا اور دروازے سے باہر نکل کر موٹر پر سوار ہو گیا۔ اس وقت اس کی عجیب حالت تھی۔ اس نے محسوس تک نہ کیا کہ اس کے سر پر ٹوپی اور ہاتھ میں لکڑی ہے یا نہیں، یہ ایک خلاف معمول بات تھی۔ کیونکہ آج تک ان دو چیزوں کے بغیر وہ کبھی گھر سے باہر نہ نکلا تھا۔ اس کو اس امر کا احساس ضرور ہوا کہ شاید آج وہ ملازم کو اپنے سامنے سے ہٹائے یا بند دروازے کو کھولے بغیر ان میں سے گزر گیا۔ آج ہر ایک چیز نے کچھ ایسی شفاف آبی بخارات کی سی لطیف کیفیت اختیار کر لی تھی۔

موٹر منزل مقصود پر پہنچ گیا۔ مگر آج خدا جانے کیا بات تھی کہ وقت اور فاصلہ اپنے فطری خواص کے استعمال سے عاجز تھا۔ وہ یہ نہ جان سکا کہ وہ کب چلا اور کب پہنچا۔ یا یہ راستہ کیسے طے ہوا۔ اس کو موٹر پر بیٹھے اور پھر موٹر سے اترنے کے سوا کچھ یاد نہ رہا۔ کیا ان دونوں حرکتوں کے درمیان کوئی فاصلہ نہ تھا، کچھ وقت صرف نہ ہوا تھا۔ یا اس کا دماغ اس وقت فاصلہ اور وقت کی سی کثیف اور مادی اشیاء کے نقوش کو اخذ کرنے سے قاصر تھا؟

وہ موٹر سے اترا۔ اور ایک بہت سی روشنیوں سے روشن بازار میں تھوڑی دور چل کر ایک خوبصورت اور وسیع مکان کے دروازے پر رکا۔ وہ دروازے کے اندر پاؤں رکھنے ہی کو تھا کہ کسی آواز نے جو اس کے دماغ سے، بادل سے یا جسم کے ہر روئیں روئیں سے نکلی، اس کے متحرک جسم کو ایک لمحہ کے لیے ساکن کر دیا۔ انسان کی فطری نیکی نے اپنی موت سے پہلے زندگی کے لیے آخری کشمکش کی۔ اخلاق نے اپنے وقار کی حفاظت کے لیے آخری تدبیر کی، حواس نے اپنی صحت کا آخری ثبوت دیا، ضمیر نے اس راستہ کو ٹوٹتے دیکھ کر جو بندے کی گردن کو مالک کی مرضی کے ساتھ وابستہ رکھتا تھا، اس کو بچانے کے لیے آخری جدوجہد کی، مجروح شرافت نے آخری سانس لی، وضعداری سر بازار، بے شمار دیکھنے والوں کی نگاہوں کے سامنے ذلیل ہو کر تڑپی۔ اس کے نظام عصبی نے، اس کے قوائے جسمانی نے ایک زلزلہ محسوس کیا۔ اس کے دماغ کی سلطنت میں بغاوت ہو گئی۔ ممتاز نے سب کچھ دیکھا سب کچھ سنا اور پھر اپنی آنکھوں پر خواہشوں کی پٹی باندھ کر، اپنے کانوں میں ہوس کا پگھلا ہوا سیسہ ڈال کر، اپنے ضمیر کا، گناہ کے آہنی پنجہ سے گلا گھونٹ کر، ایک جست بھری۔ اور اس برقی روشنی سے روشن، موسیقی کے نغموں سے لبریز، حسن کے کرشموں سے مسحور مکان کے اندر داخل ہو گیا۔

اس مکان کی منور و درخشاں فضا میں ایک برقی روشنی سے زیادہ روشن بجلی چمکی۔

ممتاز کی آنکھیں چندھیا گئیں۔ اس نے اپنے آپ کو یک لخت کسی بڑے تصادم سے رکتے ہوئے یا شاید اس کے زور اور رعب سے مرعوب ہو کر ایک قدم پیچھے ہٹ کر سنبھلتے ہوئے محسوس کیا۔ ایک حسن سے زیادہ حسین، نور سے زیادہ منور، خوشبو سے زیادہ معطر چہرہ اس کے حسرت مند لبوں کے قریب ایک خطرناک قربت پر آ کے رک گیا تھا۔ سفید رنگ کے نازک، شفاف اور نرم ریشم کی باریک تہ میں سے جھلملاتے ہوئے دو بازو جن پر سیاہ اور سنہری رنگ کی آمیزش سے بکھرے ہوئے لمبے اور پر پیچ بال بے قرار تھے، اس کی آغوش میں الجھ گیے تھے۔ اور دو روشن، بڑی اور نیم وا آنکھیں مسکرا مسکرا کر اس کی آنکھوں سے ایک خاموش مگر عام فہم زبان میں کچھ ایسی باتیں کر رہی تھیں جن کو اس کا دل سن سن کر سمجھ سمجھ کر مسرور ہو رہا تھا۔

انہی آنکھوں کے پر کیف جذب سے کھنچ کر، انہیں بازوؤں کے الجھے ہوئے جال میں پھنس کر، انہیں باتوں کی کشش سے متاثر ہو کر، وہ ایک کمرے میں جس کے کھلے ہوئے دروازے درمیانی صحن کے دائیں کونے میں لاکھوں دلربائیوں کے جادو جگا کر ہر تشنہ لب ارمان کو تکمیل حسرت کی دعوت دے رہے تھے، پہنچ گیا۔

اس رات کے بعد کئی راتیں آئیں اور گزر گئیں، کئی دن پیدا ہو ہو کر کم عدم میں چھپ گئے۔ دن مہینوں میں، مہینے برسوں میں تبدیل ہو گیے، بچے جوان، جوان بوڑھے ہو گئے۔ زمانے کے ساتھ اہل زمانہ کے خیالات، وقت کے ساتھ لوگوں کی صفات تبدیل ہو گئیں۔ پیدا ہو ہو کے فنا ہونے والی، فنا ہو ہو کے زندہ ہونے والی، دنیا کے ساتھ سلسلہ حیات و ممات بدل گیا۔ مگر ممتاز کے جذبات میں کوئی تبدیلی، کوئی تغیر رونما نہ ہوا۔ وہ اسی طرح اس ساحرہ کے سحر سے مسحور، اس قاہرہ کے حکم سے مجبور ہو کر اپنی جوانی، اپنی صحت، اپنی دولت، حسن و ناز کی چوکھٹ پر بھینٹ چڑھاتا رہا۔

اس عرصہ میں ایسازمانہ بھی آیا جب ممتاز نے دنوں تک، مہینوں تک اس مکان کی اندرونی دنیا کے سوائے بیرونی دنیا کی کسی چیز کو نہ دیکھا۔ کیا اس نے ساری دنیا کا ما حصل اس محدود چاردیواری کے اندر حاصل کرلیا تھا۔ یا دنیا نے اس کو اپنی وسیع نعمتوں کے خلاف بغاوت کرتے دیکھ کر اس زندن میں محبوس کر دیا تھا۔

اس تمام عرصہ میں وہ اگر سوتا تو صرف اس لیے کہ وہ غارت گر دین وایمان اس کو خواب میں نظر آئے۔ اگر بیدار ہوتا تو محض اس لیے کہ اس بیدادگر کو اپنی آنکھوں کے سامنے مشق ستم کرتے دیکھے۔ جب وہ کسی بات پر بگڑ جاتی تو وہ اپنے دل کی حسرتوں کو، اپنی جوانی کے ولولوں کو، اپنی زندگی کی امیدوں کو آنسو کے ایک قطرے میں منجمد کرکے اس کے قدموں پر گرادیتا۔ جب وہ من جاتی تو اپنے شوق کو، اپنے اضطراب کو، اپنی خود فراموش عقیدت کو، اپنے سر کی ایک جنبش میں متشکل کرکے اس کے پاؤں پر نچھاور کر دیتا۔

ایک شب وہ اس حسن فروش کی آغوش میں بے خبر پڑا تھا کہ اس نے اپنی بیوی کی ناگہانی موت کی خبر سنی۔ اس نے اپنی آنکھیں کھولیں اور اس کو جس نے مرنے والی کے جائز حق کو ایک جابر ملک گیر کی طرح غصب کر لیا تھا، فاتحانہ مسرت سے مسرور دیکھ کر مطمئن ہو گیا۔

ایک دن جب وہ اس مکان کی ہر پابندی سے بے پروا آزادی سے بیزار ہو کر اس عورت کے لیے، جس پر اب وہ ایک واحد مالک کی حیثیت سے قبضہ کرنے کا متمنی تھا، جس کو اب وہ اپنے سوا کسی اور کی آنکھوں سے دیکھا جانا بھی پسند نہ کرتا تھا، ایک علیحدہ عشرت منزل بنانے کی فکر میں تھا۔ اس کے لیے بہت سے نقشوں پر جو اس کے دماغ کے منظر گاہ پر باری باری منقش ہو ہو کر محو ہو جاتے تھے، غور کر رہا تھا اور ان نعمتوں کی تکمیل کے

لیے اپنے محاصل کو ناکافی پاکر خیال ہی خیال میں اپنے باپ کی جمع کی ہوئی دولت کو ایک خود غرض لالچی کی نظروں سے دیکھ رہا تھا، اس نے ایک بند اور سر بمہر لفافے کو کھول کر جس کو ابھی ابھی ڈاکیے نے اس کے ہاتھ میں دے کر رسید حاصل کی تھی، اپنی آنکھوں سے یہ پڑھا کہ اس کے باپ نے اس کی روزافزوں بدکاریوں سے تنگ آکر، اس کو ایک دن بھی پہلے سے بہتر نہ پاکر اپنی جائداد سے محروم کر دیا ہے۔ اس کے دماغ پر ایک دھکا سا لگا مگر جب اس نے آنکھیں اٹھا کر اس عورت کو جس کے استعمال کے لیے وہ اس دولت کو تیار کرتا تھا، اسی طرح مسرور، اسی طرح مطمئن، اسی طرح اپنے قبضہ میں پایا تو وہ ایک بوڑھے شخص کے کمزور ارادے پر، ایک باپ کے بہت جلد فرو ہو جانے والے غصہ پر ہنسا اور باتوں میں مشغول ہو گیا۔

ابھی اس کے پاس اپنی محنت سے کمائی ہوئی، اپنے مصارف سے بچا کر جمع کی ہوئی دولت تھی۔ اگرچہ وہ کئی بار یہ سمجھنے کی بے کار کوشش کرنا چاہتا تھا کہ یہ دولت بہت دیر تک اس کے موجودہ اخراجات کی متحمل نہیں ہوسکتی۔ ابھی اس کو اس بات کی تسلی تھی کہ اس کا مایوس باپ اس کے لیے اس خوبصورت اور آراستہ مکان کے دروازے بند نہیں کر سکتا جس کو وہ ہمیشہ "میرا خوبصورت دفتر" کہہ کر پکارتا تھا اور جس کو اس نے اپنے روپے سے اپنے نام پر خریدا تھا۔ اس کو بیوی کی موت، دولت کے نقصان، باپ کے غصے، بہن کی مایوسی کا کچھ احساس نہ ہوا۔ کیونکہ وہ عورت جس کی محبت سے بھری ہوئی ایک نظر میں وہ اپنے دل کی تمام جذبات کو مرکوز کیے ہوئے تھا۔ اس پر مہربان تھی، اس کے پہلو میں تھی، اس کی تھی، وہ دنیا کے تمام رشتوں کو، تمام تعلقات کو، تمام چیزوں کو صرف اسی ایک عورت کی وساطت سے محسوس کر سکتا تھا۔ وہ عورت ایک رنگین مجسمہ تھی۔ جس نے ممتاز کی نگاہ میں دنیا کی ہر چیز کو اپنے ہی رنگ میں رنگ دیا تھا۔

(۳)

آخر ایک دن وہ بھی آیا جو قانون فطرت کے ہر گنہگار کے لیے موت سے زیادہ یقینی ہے۔ جب اس کا تمام سرمایہ توقعات سے بہت پہلے ختم ہو گیا۔ جب اس کے لیے اس کے "خوبصورت دفتر" کے دروازے اگر باپ کے غصے نے نہیں تو قرض خواہوں کی قرقی نے بند کر دیے۔ آہ! اس دن کو اگر آنا ہی تھا تو ذرا پہلے آیا ہوتا۔ جب ممتاز تندرست تھا، جب اس کا دماغ صحیح تھا، جب وہ کام کر کے دولت کمانے کی قابلیت رکھتا تھا، مگر اس وقت وہ شہر کی سب سے زیادہ غریب پرور سرائے کے ایک تنگ و تار کمرے میں ایک شکستہ چارپائی پر لیٹا تھا۔ شراب نے، جس کی کثرت اسی رقاصہ کی کوششوں کی شرمندہ احسان تھی۔ پانی، چائے، طعام اور ہر قسم کی خوراک کی جس کا وہ عادی تھا، جگہ لے لی تھی۔ دختر رز نے ممتاز کو اپنی اداؤں کا اس قدر متوالا بنا دیا تھا کہ وہ پیاس، بھوک، درد، غرض قوائے جسمانی کے ہر مطالبے کا علاج اسی کی عشوہ گریوں سے کرتا تھا اور اب جب کہ اس کے پاس اس قیمت کے بغیر نہ ہاتھ آنے والے پانی کو خریدنے کے لیے حبہ تک نہ تھا، اب جب کہ اعصابی نسخ کے درد انگیز دردوں کی شدت کو مٹانے کے لیے اس کو اس کی پہلے سے زیادہ ضرورت تھی، وہ اس کی غیر موجودگی میں درد سے کراہ رہا تھا۔

اس کی آنکھیں کھلی ہوئی تھیں۔ مگر وہ ارد گرد کے منظر کو سمجھنے سے قاصر تھیں، وہ رات کو اسی کمرے میں سویا تھا جس میں آج سے بارہ سال پہلے ایک رات کو وہ بے شمار امیدوں کو آغوش میں لیے داخل ہوا تھا۔ مگر آج صبح بیدار ہو کر اس نے آپ کو اس سرائے کے کمرے میں اس بے کسی اور بے بسی کی حالت میں دیکھا۔ اس نے کچھ سمجھنے کی کوشش کی مگر جب اس کو اس خوب صورت رقاصہ کی وفا کا خیال آیا جس کے پاؤں کی ایک حرکت نے بارہ سال گزرے، اس کی آیندہ زندگی کا دستور العمل تحریر کر دیا تھا۔ اور

جو ابھی ابھی یعنی اس وقت جس وقت کی یاد اس کے مختل دماغ میں سب سے زیادہ محفوظ تھی، اس کو پنکھا کر کر کے پیار سے بھری ہوئی تسلی دے دے کر سلانے کی کوشش کر رہی تھی تو وہ یہ تمام درد و تکلیف، یہ تمام احتیاج و افلاس، یہ تمام مایوسی و ذلت بھول گیا۔

اس نے کسی قدر حیرت، کسی قدر مسرت اور کسی قدر نفرت سے ایک بند لفافے کو دیکھا جو اس کے دائیں ہاتھ کے قریب اس کی آنکھوں کے سامنے ایک نمایاں جگہ پر رکھا تھا۔ حیرت اس لیے کہ آج اتنے طویل عرصہ کے بعد ایک خط کی موجودگی نے اس کو اس امر کا پتہ دیا کہ وہ اب تک اسی دنیا میں زندہ ہے جس کے رہنے والوں کے ساتھ اس کو کبھی تعلق تھا۔ کیا کسی دل میں اس کی یاد اب تک باقی تھی کہ اس کا اظہار اس خاموش طریق سے کیا گیا تھا۔ مسرت اس لیے کہ شاید باپ نے بیٹے کی مصیبتوں کا حال سن کر اپنے فطری جذبے سے کام لیا ہے اور اس دولت کو جسے اس کے غصے نے چھین لیا تھا، اس کی شفقت نے واپس کر دیا ہے۔ نفرت اس لیے کہ آہ! یہ دولت اس وقت مل رہی ہے جب وہ اس کو استعمال کر کے حصول لذات کی قابلیت نہیں رکھتا۔

اس نے کانپتے ہوئے ہاتھوں سے اس لفافے کو اٹھایا۔ ہاتھوں سے زیادہ کانپتی ہوئی انگلیوں سے اسے کھولا اور انگلیوں سے زیادہ کانپتی ہوئی نظروں سے اسے پڑھنا شروع کیا۔ "میں صرف دولت کو پیار کرتی ہوں۔ جب تک تمہارے پاس دولت تھی، تمہاری تھی اور اب ان کی خاطر جن کے پاس دولت ہے تمہیں ہمیشہ کے لیے چھوڑتی ہوں۔"

جو دماغ بیوی کی موت، باپ کی مایوسی، دولت کے نقصان سے نہ گھبرایا تھا۔ اس عورت کی دائمی جدائی کی خبر سن کر جس کی موجودگی میں دنیا بھر کی تکلیفیں راحتوں سے زیادہ دل پسند تھیں،، ٹکرے ٹکڑے ہو گیا۔ اس نے ایک چیخ ماری۔ آنکھیں کھول دیں اور ایک انتہائی اضطراب سے مضطرب ہو کر کچھ سمجھنے کی کوشش کی۔ اس کی آنکھوں

سے ایک ہولناک خواب کی جانکاہ کاوش ظاہر تھی۔ اس نے آنکھوں کو اور زیادہ کھول کر کلاک کو دیکھا۔ گیارہ بج رہے تھے۔ ملازم نے ذرا آگے بڑھ کر پھر یاد دلایا، "سرکار موٹر تیار ہے۔"

آہ! ان تین گھنٹوں کی غفلت میں اس نے کیا کیا دیکھ لیا۔ کیا یہ سب کچھ ایک خواب تھا۔ اس نے اپنے آرام دہ دیوان کو، اپنے دفتر کے آراستہ کمرے کو، اپنے ملازم کی مودب یاددہانی کو دیکھنے اور سمجھنے کے لیے دماغ پر زور دیا۔۔۔ اور پھر کسی جائے نماز کی ضرورت کو محسوس کرنے کے بغیر، کسی مسجد کو تلاش کرنے کے بغیر اس نے اسی کمرے کے فرش پر گر کر سرِ سجود کو اس فیاض درگاہ پر جھکا دیا جس پر سر سجود خم کرنے والے کبھی ناامید نہیں رہتے۔ اس کی آنکھوں سے شکریہ اور احسان مندی سے بھرے ہوئے دو بڑے بڑے آنسو نکلے۔

وہ اٹھا، بہت سنجیدگی سے اپنی ٹوپی سر پر رکھی، لکڑی ہاتھ میں لی اور دروازے سے نکل کر موٹر پر سوار ہو گیا۔ جب موٹر ڈرائیور نے منتظر اور متجسس نگاہوں سے منزل مقصود کا پتہ دریافت کرنے کے لیے اس کی طرف دیکھا تو اس نے صرف یہی کہا، "گھر چلو، جلدی بہت جلدی۔" آج وہ پورے ایک مہینے کے بعد ایک افسردہ باپ، ایک مایوس بہن، ایک منتظر بیوی کے پاس جا رہا تھا۔ وہ گھر میں داخل ہوا، اس کی رفتار سے کچھ پریشانی اور بہت زیادہ خوشی ظاہر تھی۔ اندر جاتے ہی اس نے اپنی بیوی کو جو شاید اس وقت بھی اسی کے انتظار میں بیدار اور اسی کی یاد میں اشکبار تھی، سینہ سے لپٹا لیا۔ آنسو بہہ کر گناہ کے داغوں اور دل کے شکووں کو دھو رہے تھے۔

***

۸

ٹام جیفرسن کے پنجرے

الیاس احمد گدی

نوجوان لڑکا طوطے کو گالی سکھا رہا تھا۔

"بول مٹھو۔۔۔ سالا۔۔۔!"

سالا۔۔۔ سالا۔۔۔ سالا۔۔۔

طوطا خوش دلی سے دوہرانے لگا۔۔۔ بڈھے ٹام نے گردن موڑ کر لڑکے کو دیکھا۔

"کیا کرتے ہو۔۔۔؟ میرے بچوں کو خراب کر رہے ہو۔۔۔؟"

نوجوان، ٹام کی بات نظر انداز کر کے اور اس کی طرف شوخی سے دیکھ کر پھر طوطے کو سکھانے لگا۔ "بول مٹھو حرامی۔۔۔ حرامی۔۔۔"

طوطا جیسے لڑکے کو خوش کرنے پر آمادہ تھا۔ زور سے چیخا، "حرامی۔۔۔!"

بڈھے ٹام نے چھڑی اٹھائی۔۔۔ "تم بھاگو گے کہ نہیں؟ میں ابھی تمہارے باپ کے پاس جاتا ہوں۔"

اس کے چھڑی اٹھانے پر بڑے پنجرے میں بند، بندروں کے پریوار کا مکھیا کھو کھیایا۔ بڈھے ٹام نے اس کو ڈانٹا۔

"حرامی کی اولاد، تم کیوں دانت نکوس رہے ہو۔ میں تو اس لڑکے کو پیٹنے جا رہا ہوں،

جس نے میرے بچوں کی عادتیں خراب کر دی ہیں۔"

لڑکا برآمدے میں طوطے کے پاس کھڑا تھا۔ بڈھے ٹام کو چھڑی لے کر آتا دیکھ کر بھاگ کھڑا ہوا اور بھاگتے ہوئے بولا، "انکل! تمہارے بچے میرے دوست ہیں۔ وہ تم سے زیادہ میری بات مانتے ہیں۔"

ایک بندر اور ایک بندریا تھی اور اس کے دو بچے۔ آٹھ خرگوش تھے، سفید براق ریشم جیسے۔ ان کی لال لال خوبصورت آنکھوں میں خوف ہمیشہ جھانکا کرتا۔ وہ ذرا سی آواز پر چونک پڑتے۔ ایک لمحے کے لیے پلٹ کر دیکھتے، پھر بھاگ جاتے۔ پنجرے ان کے بھی تھے مگر وہ زیادہ تر کھلے رہتے۔ لڑکے دوڑاتے تو بھاگنے کی بجائے جھٹ زمین پکڑ کر بیٹھ جاتے۔ اس سے لڑکوں کو انہیں پکڑنے میں آسانی ہوتی۔ پھر وہ انہیں اپنی گرد میں لیے پھرتے، پکڑتے، پھر چھوڑ دیتے۔ کبھی کبھی بیٹھ کر اپنی جانگھوں پر رکھ کر ان کی پشت سہلاتے تو وہ اپنی سرخ خوبصورت آنکھوں کو بند کر کے آنند کی کسی دوسری دنیا میں کھو جاتے۔

عورتوں کو زیادہ دلچسپی بندروں سے تھی۔ وہ جب ایک دوسرے کی جوئیں نکال نکال کر کھاتے، عورتیں بہت ہنستیں۔ کبھی کبھی کوئی زیادہ جرات مند عورت اپنا سر ان کے حوالے کر دیتی تو نہایت مستعدی سے اس کی جوئیں نکالنا شروع کر دیتے۔ وہ عورت دینے کو تو اپنا سر دے دیتی مگر بے انتہا خائف رہتی۔ کیونکہ ایک بار ایک عورت نے سر دینے کے بعد فوراً ڈر سے سر ہٹانا چاہا تھا تو بندر نے ایک تھپڑ جڑ دیا تھا۔ دوسری عورتیں بندر کے غصے ہونے اور بندریا کے خوف کھانے سے کافی محظوظ ہوئیں۔ ان کا ایک خاندان میں مل کر رہنا بھی اچھا لگتا تھا۔ بندر کے دونوں بچوں کی چھوٹی چھوٹی شرارتیں، باپ کا بار بار کھوکھیانا اور ماں کی ممتا۔ یہ سب کچھ ملا کر ایک دم گھریلو سا ماحول ہو جاتا۔ عورتیں

ان بندروں کے لیے مونگ پھلیاں اور پھل بھی لاتیں۔ دن کا بچا کچھا کھانا اور باسی سوکھی ہوئی روٹیاں بھی بوڑھے ٹام کے ان بے زبان بچوں کے لیے بھیج دی جاتیں۔ فصلوں کے موقعے پر اناج باندھ دیا گیا تھا۔ مرد کبھی کبھی بوڑھے ٹام کی پیسوں سے مدد کر دیا کرتے تھے۔

ٹام کا گھر قصبے کا چڑیا گھر تھا۔ قصبے کے بھولے بھالے معصوم لوگ عام طور پر شام کو بیوی بچوں کے ساتھ گھومنے بڈھے کے گھر آجاتے۔ بڈھا ہر آدمی کا استقبال ٹوپی سر سے اٹھا کے کرتا، جس کو وہ پتہ نہیں کب سے پہنتا آرہا تھا۔ گھر تو چھوٹا سا تھا مگر سامنے کھلی ہوئی کافی زمین تھی جس کے گرد مہندی کی باڑھ کھڑی کر کے احاطہ بنا دیا گیا تھا۔ اس کھلی جگہ میں بیٹھنے کے لیے بنچ وغیرہ نہیں تھے۔ مگر فرش پر ہمیشہ ملائم دوب کا قالین بچھا رہتا، جس پر مرد اور عورتیں بلا تکلف بیٹھ جاتے۔ لڑکے دوڑیں لگاتے، گھاس پر لڑھکتے اور ادھر ادھر بھاگ رہے خرگوشوں کو پکڑتے۔

ٹام انہیں خوش خرم ہنستا بولتا دیکھ کر ایک دم آسودہ ہو جاتا۔ جیسے اس سے آگے زندگی میں اور کچھ نہ ہو۔

ٹام کی زندگی میں تو واقعی اس سے آگے کچھ نہیں تھا۔ چوالیس سال پہلے جنگ کی ہولناکیوں سے جھوجھتا بارود کے دھوئیں میں کھانستا دشمنوں کے لہو میں شرابور وہ یہاں پہنچا تھا۔ برما کے محاذ پر ٹریگر پر انگلیاں رکھے رکھے اور بندوق کا گھوڑا دباتے دباتے اس کی انگلیاں زخمی ہوگئی تھیں۔ انہیں انگلیوں کے علاج کے لیے اسے ایسٹرن کمانڈ کے ہیڈ آفس رانچی کے مضافات میں ایک آرمی ہسپتال میں لایا گیا تھا۔

لوگ کہتے ہیں ہندوستان کی ہوائیں بڑی ساحر ہیں۔ آدمی کی مت مار دیتی ہیں۔ سبزے سے ڈھکی ہوئی وادی کا جادو۔ بے حد پر سکون نرم روزندگی کا جادو، بھولے

بھالے معصوم بے ریا آدمی داسیوں کی چاہتوں کا جادو، وہ کتنے جادوؤں سے اپنے آپ کو آزاد کرتا، سو وہ بے بس ہو گیا۔ موہ میں آ گیا۔

جنگ ختم ہو گئی۔ اپنی دو انگلیاں کٹوا کر وہ انگلینڈ چلا گیا۔ زمانہ بیت گیا۔ اس وقت کے بچے جوان ہو گئے۔ کہ اچانک ایک دن وہ اپنا بوسیدہ جنگی تھیلا پیٹھ پر لٹکائے اسی وادی میں لوٹ آیا تھا۔ جنگ اس نے جیب لی تھی مگر دل ہار گیا۔ ایک چھوٹی سی پہاڑی پر کھڑے ہو کر اس نے جنگلوں سے ڈھکی ہوئی بے پناہ حسین وادی کو دیکھا۔ ہواؤں کی آغوش میں مچلتی سبزے کی خوشبو کو اپنے اندر اتر جانے دیا۔ اور تب اس نے جانا کہ دھوئیں اور بارود کی شامہ کو مجروح کر دینے والی بو کے علاوہ بھی کوئی خوشبو ہے۔ جو صرف پھیپھڑوں تک محدود نہیں رہتی بلکہ رگ وپے میں اتر جاتی ہے، سرشار کر دیتی ہے اور بتاتی ہے کہ زندہ رہنے کے لیے پر شور، تیز رفتار اور آسائشوں سے پر زندگی ضروری نہیں ہے۔ اگر مہاتما بدھ کو یہیں کہیں نروان ملا تھا تو اسے بھی یہیں پہلی بار زندگی گزارنے کا مطلب سمجھ میں آیا۔

کچھ لوگوں کا یہ بھی دعویٰ ہے کہ ٹام جیفرسن کے مائی گریشن کے پیچھے دراصل ایک کالی لڑکی تھی۔ جن دنوں وہ آرمی ہسپتال میں زیر علاج تھا، اس کی ملاقات ایک آدی باسی لڑکی سے ہوئی تھی۔ وہ اسپتال کی سویپر تھی اور بہت چپکے سے مشرق نے مغرب کے دل کا دروازہ کھٹکھٹایا تھا۔ اور جب مغرب نے دروازہ کھولا تو اپنے مشرق کے بے پناہ حسن کو دیکھ کر مبہوت رہ گیا۔ اے بلیک روز، اے پیس آف بلیک جوئیل۔۔۔

اگر ٹام جیفرسن سے اس سلسلے میں کوئی بات کرتا ہے تو وہ ہنستا ہے اور ایک الگ کہانی سناتا ہے۔

"میں روبوٹوں کے بیچ نہیں رہنا چاہتا تھا۔ میں انسان تھا، انسانوں کے بیچ رہنا چاہتا

تھا۔ زندہ اور گرم انسانوں کے بیچ۔ وہاں ہر انسانی آواز مشینوں میں کھو گئی ہے۔ آدمی کا ہنسنا، آدمی کا رونا، آدمی کا بولنا، آدمی کا چیخنا، سب مشینوں کے شور میں غائب ہو گیا ہے، سارے انسانی رشتے ٹوٹ کر بکھر گئے ہیں۔ سرد بے حس مشینوں کی طرح جسم لمس کی لذت سے محروم ہو گئے ہیں۔ آدمی صرف اپنی پہچان ہی نہیں کھو رہا ہے اپنا وجود کھو رہا ہے اور ایک روبوٹ کی طرح جی رہا ہے۔

اس قصبے میں اس کی بات سمجھنے والا کوئی نہیں ہے۔ اس لیے لوگ اس کو جھکی سمجھتے ہیں۔ ٹھیک بات ہے، اگر وہ جھکی نہیں ہے تو اپنا اتنا بڑا خوبصورت دیش چھوڑ کر اس جنگل میں کیوں آبسا ہے؟ جانوروں کے بیچ اس کا یہ پاگل پن بستی والوں کے لیے بہت اہم ہے۔ اس لیے وہ اس کو اپنے سے بہت اونچا کوئی مافوق الفطرت شخص مانتے ہیں۔ اسی لیے وہ اس کی عزت بھی کرتے ہیں۔

مگر طوطا اس کی ایک نہیں سنتا۔ وہ ایک دم شوخ ہو گیا ہے۔ جب ٹام کو اس کی خوراک دینے میں دیر ہو جاتی ہے تب وہ گالی بکنا شروع کر دیتا ہے،

بیٹا، بیٹا، بیٹا۔۔۔!

حرامی، حرامی۔۔۔!

سالا۔۔۔!

اس کو یہ گالیاں مالکم کجور کے بیٹے جوکھیم کجور نے سکھائی ہیں۔ جوکھیم بستی کا سب سے بدمعاش لڑکا ہے مگر سب سے تیز بھی ہے۔ رانچی کے کسی مشن اسکول میں پڑھتا ہے۔ اس کے باپ نے اس کو ایک سائیکل خرید دی ہے۔ اسی سائیکل پر وہ روزانہ اسکول جاتا ہے۔ اور روزانہ اسکول جاتے ہوئے اور اسکول سے واپس آتے ہوئے سائیکل کی گھنٹی زور زور سے بجاتا ہے۔ طوطا گھنٹی کی ہر آواز پر ایک گالی اچھالتا ہے اور ٹام اپنی چھڑی لہرا

کر طوطے کو دھمکاتا ہے۔ طوطا اس سے نہیں ڈرتا جیسے جو کھیم نہیں ڈرتا۔

جس دن اسکول میں چھٹی ہوتی ہے اس دن جو کھیم سارا دن ٹام کا بھیجا چاٹتا ہے۔

"آپ کو اکیلے ڈر نہیں لگتا۔۔۔؟"

"میں اکیلا کب رہتا ہوں، یہ جو میرے ساتھ رہتے ہیں۔۔۔!" وہ جانوروں کی طرف اشارہ کرتا۔

"یہ آدمی ہیں۔۔۔؟" وہ تعجب سے پوچھتا۔

"یہ آدمیوں سے اچھے ہیں۔"

"مگر آدمی کو آدمیوں کے ساتھ رہنا چاہیے"۔ لڑکا عقلمندی کا اظہار کرتا۔

"آدمی جب روبوٹ ہو جائیں تو یہ جانور ہی بھلے۔۔۔!"

جو کھیم دسویں کلاس کا طالب علم ہے۔ وہ روبوٹ کے معنی جانتا ہے مگر یہ نہیں جانتا کہ آدمی کب روبوٹ بن جاتا ہے۔ اس لیے وہ ٹام کو اگر پورا نہیں تو آدھا پاگل ضرور سمجھتا ہے۔ پھر وہ اپنی بات پلٹتا ہے۔

"تمہیں تمہارا گھر نہیں یاد آتا۔۔۔؟ اور تمہارے بچے۔۔۔؟"

ٹام کو کیا یاد آتا ہے کیا یاد نہیں آتا، یہ کوئی نہیں جانتا۔ وہ کسی کو بتاتا بھی نہیں۔ اس سے بارہا یہ سوال کیا گیا۔ بارہا لوگوں نے وہ وجہ جاننے کی کوشش کی ہے جس کی وجہ سے اس نے اپنا ملک چھوڑا۔ لوگ یہ بھی جاننا چاہتے ہیں کہ کیا وہ یہاں خوش ہے۔۔۔ وہ سارے سوالوں کے جواب دے سکتا ہے مگر دیتا نہیں۔ کیونکہ وہ جانتا ہے کہ اگر وہ اس سلسلے میں کچھ بولے گا تو لوگ اس کو اور پاگل سمجھیں گے۔ مگر جو کھیم کو وہ بہت خوش دلی سے بتاتا ہے۔

"میرا گھر یہیں ہے۔ میں پچھلے جنم میں یہیں پیدا ہوا تھا۔۔۔؟"

"آپ کو کیسے معلوم ہوا کہ آپ پچھلے جنم میں یہیں پیدا ہوئے تھے؟"

"مجھے معلوم ہے، یہاں ہمارا گھر تھا ایک، چھوٹا سا مٹی کا۔ اور اس میں تمہاری آنٹی رہتی تھی۔۔۔!"

"آنٹی۔۔۔؟ جوکھیم تعجب سے پوچھتا، "آنٹی بھی کیا آپ ہی کی طرح گوری تھی؟"

وہ خوب ہنستا۔ پھر بتاتا "نہیں کالی تھی، ایک دم کالی، جیسے تم لوگ ہو۔ اے بلیک جوئیل۔۔۔"

"پھر۔۔۔؟" وہ آگے جاننے کے لیے بے چین ہو جاتا۔

"پھر آگے مجھے کچھ یاد نہیں آتا۔۔۔!"

جوکھیم پوچھ پوچھ کر مایوس ہو جاتا تو طوطے کے پاس چلا جاتا۔

"بول مٹھو، آنٹی کالی تھی۔۔۔!"

ٹام بہت پیار سے طوطے کو اور پھر اسی پیار سے جوکھیم کو دیکھتا ہے۔ کہیں اندر تاریک گوشوں سے روشنی کی پھوہار سی گرنے لگتی ہے۔

رانچی شہر کے مضافات میں بسا ہوا یہ ایک آدی باسی قصبہ اتنا پرسکون ہے کہ لگتا ہے اس دور کی تہذیب کے مکار ہاتھوں نے اسے ابھی چھوا تک نہیں ہے۔ حالانکہ شہر سے س کا فاصلہ زیادہ نہیں ہے۔ بہت سے مرد شہر میں کام کرتے ہیں۔ بہت سی عورتیں بھی اپنی روزی روٹی اسی شہر سے حاصل کرتی ہیں۔ کتنے ہی بچے شہر کے اسکولوں میں پڑھتے ہیں۔ آنا جانا لگا رہتا ہے۔ کبھی کبھی کیتھولک چرچ کے پادری بھی وعظ دینے آجاتے ہیں، مگر جیسے ہر موج چڑھتی ہے اور اتر جاتی ہے، نہ کچھ دے جاتی ہے نہ کچھ لے جاتی ہے، سب کچھ ویسے کا ویسا ہی رہتا ہے۔ تہواروں میں لوگ چاول سے کشید کی جانے والی شراب 'راسی' پیتے ہیں۔ عورتیں ایک دوسرے کی کمر میں ہاتھ ڈال کر ناچ ناچتی ہیں۔ ڈھول

اور مردنگ بجتے ہیں۔ اور عام طور پر یہ سب کچھ ٹام صاحب کے احاطے میں ہوتا ہے۔ اس دن ٹام صاحب اپنا اکلوتا سوٹ نکال کر پہنتا ہے۔ جو دھلائی اور پریس نہ ہونے کی وجہ سے ایک دم بدرنگ اور بدوضع ہو گیا ہے۔ اس دن وہ چاول سے کشید کی جانے والی شراب بھی پیتا ہے اور ناچ کے دوران اور لوگوں کے ساتھ ساتھ تالی بھی پیٹتا ہے۔ زندگی یہاں ایک ندی کی طرح پر شور نہیں بلکہ ایک جھیل کی طرح پر سکون ہے۔ پر سکون، گہری اور ناقابل تبدیل۔

مگر یہ ٹام صاحب کا بھرم تھا کہ یہاں کچھ بھی تبدیل نہیں ہو سکتا۔ بہت آہستہ آہستہ، بہت زیریں سطح پر ایک تبدیلی رونما ہو رہی تھی۔ لوگوں کی بات چیت میں، الفاظ میں، گانوں کے بول میں، لباس میں اور خیالوں میں بھی۔ ٹام جیفرسن جو اپنے احاطے سے کبھی باہر نہیں نکلتا تھا، اس کو کیا معلوم کہ سارا آدی واسی علاقہ آہستہ آہستہ کروٹ لے رہا ہے۔ جاگا نہیں ہے مگر نیند ٹوٹنے کی وہ کیفیت، جب رفتہ رفتہ حواس مجتمع ہونا شروع ہوتے ہیں اور دھیرے دھیرے ادراک پیدا ہونے لگتا ہے، تقریباً صاف دکھائی دے رہی ہے۔

اس بات کا احساس ٹام جیفرسن کو اس دن ہوا جس دن قصبے سے شہر کا کام کرنے گئی تین لڑکیوں کو اغواء کر لیا گیا۔ جب اندھیرا ہونے کے بعد بھی لڑکیاں واپس نہیں آئیں تو گاؤں میں بے چینی پھیل گئی۔ لوگ، جو اندھیرا گھرانے کے فوراً بعد اپنے گھروں میں بند ہو جانے کے عادی تھے، باہر جگہ جگہ دو دو چار چار کی ٹولیوں میں جمع ہو کر باتیں کرنے لگے۔ پھر نوجوانوں کی ایک ٹولی شہر پتہ لگانے کے لیے بھیجی گئی۔ ساری رات بستی میں کوئی نہیں سویا۔

صبح کو معلوم ہوا کہ تین لڑکیوں میں سے ایک کا قتل ہو گیا ہے۔ دو لڑکیاں بے

ہوش پائی گئیں۔ ڈاکٹری جانچ کے مطابق ان تینوں کے ساتھ کئی آدمیوں نے ریپ کیا تھا۔ ریپ کرنے والے کون تھے، اس کا بھی ایک حد تک پتہ چل گیا۔ یہ شہر کے کچھ ایسے بااثر لوگ تھے جن پر ہاتھ ڈالنے میں پولیس آنا کانی کر رہی تھی۔ ایسی کوشش کی جارہی تھی کہ معاملے کو رفع دفع کر دیا جائے۔ کالج کے آدی باسی لڑکوں نے تھانے کا گھیراؤ کر لیا۔ اور مشتعل ہو کر پتھر برسانے لگے۔ جواب میں پولیس نے لاٹھی چارج کیا۔ جس میں کئی لڑکوں کو چوٹیں آئیں۔

یہ ساری خبریں بستی والوں کے لیے انتہائی حیرت انگیز تھیں۔ پہلے تو کسی کی سمجھ میں نہ آیا کہ کیا ہوا۔ پھر جیسے دھیرے دھیرے آگ سلگنے لگی۔ دھواں اٹھنے لگا، گرمی بڑھنے لگی۔ لوگوں کے دل و دماغ دہکنے لگے۔ سائیکلیں قصبے سے شہر اور شہر سے قصبے دوڑنے لگیں۔ دوسرے دن سارا رانچی شہر بند ہو گیا۔ بند کا اعلان جھار کھنڈ اسٹوڈنٹ فیڈریشن نے کیا تھا۔ طے ہوا کہ اسی دن قصبے سے ایک جلوس نکال کر رانچی ڈپٹی کمشنر کے اجلاس میں احتجاج کے لیے جایا جائے۔ صبح سے آس پاس کے دیہاتوں سے، بلکہ دور دراز کی بستیوں سے پیدل اور ریل گاڑیوں میں لوگ آنا شروع ہوئے۔ جنگل کے انتہائی اندرونی علاقوں سے بھی لوگ پہنچے تھے۔ شانوں پر کمان سجائے، پیچھے پشت پر ٹنگے بانس کے ترکش میں تیروں کا گچھا لیے ڈھول بجاتے نقارے پیٹتے۔ دوپہر سے پہلے پہلے ساری بستی اجنبی لوگوں کی بھیڑ سے بھر گئی تھی۔ کہیں ذرا سی جگہ نہیں بچی تھی۔ ٹام جیفرسن کا احاطہ کھچا کھچ بھر گیا۔ پھر جیپوں اور کرائے کی ٹیکسیوں پر لیڈروں کی آمد شروع ہوئی۔ نعروں کی گرج سے جیسے سارا ارض و سما بھر گیا۔

جھار کھنڈ راج۔۔۔ زندہ باد، زندہ باد۔

خون کا بدلہ۔۔۔ خون سے لیں گے۔

ہتیاروں کو۔۔۔ پھانسی دو، پھانسی دو۔

پھر ساری بھیڑ قصبے سے نکلنے والے راستے پر یوں بہنے لگی جیسے پانی کسی جھیل کا کنارہ توڑ کر بہہ نکلا ہو۔

جب جلوس دور چلا گیا اور سارا قصبہ تقریباً خالی ہو گیا، تب ٹام جیفرسن نے بند دروازے سے جھانک کر، ایک دم ویران احاطے کو دیکھا۔ سنسان قصبے پر نظر ڈالی اور پہلی بار گالی دی۔

"حرامی۔۔۔!"

طوطا زور زور سے چیخنے لگا۔

"حرامی، حرامی، حرامی۔۔۔"

بندر تیز آواز میں کھوکھیائے۔ ان کے بچوں نے بھی دانت نکوسے۔ ٹام کو سالہا سال کے بعد پہلی بار غصہ آیا۔ اس نے چھڑی اٹھائی اور سچ مچ بندروں پر برسانے لگا۔ بندر، جو اس فن کے ماہر ہوتے ہیں، ہر وار بچا جاتے۔ جب وہ تھک کر پسینے پسینے ہو گیا تو اس نے چھڑی پھینک دی۔

"سالے، حرام زادے۔۔۔"

طوطا چلانے لگا، "سالے۔۔۔ سالے۔۔۔ سالے۔۔۔"

ٹام اس کی طرف لپکا۔۔۔ "آج میں تمہاری گردن مروڑ دوں گا"۔۔۔ طوطا سہم کر پنجرے کے آخری سرے میں سمٹ گیا۔

وہ برآمدے سے نیچے اترا۔ احاطے میں بہت سی غیر ضروری چیزیں پڑی تھیں۔ پکوڑیاں کھا کر پھینکے گئے پتے، پاؤ روٹی کا رنگین ریپر، سگریٹ کا ایک آدھا خالی پیکٹ، اینٹیں اور چھوٹے پتھر تھے، جن کو لوگوں نے بیٹھنے کے لیے استعمال کیا تھا۔ روندی

ہوئی گھاس اور ایک خاموش پراسرار سناٹا۔ وہ لٹالٹا سا کھڑا رہا۔

برسوں بیت گئے اسی طرح کے ہنگاموں می۔ قصبے کی آہستہ خرام زندگی اچانک اتنی تیز ہوگئی کہ رفتار کی رو میں آس پاس کی چیزیں دکھائی بھی نہ دیتیں۔ ایسی ہی قریب کی چیزوں میں ٹام جیفرسن کا احاطہ بھی تھا۔ اب اس احاطے میں محفلیں نہیں جمتی تھیں۔ عورتوں اور بچوں کی ٹولیاں اب اتوار کے دن بھی اس کے جانوروں کے ساتھ چہلیں کرنے نہ آتیں۔ عورتوں نے بچے ہوئے کھانے اور مردوں نے وقتاً فوقتاً کی جانے والی مالی مدد بھی بند کر دی تھی۔ اب انہیں پارٹی کے لیے طرح طرح کے چندے دینے پڑتے تھے۔

جوکھیم کجبور کو ایک دن اچانک خیال آیا کہ اس کو ٹام جیفرسن کے پاس چلنا چاہیے۔ اس کو شہر میں ایک لاٹھی چارج میں چوٹ لگی تھی۔ پاؤں کی ہڈی ٹوٹی تو نہیں تھی مگر چوٹ نے اس کو ہفتوں کے لیے بیکار کر دیا تھا۔ انہی بیکاری کے دنوں میں ایک دن وہ چھڑی ٹیکتا ہوا ٹام کے احاطے میں جا پہنچا۔

اس کو یہ دیکھ کر افسوس سا ہوا کہ احاطے کی رونق ہی ختم ہوگئی ہے۔ اس نے سب سے پہلے طوطے کا پنجرہ ہلایا۔

"بول مٹھو، حرامی۔۔۔"

طوطا کچھ بولنے کی بجائے ایک طرف کو سمٹ گیا اور خائف نظروں سے اس کی طرف دیکھنے لگا۔ اس کو بڑی حیرت ہوئی۔ پھر اس نے بندروں اور خرگوشوں کے پنجروں پر نظر کی تو چونک گیا۔ بندر کے دونوں بچے غائب تھے۔ اور خرگوشوں میں صرف چار خرگوش باقی تھے۔ وہ بھی پنجرے میں بند، جبکہ ہمیشہ کھلے رہتے تھے۔

"بندر کیا ہوئے انکل۔۔۔؟" اس نے ٹام سے پوچھا، جو اس کو دیکھ کر اندر سے باہر

نکل رہا تھا۔

"بیچ دیے۔۔۔!"

"بیچ دیے۔۔۔ کیوں۔۔۔؟"

"کیا کرتا، کہاں سے کھلاتا انہیں؟ لوگوں نے یہاں آنا بند کر دیا۔ کوئی پیسوں کی مدد بھی نہیں کرتا۔ لوگوں کو ان سے کوئی دلچسپی نہیں رہ گئی۔ اب وہ لیڈری کرتے ہیں۔ نعرے لگاتے ہیں۔ بندوھوں کا آہوان اور چکہ جام، مظاہرے اور احتجاج۔ وہ چھوٹا ناگپور کی آزادی لیں گے۔ جھارکھنڈ۔۔۔"

ٹام جیفرسن کے الفاظ میں نہیں، لہجے میں کچھ تھا۔ حقارت، یا کوئی ایسی چیز جس نے جوکھیم کو برافروختہ کر دیا۔ شاید وہ الجھ پڑتا۔ مگر اب وہ بڑا ہو گیا تھا۔ کالج میں پڑھتا تھا۔ تاریخ کی کتابوں نے اس کی عمر ہزاروں سال لمبی کر دی تھی۔ چنانچہ وہ خوش دلی سے بولا، "آزادی۔۔۔؟" یہ لفظ تو ہم نے چھوٹا ناگپور کے جنگلی درختوں کے ایک ایک پتے پر لکھ دیا ہے۔"

ٹام جیفرسن کی نیلی آنکھیں ایک دم چھوٹی ہو گئیں۔ ہونٹ کھنچ گئے۔ اس نے ایسے پوچھا جیسے انگلینڈ، ہندوستان سے پوچھ رہا ہو، "تم آزادی کا مطاب جانتے ہو؟"

جوکھیم نے مسکرا کر جواب دیا، "ہم آزادی کا مطلب جانتے ہوں یا نہ جانتے ہوں، مگر غلامی کا مطلب ضرور جانتے ہیں۔ ان کی طرح۔۔۔!" اس نے پنجروں کے جانوروں کی طرف اشارہ کیا۔

"یہ غلام ہیں۔۔۔؟ میں برسوں سے مختلف خطرات سے بچاتے ہوئے ان کی پرورش کر رہا ہوں۔ یہ تو میرے بچے ہیں۔۔۔!" جوکھیم ہنس دیا۔

"اس طرح کے جملے تاریخ میں بار بار دوہرائے گئے ہیں۔ میری پرجا۔۔۔ میری

رعایا۔۔۔ میری اولاد۔۔۔ مگر ان سب کے پیچھے ہمیشہ ایک جذبہ حکمرانی پوشیدہ رہا یا پھر خوف۔ سب کچھ تیاگ کر جنگل میں آبسنے والا سنت بھی اس جذبے کو ذہنوں سے نکال نہ سکا۔۔۔!"

"تمہارا مطلب ہے۔۔۔؟"

"ہاں وہی مطلب ہے میرا۔۔۔"

تھوڑی دیر کے لیے ایک دل آزار خاموشی چھا گئی۔ جوکھیم اٹھا، جانے کی اجازت چاہی۔ پھر جاتے جاتے پلٹ کر بولا، "جب طوطے بولنا چھوڑ دیں، بندر کھو کھیانا بند کر دیں اور خرگوش بھاگنا، تو سمجھنا چاہیے کہ۔۔۔"

اس نے اپنا جملہ ادھورا چھوڑ دیا۔ اور چھڑی کے سہارے لنگڑاتا ہوا قدم قدم چل کر احاطے کے باہر ہو گیا۔

چار دنوں کے بعد یہ خبر جنگل کی آگ کی طرح پھیل گئی کہ ٹام جیفرسن مر گیا ہے۔ جوکھیم وہاں لنگڑاتا ہوا پہنچا تو اس سے پہلے بہت سے لوگ وہاں پہنچ چکے تھے۔ ٹام جیفرسن کی لاش کو فرش سے اٹھا کر اس کی ٹیم کھاٹ پر لٹا دیا گیا تھا۔ اس کی آنکھیں پھٹی ہوئی تھیں اور منہ کھلا ہوا تھا۔ جوکھیم کو یہ دیکھ کر حیرت ہوئی کہ ٹام جیفرسن کے پنجروں کے سارے پٹ کھلے تھے اور سارے جانور غائب۔۔۔

اب یہ کہنا مشکل ہے کہ ٹام جیفرسن نے ان پنجروں کے پٹ کھول دیئے تھے یا خود جانور ہی نکل بھاگے تھے۔

***

۹

کھدر کا کفن

خواجہ احمد عباس

تیس برس کی بات ہے جب میں بالکل بچّہ تھا۔ ہمارے پڑوس میں ایک غریب بوڑھی رہتی تھی۔ اس کا نام تو حکمین تھا مگر لوگ اُسے حکّو کہہ کر پُکارتے تھے۔ اس وقت شاید ساٹھ برس کی عمر ہو گی، جوانی میں ہی ودھوا ہو گئی تھی اور عمر بھر اپنے ہاتھ سے کام کر کے اپنے بچوں کو پالا تھا۔ بوڑھی ہو کر بھی وہ سورج نکلنے سے پہلے اٹھتی تھی۔ گرمی ہو یا جاڑا۔ ابھی ہم اپنے اپنے لحافوں میں دبکے پڑے ہوتے کہ اس کے گھر سے چکّی کی آواز آنی شروع ہو جاتی۔ دن بھر جھاڑو دیتی، چرخہ کاتتی، کپڑا بنتی، کھانا پکاتی، اپنے لڑکے لڑکیوں، پوتے نواسوں کے کپڑے دھوتی۔ اس کا گھر بہت ہی چھوٹا تھا۔ ہمارے اتنے بڑے آنگن والے گھر کے مقابلے میں وہ جوتے کے ڈبّے جیسا لگتا تھا۔ دو کوٹھریاں، ایک پتلا سا دالان اور نام کے واسطے دو تین گز لمبا چوڑا صحن مگر اتنا صاف ستھرا اور ایسا لِپا پُتا رکھتی تھی کہ سارے محلے میں مشہور تھا کہ حکّو کے گھر کے فرش پر کھیلیں بکھیر کر کھا سکتے ہیں۔ صبح سویرے سے لے کر رات گئے تک وہ کام کرتی تھی پھر بھی جب کبھی حکّو ہمارے گھر آتی ہم اسے ہشّاش ہی پاتے۔ بڑی ہنس مکھ تھی وہ۔ مجھے اس کی صورت اب تک یاد ہے۔ گہرا سانولا رنگ جس پر اُس کے سفید بگلا سے بال خوب کھلتے تھے۔ اس کی

کاٹھی بڑی مضبوط تھی۔ اس کی کمر مرتے دم تک نہیں جھکی۔

آخر دنوں میں کئی دانت ٹوٹ گئے تھے جس سے بولنے میں پوپلے پن کا انداز آگیا تھا۔ بڑے مزے کی باتیں کرتی تھی اور جب ہم بچّے اسے گھیر لیتے تو کبھی تین شہزادوں، کبھی سات شہزادوں، کبھی جِنوں اور پریوں کی کہانی سناتی۔۔۔ وہ پردہ نہیں کرتی تھی۔ اپنا سارا کاروبار خود چلاتی تھی۔ حکّو پڑھی لکھی بالکل نہیں تھی، نہ اُس نے عورتوں مردوں کی برابری کا اصول سنا تھا، نہ جمہوریت نہ اشتراکیت کا، پھر بھی حکّو نہ کسی مرد سے ڈرتی تھی نہ کسی امیر، رئیس، افسر اور داروغہ سے ڈرتی تھی۔ حکّو نے عمر بھر محنت کرکے اپنے بال بچّوں کے لیے بہت پیسے جمع کیے تھے۔ بے چاری نے بینک کا تو نام نہ سنا تھا۔ اس کی ساری پونجی (جو شاید سو دو سو روپے ہو،) چاندی کے گہنوں کی شکل میں اس کے کانوں، گلے اور ہاتھوں میں پڑی ہوئی تھی۔ چاندی کی بالیوں سے اُس کے جھکے ہوئے کان مجھے اب تک یاد ہیں۔ ان گہنوں کو وہ جان سے بھی زیادہ عزیز رکھتی تھی۔ کیوں کہ یہ ہی اُس کے بڑھاپے کا سہارا تھے۔ مگر ایک دن سب محلے والوں نے دیکھا نہ حکّو کے کان میں بالیاں ہیں، نہ اُس کے گلے میں ہنسلی، نہ اُس کے ہاتھوں میں کڑے اور چوڑیاں پھر بھی اُس کے چہرے پر وہی پرانی مسکراہٹ تھی اور کمر میں نام کو بھی خم نہیں۔

ہوا یہ کہ ان دنوں مہاتما گاندھی، علی برادران کے ساتھ پانی پت آئے۔ ہمارے نانا کے مکان میں انھوں نے تقریریں کیں۔ ترکِ موالات اور سوراج کے بارے میں حکو بھی ایک کونے میں بیٹھی ہوئی سنتی رہی۔ بعد میں چندہ جمع کیا تو اس نے اپنا سارا زیور اتار کر ان کی جھولی میں ڈال دیا اور اس کی دیکھا دیکھی اور عورتوں نے بھی اپنے اپنے زیور اتار کر چندے میں دے دیے۔ اس دن سے حکّو "خلافتی" ہو گئی۔ ہمارے ہاں آکر نانا ابّا سے خبریں سنا کرتی اور اکثر پوچھتی۔۔۔ یہ انگریزوں کا راج کب ختم ہو گا؟" خلافت یا

کانگریس کے جلسے ہوتے تو ان میں بڑے چاؤ سے جاتی اور اپنی سمجھ بوجھ کے مطابق سیاسی تحریک کو سمجھنے کی کوشش کرتی۔۔۔ مگر عمر بھر کی محنت سے اس کا جسم کھوکھلا ہو چکا تھا۔ پہلے آنکھوں نے جواب دیا، پھر ہاتھ پاؤں نے حکّو نے گھر سے نکلنا بند کر دیا مگر چرخہ کاتنا نہ چھوڑا۔ عمر بھر کی مشق کے سہارے آنکھوں بغیر بھی کپڑا بُن لیتی۔ بیٹوں، پوتوں نے منع کیا تو اس نے کہا کہ وہ یہ کھدّر اپنے کفن کے لیے بُن رہی ہے۔ پھر حکّو مر گئی۔

اس کی آخری وصیت یہ تھی کہ "مجھے میرے بنے ہوئے کھدر کا کفن دینا۔ اگر نگریزی کپڑے کا دیا تو میری روح کو کبھی چین نصیب نہ ہوگا۔" ان دنوں کفن لٹھّے کے دیے جاتے تھے کھدّر کا پہلا کفن حکو کو ہی ملا۔ اس کا جنازہ اٹھا تو اس کے چند رشتے دار اور دو تین پڑوسی تھے۔ نہ جلوس نہ پھول نہ جھنڈے بس ایک کھدّر کا کفن۔

***